「できました！
嫌なことがあった日の
ほっと一息とろとろオムライスと、
普通の野菜スープです！」

Characters
リディア・レスト
婚約破棄されたことをきっかけに
大衆食堂ロベリアを開いた元令嬢。
手料理に不思議な力が
宿っているようで——？
メルル
正体不明の
もふもふな動物。
シエル・
ヴァーミリオン
セントワイス宮廷魔導師団の
筆頭魔導師。
リディアの力を頼りに
大衆食堂ロベリアを訪れる。
シャノン
大衆食堂ロベリアの常連客。
リディアに懐いている。

フランソワ・レスト
リディアの腹違いの妹。
聖女として名高い。
マーガレット
性別不明の美人。
占いが得意。
ルシアン・
キルクケード
聖騎士団レオンズロアの団長で
大衆食堂ロベリアの常連客。
ステファン・
ベルナール
ベルナール王国の王太子。
リディアの元婚約者で、
フランソワの現婚約者。

「僕は、あなたを守りたい」
心の中にある大切な何かに
慎重に触れるように、
シエル様は言った。

婚約破棄されたので食堂を開いたら癒やしの力が開花しました

大衆食堂悪役令嬢

1

東原ミヤコ

illust.
ののまろ

Contents

序章

夏は、トマトが美味《おい》しい。

そしてトマトは、チーズとの相性が抜群に良い。

私は炎魔石のおかげで安定した火力を発揮してくれる、調理場の端にある可愛《かわい》い赤と白のタイルが張ってある、モザイク柄のピザ窯から、焼けたばかりのピザを取り出した。

チーズとトマトソース、それから薄いピザ生地の焼ける良い香りが調理場に漂う。

ピザピールの上に載っている綺麗《きれい》に焼けたピザを、平べったい木皿へと移す。

ところどころ生地に焦げ目がついていて、薄い生地にはトマトソースと、じっくり焼けたトマト、小さく切った黒オリーブ、とろりととろけているまんまる羊の白いチーズが載っている。仕上げにバジルの葉っぱを散らして、できあがり。

ピザカッターで切れ目を入れると、切れ目からとろけたチーズが、木皿にとろりと落ちる。焼けたトマトとオリーブの爽やかな香りがチーズの芳醇《ほうじゅん》な香りと混じりあって、食欲をそそる。

「できました！　特別な日のためのトマトとチーズのとろとろピザです！」

ピザの良いところは、ピザ生地と材料さえ準備してしまえば、さくさく焼くことができてしまう点なのよね。

炎魔石のピザ窯は火力が強いし、五分程度でささっと焼ける。特に、ベルナール王国では最近、薄いサクサクのピザ生地が人気なので、焼き上がりが早い。

「特別な日のための?」

調理場で材料を切ったり、お湯を沸かして飲み物の準備をしたりと、お手伝いをしてくれているシエル様が、涼やかな声で私に尋ねた。

シエル様は、ベルナール王家直属の宮廷魔導師団セイントワイスの筆頭魔導師だ。

今日は休日なので、セイントワイスの魔導師のローブは着ていない。

首のあたりがざっくりあいた飾り気のない黒い服と、すらりとした長い足を包む細身のトラウザーズ。いつもの体を包み込むような大きなローブもとても似合っているけれど、すっきりとしていて体にぴったりとした今日のお洋服は、シエル様の長い手足や、スタイルの良さを際立たせている。

顔立ちと立場の良い男性は全員女の敵って考えていた時代のあった私。セイントワイスの筆頭魔導師様で見目麗しいシエル様のことも、当然苦手って思っていたのだけれど——今は、色々あって、大切なお友達の一人だ。

「特別な日、です。今日は、……偶然ですけど、皆が集まってくれましたし」

特別な記念日というわけでも、お祝いの日というわけでもないのだけれど。

調理場からカウンター席を挟んだ向こう側にある食堂のテーブルには、所狭しとお料理が並んでいる。

お料理を取り囲んで食事をしている、沢山の人たち。そんなに広くない店内は、椅子が足りないぐらい人でいっぱい。

その中には、シエル様の部下のセイントワイスの魔導師さんたちの姿もある。

「偶然、ですね。ロベリアに行くと言ったら、部下たちも一緒に来たいと。僕一人で来るはずが、大人数になってしまいました。そのせいで、リディアさんに負担をかけてしまっているのではと……人数が多い分、作る料理の量も多い」

「大衆食堂ロベリアは、ご飯を食べる所ですから、皆さんでご飯を食べに来てくれるのは、嬉《うれ》しいです」

『大衆食堂ロベリア』

それが、私のお店の名前だ。

お店を開いて、約半年。お店を開いたばかりの冬の終わりから、春を通り過ぎて、季節は夏をむかえようとしている。

「お料理作るの、好きです。私は食堂の料理人ですから、沢山作るのは得意ですよ。それに、沢山手早く提供できるように、ピザにしたんです」

最近の流行《はや》りはふっくらした分厚いピザ生地ではなくて、サクサクした薄いピザ生地だから、ピザ生地作りもそこまで時間がかからない。

ピザ生地は、小麦粉とオリーブオイルと、市場のおば様が売ってくれるパン種と、お塩などの調味料があればすぐにできる。

そして生地ができたら、あとは上に載せる食材とピザ窯さえあれば、お手軽にピザは作ることができる。

「あなたは、魔法のように手早く料理を作ることができる。それは確かですが」

「ピザ、すぐできます。生地さえ作ってしまえば、何枚でも。見た目も良いですし、具材を変えたら色々な味になるし、何より美味しいです」

「リディアさんの料理は、全て美味しい。それに……食べると心があたたかくなる気がします。だから……つい、ここに足を運びたくなってしまうのでしょうね、皆」

「なんだか照れますね……ありがとうございます、シエル様。褒めてくださって」

「褒める……いえ、褒めたのではなく、本当に、そう思っています」

「……あ、あの、その、……シエル様も、食べてくださいね。お手伝いしてくださるのは嬉しいですけれど、シエル様はお客様ですし」

シエル様の万年雪の下にある純度の高い氷でつくった、苺《いちご》シロップのかき氷を連想させる涼し気で澄んだ声でそんな風に言われると、すごく恥ずかしくなってしまう。

頬を染めながらあたふたと返事をすると、シエル様は優しく微笑《ほほえ》んだ。

「まだ何かすることがあるのなら、手伝いますよ」

「もう大丈夫です、ピザもとりあえず、全部焼き終わりましたし」

「それでは、洗い物と片付けをすませておきましょうか」

シエル様が指を軽く弾《はじ》くと、ピザ生地作りをしたために粉だらけだった調理台や、食材を入れていたボウルなどが一瞬で綺麗になって、道具が元の位置に、ふわりと浮かんでひとりでに戻っていった。

シエル様ほど器用に魔力を使える方は、この国にはいないのだという。

そんな貴重な筆頭魔導師様の魔力を食堂の後片付けに使ってもらって、なんだか申し訳ない気がする。

「ありがとうございます。とても、助かります……」

もちろん、ありがたいのだけれど。お料理の中で後片付けが一番大変だから、手伝ってもらえるととっても私は楽をすることができてしまう。

「リディアさんも一緒に行きましょう、もう調理はこれで終わりなのですよね？」

「ひとまず、終わりですけれど、私は……料理人だから、ここで、その」

私がピザの載った木皿を運ぼうとすると、シエル様が私よりも先に木皿を手にした。

皆で一緒にご飯を食べようとシエル様に誘われて、私はためらう。

私は食堂の料理人で、ご飯を作るのはお仕事だ。

お仕事だから、お客様に交じって一緒に食事をしたりはしない。

お休みの日は別として、お仕事の日は——。

「リディア、シエルの言う通りだ。たまには一緒に食べよう。皆、君が一緒にいてくれた方が、嬉しい」

どうしようかと迷っている私に、低くやや甘さのある声がかけられる。

金色でさらさらの、肩まである髪をハーフアップにしていて、精悍《せいかん》で華やかさのある顔立ちの、体格の良い男性——聖騎士団レオンズロアの騎士団長のルシアンさんが、カウンター席から立ち上がって、私たちの方へとやってきた。

聖騎士団レオンズロアは、宮廷魔導師団セイントワイスと同じで、ベルナール王家直属の騎士団である。

ベルナール王国の叡智《えいち》と守護であるセイントワイスと、ベルナール王国の力と正義であるレオンズロアと言われていて、護国の双璧であると——王国民たちからの信頼もあつい。

ルシアンさんも今日はお休みだからか、レオンズロアの団服ではなくて、白い開襟シャツを着ている。

太い首にくっきり浮き出た鎖骨と、筋肉の隆起している胸板が、騎士団長という感じ。

いつもは団服の下に隠れている筋肉。団服を脱ぐとやっぱりすごい。

ルシアンさんはお店を開いたときからの常連さんで、いつもは朝ご飯を食べに来てくれるのだけれど、今日は部下の方々と昼ご飯を食べに来て、シエル様たちと偶然鉢合わせた。

だから今日のロベリアは、セイントワイスの方々と、レオンズロアの方々でいっぱいなのよね。

「リディア、沢山料理を作ってくれてありがとう。今日の料理も、全て素晴らしいよ。……だが、一つ足りないものがある」

「足りないもの？」

「君が隣にいないことだ。席は空けてある。こちらに来て、一緒に座って食べよう、リディア。たまには良いだろう」

ルシアンさんが私の手を引いて、もう片方の手で背中を押して、テーブル席に向かうようにと促した。

「ルシアンが必死よ」

「本当だ。ルシアンが必死だ」

「リディアちゃんとシエルの微笑ましいやりとりを見ながら酒を飲んでいたあたしたちの、邪魔をしようとしているわよ」

「いや、これはこれで酒が旨《うま》い気がするぞ、マーガレット」

カウンター席でお酒を飲んでいる、ロベリアの大家さんである性別不詳のマーガレットさんと、マーガレットさんのお友達で、市場の商人の、異国から来ているツクヨミさんがこそこそと話をしている。

マーガレットさんとツクヨミさんも、たまたま美味しいお酒が手に入ったとかで、私に何か美味しいおつまみを作って欲しいと言って来てくれた。

いつもはこんなにお友達や知り合いが揃《そろ》うことはないのだけれど。

今日は偶然が沢山重なって、大人数になった。びっくりしたけれど、なんだか嬉しい。

二人がお土産に持ってきてくれた食材を使って、私は先程までずっとお料理をしていて、今、最後のピザを焼き上げたところだ。

「でも、嬉しいわ、あたし。男は嫌いです、くらえ！　憎しみのミートボール！　とか言っていたリディアちゃんが、こんなに沢山の男たちのために、にこにこ料理を作ってくれるんだもの」

「くらえ、憎しみのミートボール、とかは言っていないです……」

マーガレットさんが手にしていたグラスを置いて、何かを投げる仕草をする。

私はシエル様とルシアンさんに促されてテーブル席に向かっていた足を止めて、マーガレットさんに反論した。

多分、そんなことは言っていないと思う。

「言っていなかったかしら。言っていたような気がするんだけど。ミートボール、ルシアンの顔面に向かって投げていなかった？」

「投げていないです。投げていないですよね、ルシアンさん」

憎しみのミートボールを投げた記憶はないと思うのだけれど、ちょっと自信がない。

もしかしたら投げたのかもしれないと思ってルシアンさんを見上げると、ルシアンさんはにっこり微笑んだ。

「投げられてはいないが、投げてくれても良い」

「投げませんけれど……」

投げる許可を頂いても困るのよ。ご飯は大切だから、投げたりはしないもの。

「投げてなかったかもしれねぇが、憎しみのミートボールは作ってなかったか、リディア。食ったような記憶があるぞ」

スタミナたっぷりガーリックシュリンプを食べながら、ツクヨミさんが言った。

今日はツクヨミさんが海老《えび》を沢山持ってきてくれたから、ピザもあるけれど、海老料理も沢山ある。

「そうでしたっけ……憎しみが多すぎて、記憶が……」

「そんなリディアちゃんが、あたしたちが集まった日を特別って言ってくれるんだもの。嬉しくて、涙が出てきたわよ……」

マーガレットさんが、長い睫毛《まつげ》に縁取られた瞳をうるうる潤ませている。

「マーガレットさん、そんなに心配をしてくれていたんですか……？」

「そうよ。いつも真っ黒な服で、真っ黒なエプロンで、憎いだの辛《つら》いだの哀《かな》しいだのぶつぶつ言っていたリディアちゃんが、今やこんなに可愛く……もともと可愛かったけど、エプロンも可愛いし、お洋服も可愛いし、料理名も可愛くなって……」

確かにマーガレットさんの言う通り、少し前までの私は黒い服ばかりを着ていて、いつもぶつぶつと恨み言を吐きながらお料理をしている、怒りと憎しみに満ちた女だったのよね。

否定ができない。その通りなので。

今日の私は、お仕事用にまとめた黒い髪にお花とリボンの髪飾りをつけているし、白いブラウスにはフリルがついていて、水色のスカートも、たっぷりとフリルが裏地に重なっている。

その上に、レモングリーンのエプロンをつけている。

全身真っ黒だったとは思えない、夏にぴったりの爽やかで可愛いお洋服。可愛くて綺麗なお洋服を着ると、気持ちも少し元気になるみたいだ。

「ねぇ、いつまで話をしているの？　リディアが疲れる。早くこっちに来て、リディア」

四つあるカウンター席の最後の一つに座っている、常連客のシャノンが言った。

シャノンは小柄だから、足がカウンター席から床につかないで浮いている。可愛い。

銀の髪に大きな瞳の可愛らしい容姿のシャノンは、体格の良い男性ばかりが集まっているロベリアの唯一の清涼剤だ。

女性なのか男性なのかわからない妖艶で綺麗なマーガレットさんもいるけれど、マーガレットさんには爽やかさとか、可愛らしさとかはないので、シャノンを見ていると癒やされる。

「メルルも、一緒が良いって言っている。ご飯、食べよう。リディア、一緒に」

シャノンは、耳の長いふさふさした動物を腕に抱っこしている。

子猫ぐらいの大きさのもふもふふさふさしたその子の名前は、メルル。透き通った海のようなくりくりの瞳で私を見て「ぷくぷく」と、不思議な鳴き声をあげた。

シャノンが森で拾ってきたメルルは、何の動物なのかさっぱりわからないけれど、可愛い。今は私のお店で預かっていて、私と一緒に暮らしている。

皆、色々あって知り合った――私の知り合いの方々と、お友達。

お料理をするのが私のお仕事だから、お休みの日以外には一緒にご飯を食べたりはしないのだけれど。

「リディアさん、友人とは一緒に食事をするものなのでしょう？」

シエル様が穏やかな声音で言ってくれる。

「リディア、たまにはゆっくり座ってくれ。君と共に食事ができる時間というのは、貴重なのだから」

ルシアンさんが、優しく促してくれる。

「ね、リディア。こっちに来て」

シャノンに、甘えるように言われる。

――うん。今日は、良いかな。特別に、一緒に。

私は可愛くてお気に入りの、フリルのついたレモングリーンのエプロンを外した。

「じゃ、じゃあ、一緒に……」

「やった！　リディア、隣に座ってね。メルルも一緒が良いって」

シャノンが嬉しそうに言って、私を呼んだ。

「そこは、ルシアンさんが座っていたので……」

ツクヨミさんとマーガレットさんと並んで、ルシアンさんはさっきまでお酒を飲んでいたのよね。

その横に、シャノンがちょこんと座って、メルルをカウンター席の上に置いて、撫《な》でたりつついたりしていた。

「せっかくだから、皆で座ったらどうだ？　シャノン、椅子を持って君もこちらに来ると良い」

ルシアンさんがそう言って、私の手を引いて、テーブル席へと向かう。シャノンも「それもそうだね、ルシアンさん」と素直にカウンター席から立ち上がった。

今日は、特に予定をしていたわけでもないのに、たまたま知り合いの方々が揃ったから、テーブル席を移動させて、食堂の真ん中にくっつけて、大きなテーブルを囲むようにして椅子を置いた。

そんなこと、私一人ではとても大変でできない。けれど今日は屈強な騎士団の方々もいるし、魔法で重たいものを動かせる宮廷魔導師の方々もいるし、一瞬でテーブルの移動が終わった。

大きなテーブルに、沢山のご飯と、沢山の人たち。

まるで、パーティみたい。いつもの普通の日なのに。でも、なんだか特別。

「リディア、こちらに」

ルシアンさんが椅子を引いてくれて、私はそこに座った。隣に座るシャノンの腕の中から、メルルがぴょんと飛び出して、私の頭の上に乗る。

「リディアさん……素晴らしく愛らしい姿です。リディアさんの頭の上に乗る、謎の生物。今度リディアさんを模した小リスのぬいぐるみに、メルルも乗せましょう」

セイントワイス魔導師団の、副官のリーヴィスさんが深々と頷《うなず》きながら言う。

リーヴィスさんはシエル様の部下で、見た目は悪い研究をしていそうな怖い魔導師様という感じなのだけれど、手芸が趣味らしい。

この間は私に似ていると言って、小さなリスのぬいぐるみをくれた。

「は、はい、ありがとうございます……」

私はお礼を言った。リーヴィスさんの趣味の手作りぬいぐるみ、可愛いので素直に嬉しい。

小さなリスが私に似ているかどうかは別として。小さなリスは可愛い。

メルルのぬいぐるみも楽しみ。きっと可愛い。

「リーヴィスさん。そのぬいぐるみ、欲しい」

「ぬいぐるみが欲しいお年頃なのですね、シャノン。君にも可愛いところがある。やはりまだ、子供だから」

「ぬいぐるみが欲しいわけじゃなくて、メルルと、リディアの形をしているから欲しい」

うんうんと頷きながら、リーヴィスさんに言われて、シャノンはやや不満げに言葉を返している。

ぬいぐるみを欲しがるシャノンが可愛い。私も今度ぬいぐるみを見つけたら、買ってプレゼントしてあげようと思う。

「もちろん良いですよ。セイントワイスは幼い子供の味方です」

「幼くないよ。子供でもない」

「まだ、子供です。子供は無理をして、大人のように振る舞う必要はないと私は考えています。だから、ぬいぐるみを欲しがることを恥ずかしがる必要はありません」

「恥ずかしいわけじゃないんだけど……」

見た目は怖いのに子供に優しいリーヴィスさんから視線をそらして、シャノンは溜息《ためいき》をついた。

それから、「でも、ありがとうリーヴィスさん」と、ちゃんとお礼を言った。

お礼を言えたシャノンが偉かったので、私はその頭をよしよし撫でた。

「偉いです、シャノン。お礼は大切です」

「リディア、もっと撫でて」

「はい、良いですよ」

さらさらの銀の髪を撫でると、シャノンが嬉しそうに笑ってくれるのが可愛い。

「……将来有望だわ、シャノンちゃん。年下の特権を思う存分有効活用しているわよ」

「ルシアン、大変だなぁ。頑張らねぇと攫《さら》われるぞ、横から」

「いや、私は……リディアに信頼できる友人が増えることは、良いことだと考えている」

「大人ぶってると損するわよ」

『ま、お前にも色々あるんだろうが」

マーガレットさんとツクヨミさんと、カウンター席に戻ったルシアンさんが、お酒を飲みながら仲良く話している。

シエル様がテーブルの空いている場所に、トマトとチーズのピザを置いた。

テーブルには所狭しと、お料理が置かれている。海老とチーズのピザや、ピザ生地をお皿のように深くして、中にたっぷりのマッシュルームやベーコン、玉ねぎとクリームソースが入った、一切れでお腹《なか》がいっぱいになりそうな満腹ピザ。

マーガレットさんが持ってきてくれた牛肉の塊で作ったローストビーフ。薄く伸ばしたお肉にパン粉をつけて、多めの油で揚げ焼きにしたカツレツ。くりぬいたトマトを器にした卵サラダや、お野菜の蒸し焼き、アンチョビソース添え。

「ご飯、足りていますか……？　もっと作りましょうか？」

「十分ですよ、リディアさん。沢山作ってくださって、ありがとうございます」

私が尋ねると、シエル様が言った。シエル様がティーポットとカップを持ってきて、優雅な所作で私に紅茶を淹《い》れてくれる。

「あぁ、リディア。ありがとう。先に食べ始めてしまって、すまないな」

ルシアンさんが、申し訳なさそうに言った。マーガレットさんとツクヨミさんも「ごめんね、美味しいわ、リディアちゃん」「悪いなリディア、リディアの料理を食べながら飲む酒が、一番旨い」

と、謝ってくれる。

私は両手を、ぶんぶんと振った。

「謝らなくて良いので……！　あたたかいうちに食べてもらいたいので、食べてくれると嬉しいです。沢山食べてくださいね」

「リディアさんも、たまにはゆっくり召し上がってください」

私の隣に座ったシエル様が、料理をお皿に載せて私の前に置いてくれた。焼きたてのトマトとチーズのピザ。ピザ生地からとろりととろけたチーズが溢《あふ》れている。

ピザには沢山具材とチーズを載せた方が美味しいって、私は思っていて。だから、溢れんばかりの贅沢《ぜいたく》なチーズの使い方をしている。とろとろのこぼれ落ちるチーズは見ているだけで幸せな気持ちになるもの。

「シエル様、ありがとうございます」

私はピザを手に持って、ぱくりと食べた。

口の中いっぱいに広がるまろやかなチーズの味と、トマトの酸味。バジルの葉の爽やかな青々しさや、オリーブの実の独特な香りが鼻に抜ける。

「いつも美味しいけれど、今日もとっても美味しいよ、リディア」

私の隣で、シャノンが嬉しそうに笑みを浮かべる。

シエル様も私の隣に座ると、私の頭の上にいるメルルに手を伸ばして、その顎を指でくすぐるようにして撫でた。

「ぷくぷく」

撫でられて気持ち良いのだろう。メルルの、小さな声が頭の上から聞こえる。

「ぷくぷく……相変わらず不思議な鳴き方ですね、メルル」

「可愛いでしょ、メルル。シエルも、動物が好き？」

「そうですね。動物は好きです。そんな気がしています」

「そんな気がするんだ。じゃあ、メルルも好き？」

「ええ。好きですね。恐らくは」

「何の動物かわからないのに？」

「害意はなさそうですし、何より可愛らしいですからね」

「そう。それなら、良かった。メルルもシエルのこと、嫌いじゃなさそうだよ」

「それは……良かったです」

シャノンの質問に、シエル様が答えている。皆が仲良しだと、なんだか嬉しい。

メルルはシエル様に撫でられるたびに気持ちよさそうに「ぷくぷく」と、喉を鳴らしているような声を出している。

セイントワイスの方々やレオンズロアの方々が、不思議そうにメルルの真似《まね》をして「ぷくぷく」と言い始めるのが面白くて、私はくすくす笑った。

神聖ベルナール王国の聖都アスカリット。

下流階級の人々が暮らす南地区アルスバニアの路地にある、大衆食堂ロベリア――私の食堂には、明るい笑い声と、楽しそうな話し声が響いている。

――私、ずっと一人、だったから。

大切な人たちとご飯を食べるのは、楽しい。いつもよりもずっと、美味しく感じる。

シエル様や、ルシアンさんや、マーガレットさんやツクヨミさん。シャノンや、メルル。セイントワイスの皆さんや、レオンズロアの皆さん。

皆が私の食堂に、来てくれる。

美味しいって言って私の作ったご飯を食べてくれて、幸せそうに笑ってくれて。

それだけで胸の中がふんわりとあたたかくなるような、嬉しい気持ちでいっぱいになる。

これからも、私の力が――少しでも、皆の役に立てたら良い。

ほんの少し前の私なら、こんなことは思わなかっただろうけれど。

私は、自然と笑みを浮かべていた。

何でもない日なのに、特別な日。

そんな毎日を、私は皆と、過ごしていきたい。

第一章✦暗黒の目玉焼き、憎しみと怨念のソーセージ添え

――リディア・レスト、お前との、婚約を破棄する！

卒業式の最中に、私の婚約者であるステファン・ベルナール様は、それはもう、冷たい声でそう言った。

思い出すだけでも、腸《はらわた》が煮えくり返るわね。レスト神官家の長女である私と婚約したいと言ってきたのは、ベルナール王家の方だというのに！

私は目の前でじゅうじゅう音を立てている卵が二つ並んでいるフライパンに少しだけ水を入れると、蓋を閉めた。

じゅうじゅうが、じゅわじゅわに変わっていく。

じゅわじゅわ。

しゅうしゅう。

卵の焼ける美味《おい》しそうな香りがする。

「この恨み……この苦痛を受け止めて、美味しくなるのよ、卵……！」

フライパンの中の卵に、私は怨嗟《えんさ》の呪文を唱えた。

別に魔力があるわけじゃないのよ。魔力、ないもの。

さっき、レスト神官家の長女とか、偉そうに心の中で呟《つぶや》いたけれど——落ちこぼれなのよね、私。

「……うう、辛《つら》い……卵は美味しそうなのに、ひたすらに辛い……」

フライパンを見つめながら、私は今度はくすんくすん泣いた。

情緒不安定すぎる。我ながらどうかと思う。

私が王立アスカリット学園の卒業式の最中に、婚約者である王太子殿下ステファン様に婚約破棄を言い渡されたのは、今からかれこれ半年ほど前のこと。

ステファン様の横には私の一つ年下の、腹違いの妹であるフランソワがぴったりとくっついていた。

腹違いなのは、フランソワはいわゆる愛人の子だからである。

私のお母様は、私がお母様のことをほとんど思い出せないぐらい小さい頃に亡くなってしまったから、フランソワのお母様はもう愛人ではなくて、正妻なのだけれど。

フランソワは私と違って、レスト神官家の聖なる力を受け継いだ優秀な子だ。

レスト神官家には、女神アレクサンドリア様の聖なる癒やしの力が、代々受け継がれている。

代々といっても、必ず女神様の力を持つ子供が生まれるというわけではないらしいのだけれど。

そんなわけだから、お父様はフランソワに期待していて、私にはまるで興味がないようだった。

「婚約破棄するなら、最初からフランソワを婚約者にしなさいよね……！」

もともと、お父様は私を政略結婚に使うつもりだったみたいだ。落ちこぼれの私なんて、それぐらいしか利用価値なんてないし。

それで王太子殿下の婚約者に選ばれるとか、ちょっとすごいわよねって思うけれど、これには事情がある。

ここ、神聖ベルナール王国は、神祖テオバルト様とその妻である女神アレクサンドリア様を崇《あが》める宗教国家で、国教を守り伝える女神教の教団を統括する神官家の力はとても強い。

王家はレスト神官家との繋《つな》がりを強くしたかったのだろう。そんなわけで私とステファン様は婚約した。

フランソワではなく私をとベルナール王家が望んだのは、フランソワの母であり私の義理のお母様が、もともと高級娼《しょうふ》婦だったという出自のせいである。それは秘せられたことだけれど、知っている人は知っている。

神官長が娼館に通って、あまつさえ正妻の座に娼婦を据えてしまうとか。

まぁ、なんていうか、所謂《いわゆる》スキャンダルというやつなのよ。

「目玉焼きさん、二つ目があるから、目玉焼き人間……あなたは私の味方よね。この苦しみを、悲しみをわかってくれるのはあなただけだわ……」

ぶつぶつ言いながら、私はフライパンの蓋をあけた。

炎魔石を動力源としたコンロの中には、いくつかの赤いごろっとした宝石のような炎魔石が仕込んである。薪《まき》と違って安定して燃えてくれるし、火事も少ないので、最近のコンロは炎魔石を使っている場合が多い。

魔石は良いわね。魔力がなくても使えるもの。

「どうせ私には魔力がないわよ。無価値だわ。無価値人間。目玉焼き人間よりも、更に下層の人間……」

フライパンの中では、ちょうど半熟に焼けた目玉焼きの二つの瞳が、ぷるぷるしながら私を見つめている。

私は溜息《ためいき》をついた。

白いお皿に目玉焼きを移して、今度はソーセージを二本焼き始める。

「結局、フランソワを婚約者にするんだったら、出自とか、関係ないじゃない」

私に婚約破棄を言い渡してきたステファン様の言い分としては、『私が、出自を理由にフランソワを虐《いじ》めた』『魔力がない私には王妃としての資格がない』『王妃は神官家の力を受け継いだフランソワこそふさわしい』だそうだ。

そんなわけで、記念すべき卒業式で婚約破棄された私は、すごすごとレスト神官家に――戻らなかった。

もともと、レスト神官家に私の居場所なんてなかった。

お父様はフランソワばかりを可愛《かわい》がっていたし、義理のお母様だって当然そう。使用人たちも魔力のない私をいない者のように扱っていて、お料理も作ってもらえなかった。

婚約破棄されてあんなところに帰ったら、その後どんな目にあうかわかったものじゃない。

レスト神官家には私とフランソワしか子供がいないから、フランソワの相手が婿に入ることになっていたけれど、そちらもきっと破談だろうし。

フランソワの代わりに、フランソワの婚約者だった公爵家次男のロクサス・ジラール様と結婚しろとか言われたら最悪も良いところだ。

フランソワに婚約破棄されたロクサス様が、あまりものの私と結婚するとか、ロクサス様に絶対恨まれる。

ロクサス様、怖いもの。レスト神官家に来てフランソワとお話をしているロクサス様を数回見たことがあるけれど、睨《にら》まれたし。なんだか嫌われているみたいだし。怖かったもの。

特に私、何も悪いことしてないのに。嫌われている上に、結婚する羽目になって恨まれるとか、絶対嫌。

そんなわけで、私は学園寮に戻って荷物をまとめて、そのまま出奔した。

色々あって、今は王都の片隅でひっそりと暮らしている。

「……今日の目玉焼きも、恨み辛みがこもってしまったわね……」

目玉焼きの隣に、焼いたソーセージを二本置いた。あとは、新鮮なレタスと、ミニトマトを二個。

完璧な朝食のできあがりである。

「お待たせしました、暗黒の目玉焼き、憎しみと怨念のソーセージ添えです！」

私は元気よく完璧な朝食メニューの名前を言いながら、調理場からカウンターを挟んで反対側にある食堂の席へ、目玉焼きを運んだ。

「今日も旨《うま》そうだな、リディア。是非、我が騎士団で雇われてくれないか？」

椅子にお行儀よく座っている体格の良い男性が、それはもう嬉《うれ》しそうに私を雇用しようとするので、それは無視した。

『大衆食堂ロベリア』

――それが私の営んでいるお店の名前だ。

広い広い聖都アスカリットの、ちょっと薄暗い路地の一角にある小さなお店で、客席は四人掛けのテーブル席が三つと、カウンターに椅子が四脚。

朝の八時には朝ご飯を食べに来るお客さんがいるので、五時に起きて身支度を整えて朝の六時には市場に食材を買いに行く。

カウンター席はすでにごつめ強面《こわもて》のお兄さんたちで埋まっていて、パンと目玉焼きとソーセージにサラダと新鮮なミルクで茶葉を煮出したミルクティーの朝食セットを食べている。朝食セットは八百ルピア。

庶民の朝食としてはちょっとお高めの値段設定にしているのは、朝からあんまり働きたくない私の気持ちの表れである。

それでもご飯を食べに来る方々が後をたたないのだけれど。

お店が繁盛してくれるのはありがたい。でも、あんまり働きたくないのが正直なところだ。

「リディア、いつになったらうちで働いてくれるんだ？　そもそも、朝飯を食べに来ているのはうちの連中ばかりだろう。それなら、騎士団の宿舎で働くのとなんら変わりないじゃないか」

私は怨念渦巻く朝食セットを、てきぱきとテーブルの上に並べていく。

テーブル席にお行儀よく座っている大柄な男性が、にこにこしながら私を見つめている。

一見して騎士団に所属しているとわかる、黒に十字の紋章の入った団服に、腰には剣。裏地が赤い黒いマント。かっちりした服の上からでも、硬い筋肉の鎧《よろい》を身に纏《まと》っているとすぐわかる体格の良さ。

さらさら艶々の陽光のように輝く首元まである金色の髪をハーフアップにしていて、涼しげな青い瞳。精悍《せいかん》な顔立ちのお兄さんである。

ちなみに、にこにこ私を見ているこのお兄さん以外のお兄さんたちも、みんな体格が良いし同じような団服を着ている。

つまり、私の可愛らしくもお洒落《しゃれ》な大衆食堂ロベリアの朝は、聖騎士団レオンズロアに支配されている。

どうしてこうなったのかしら、という感じ。

「遠慮します、遠慮します、断固拒否します。ルシアンさん、毎朝ご苦労様です。ご飯食べて帰ってください……」

朝食セットを聖騎士団レオンズロアの団長であるルシアンさんの前に置いて、私はそそくさと調理場に戻ろうとした。

しかし、ルシアンさんにがっしり手首を摑《つか》まれてしまい、戻ることができなかった。

「何度も言うが、リディア。君の作る目玉焼きとソーセージ、それからサラダとパンとミルクティーには、不思議な力がこもっている」

「それ、ほとんど全部じゃないですか」

朝食セットのメニューをわざわざ網羅してくるルシアンさんを、私はじっとりと睨んだ。

「そうだな、つまり、君の作る料理には全て、不思議な力があるのだろうな」

ルシアンさんは、私がルシアンさんの前に並べた朝食セットを見ながら、頷《うなず》いている。

私には何の変哲もない、ごく普通の朝食セットに見えるのだけれど。

「それはただの、暗黒の目玉焼きと憎しみと怨念のソーセージ、普通のサラダとミルクティー、それから恨み鬼パンです」

「料理は美味《うま》いのに、どうしてそう不穏な名前をつけるんだろうな、リディア。暗黒に、憎しみに、怨念、恨み……負の感情がすごいな」

「今の私の全てですから……！」

私は私の手を握っているルシアンさんの手をぶんぶん振って離してもらってから、両手を握りしめて、力一杯主張した。

朝ご飯を食べている騎士団の皆さんが、「リディアさん、かわいそうに」「リディアちゃん、元気出して」「リディア、怨念がこもっていても味は最高だぞ！」と、口々に励ましてくれる。

私の事情については、レオンズロアの皆さんは全部知っているのよね。励ましてくれるのはありがたいけれど、私の傷は深い。

あと、朝から私の可愛い食堂を筋肉で埋め尽くすのは、やめて欲しいのよ。

「リディア、料理名はかなり、あれだが」

「かなり、あれ」

じっとルシアンさんを見つめて、鸚鵡返《おうむがえ》しに言葉を繰り返した私から視線をそらして、ルシアンさんは「まぁ、ともかく……」と、言葉を濁した。

「君の料理を食べると力が漲《みなぎ》ってくる。君の料理を食べ始めてから、騎士団の魔物討伐効率が三割ほどあがったぐらいだ。怪我《けが》も少なくなった。恐らくだが、朝食セットには筋力増強効果と、自己治癒力増大効果があるのではないだろうか」

ルシアンさんが、私に言い聞かせるようにして優しく言う。ルシアンさんの声はもともと結構甘ったるいのだけれど、更に甘ったるい。

私はぶんぶんと首を振った。

ルシアンさんとは、私が食堂を開いた半年前ぐらいからの長い付き合いだ。

街にも人にも慣れていないときに、お買い物に出かけた私は、この街——治安があんまりよくない南地区アルスバニアによくいる怖いお兄さんたちに絡まれて、ルシアンさんに助けてもらった。そのお礼に料理を作ってあげた。

そんなわけで、大衆食堂ロベリアの最初のお客さんは、ルシアンさんだったのよね。

誰かのために料理を作ったのも、料理を食べてもらったのもそれがはじめてだった。

料理を食べたルシアンさんは、どういうわけか、「リディア、君の料理には不思議な力があるようだ」と、言った。

ルシアンさんはそれ以来、私がどんなに、私には何の力もないって否定しても、毎日のように騎士団の方々を連れてご飯を食べに来てくれるようになった。

おかげさまで大衆食堂ロベリアは繁盛している。筋肉の方々が集まるお店として。

「だから知りませんってば。私は普通にご飯を作ってるだけです。ルシアンさんが変なこと言い出すから、変なお客さんが増えちゃったんですよ……騎士団の皆さんとか、傭兵団《ようへいだん》の皆さんとか、それから冒険者の皆さんとか……」

「客が増えるのは良いことだろう？　それに私は騎士団の者にしか言っていないのだけれどな。噂《うわさ》が広まったのは、リディアの料理の力に気づく者が、私以外にも沢山いたからなのでは？」

「私の料理に、不思議な力はありませんよ。それに私は、お洒落で可愛い女性や、小さなお子様やお母様たちのための食堂を開いていたつもりだったんです。それなのに、今や筋肉ムキムキの人ばっかり来るんですよ……悲しい……」

くすんくすんと私は泣いた。この半年、私の情緒はひたすらに不安定だ。

「ルシアンさん、リディアが泣いてる。虐めたの?」

くすんくすん泣いていると、ロベリアの入り口から入ってきた小柄な少女が、私の傍《そば》に駆け寄ってきて言った。

銀の髪を一つに結っていて、飾り気のない動きやすいお洋服を着ているのだけれど、飾り気のなさがその美貌を引き立てるぐらいには、顔立ちの整った――美少女である。

「シャノン、いらっしゃい。今日は随分早いですね」

「うん。お母さんのお仕事が朝早くて。一人きりで家にいたら寂しくなって、来ちゃった」

シャノンは私の隣に立って、にっこりと私を見上げて微笑《ほほえ》んでくれる。

「シャノンのお母さん、忙しいんですね……」

「うん。お母さんは私を一人で育ててくれているから」

シャノンは、大衆食堂ロベリア唯一の女の子の常連客だ。

お母さんと二人暮らしをしていて、お父さんはもう亡くなっている。南地区アルスバニアの外れの、森の傍に家があるらしい。

シャノンのお母さんは商家の下働きのようなお仕事をしていて、朝は早く出かけて、帰りはすごく遅いのだという。その間、シャノンは独りぼっちになってしまう。

今までは一人きりで、寂しさを紛らわせるために街をうろうろしたり、自宅の庭で育てている野菜や果物のお世話をしたりしていたみたいだ。

数ヶ月前に、私がシャノンを助けたことがきっかけで、私の食堂に顔を出してくれるようになった。その時シャノンは、果物屋さんのご主人に追われていた。偶然お店を開いていた大衆食堂ロベリアに駆け込んできたシャノンは怯《おび》えた様子で私に助けを求めてきたのだ。

追いかけてきた果物屋さんのご主人の話では、林檎《りんご》を盗んだのだという。

――可愛い女の子がお腹《なか》を空《す》かせてしまって林檎を一つ盗んだだけ。

もちろん悪いことだってわかってはいるけれど、それぐらい大目に見てあげたら良いのにと思った。

だから林檎の代金を支払い、果物屋さんのご主人に謝って、シャノンを許してもらった。

ルシアンさんにはシャノンのことを尋ねられて事情を説明した時に、少しだけ注意をされた。盗みというのは良くないことだと言って。

ルシアンさんはそういった犯罪を取り締まる立場の方なので、怒られて当然だと思う。けれど――もう二度と悪いことはしないとシャノンには約束させて、許してもらった。

シャノンがよく食堂にご飯を食べに来てくれるといっても、お金を持っているわけじゃない。それなので、ご飯代として皿洗いやお掃除を手伝ってもらっている。時々、お家の庭でとれたという木の実や野草などをくれたりもする。

「ルシアンさん、来るたびにリディアを泣かせるの、やめて」

「私が来るたびにというか……リディアは私がいてもいなくても、毎日泣いているだろう」

「……毎日は泣いてません、多分。……泣いているかも……」

ルシアンさんの指摘に、私は首を傾《かし》げる。

うん。毎日泣いているような気がするわね。料理をしている時は、だいたい泣いたり怒ったりしている自覚がある。

最初の頃はルシアンさんも心配して声をかけてくれたような気がするけれど、最近は私の食堂に来る常連の方々は皆慣れてしまったのか、泣いたり怒ったりぐちぐち文句を言う私を、何も言わずに見守ってくれている。

「おはよう、シャノン。随分早いな。まだ朝なのに。君の母上は、君がここに来ていることを知っているのか？」

気を取り直したように朝の挨拶をしたあと、心配そうにルシアンさんが言った。

「ちゃんと言っているよ。リディアのお店の場所も伝えているし」

「そもそも、君のような子供が一人で街を歩くなど、危険だろう。アルスバニアは、治安の良い場所ではない」

「ルシアンさん、心配性。大丈夫、人が多い通りしか歩かないから」

シャノンが不満げに唇を尖《とが》らせる。

「……リディア、前々から思っていたが、シャノンがここに来ることを君が許可しているのは、どうなんだろうな。まだ子供だ。それに、女の子だろう？」

「確かに、そうですけれど……」

それを言われると、心が痛い。

でも、ここに来てはいけないと言って、シャノンが寂しい思いをするのも違う気がするし。

それにシャノンにとってここはきっと、寂しさを紛らわすための逃げ場所みたいなものだろうから。それがなくなったらまた――出来心で、悪いことをしてしまうかもしれないし。

「今は私の話はしなくていいよ。ルシアンさんこそ、毎日ここに来て、リディアを虐めるのはよくない」

「虐めているわけではないのだがな……」

シャノンがやや強引に話を終わらせた。

ルシアンさんは困ったように眉根を寄せて、軽く溜息をついた。けれど、それ以上は何も言わなかった。

ルシアンさんもシャノンが私のお店に来るようになった事情を知っているから、あまり厳しいことは言わないようにしてくれているのかもしれない。

「ルシアンさんが悪いわけじゃないです。私には、ちょっと説明できない事情があって……」

よくわからないけれど、少し口喧嘩《くちげんか》みたいな雰囲気になってしまった二人を取りなすように、私は口を挟む。

「婚約破棄されたんだよね、リディア。料理をするときに、いつも言っているから、知っているよ」

「シャノンの前では言っていないと思っていたのに……」

「結構言ってる。でも、あんまり触れない方がいいのかなと思って」

可愛い女の子にまで気を使わせてしまっていたのね、私。それだけ私の恨み辛みが深いということなのだけれど、少し気をつけたいわね。私が恨んでいるのは男性だけだもの。子供や可愛い女の子には罪はないもの。

「リディア。私は左程気にしていないが、可愛い女性や子供に、暗黒の目玉焼きや憎しみと怨念のソーセージを提供するのはどうなのだろうな」

ルシアンさんが腕を組むと、悩まし気に言った。

「し、仕方ないじゃないですか……美味しいご飯も作りたい、お洒落で可愛いお店にしたい、でも、恨み辛みもおさえられない……そんな葛藤が、料理に込められてしまっているんです……」

「そんな葛藤が、君の料理に不思議な力を与えているのではないだろうか」

「だから、知りませんって。私、魔力ないですし、魔法も使えないんですよ。それはルシアンさんの勘違いです」

「勘違いなどではない。君の料理を食べると、すこぶる調子が良いんだ、私は」

「それは何よりです。勘違いだと思いますけど……それか、目玉焼きとソーセージがよっぽど好きか、どっちかかなって……」

シャノンも私の料理を食べているのだけれど、ルシアンさんのようなことは言わないのよね。

シャノンはルシアンさんのように騎士ではないから、戦うことなんてないだろうし、もし私の料理に不思議な力があったとしても気づかないかもしれないけれど。

ルシアンさんは先程よりも優しく、私の手をそっと握った。

ルシアンさんは大きいので、私の腕を摑んでも指が余るぐらいには手も大きい。剣を握るからなのだろう。手のひらは皮膚が分厚くて硬い。

男性に手を握られたのにちっとも嬉しくないのよ。だって男性とは浮気をする生き物なのだから。

私のお父様も、そしてステファン様もそうだった。

「リディア。勘違いだとしても構わない。私のために、毎日朝食を作ってくれないか？」

真剣な青い瞳がまっすぐに私を見つめている。

青い瞳に映った私は、黒いワンピースに黒いエプロン、そして黒髪を一つにまとめている。それはもう黒い。この世の全ての怨念を集めたぐらいに黒い姿だ。瞳だけが紫色。

レスト神官家のお父様は金の髪に青い瞳の美男子なので、私はお母様に似たらしい。

お母様の出自を、私はよく知らない。だって私が幼い頃に亡くなってしまったし、神官家ではお母様のことを口にする人はほとんどいなかったからだ。

「嫌です……！」

毎日朝食を作って欲しいとか、愛の告白かしらって思わなくもないけれど。ただの勧誘なのよね。

ルシアンさんは私に、騎士団の家政婦になれと言っている。家政婦というか、調理場のお姉さんというか。

絶対に嫌。騎士団は王家の管轄なので、そんなところで働いたら、いつステファン様やお父様に遭遇するかわからない。私はここで一人静かに生きていくと決めたのだから。

この、『大衆食堂ロベリア』で。

「大衆食堂悪役令嬢が大切な気持ちもわかるが……」

「大衆食堂ロベリアです！　変な名前で呼ばないでくださいよ……」

私はべそべそ泣いた。

せっかくの可愛い名前なのに、ほとんどの人が変な名前で私のお店を呼ぶのである。

ルシアンさんのせい――というわけじゃない。これは多分、妹のフランソワが変な噂をばらまいたせいだ。一生恨んでやる。

「ほら、やっぱりルシアンさんがリディアを泣かせてる。ね、リディア」

「確かに今のは、ルシアンさんが悪いです。シャノンも、ご飯、食べますか？」

「うん！　それじゃ、お茶を淹《い》れるの、手伝うね」

シャノンは私の提案に嬉しそうに返事をして、それからルシアンさんを軽く睨むと、調理場に入っていった。

顔立ちが可愛いので、睨んでも可愛いのだけれど。ルシアンさんはシャノンの後ろ姿を見送って、それから握っていた私の手を離した。両手を合わせて「神祖テオバルト様、そしてリディア、今日も食事をありがとうございます」と丁寧にお祈りをした。

戦いを好む男性というのは大抵の場合粗野な乱暴者が多いのだけれど、聖騎士団レオンズロアは神祖テオバルト様とそしてベルナール王家に忠誠を誓っているため、騎士団に入団すると素行を叩《たた》き直されて、礼儀を教え込まれる。それなので、聖騎士団の方々がお店を占領する朝の時間帯というのは結構平和だ。

右も左も筋肉というのが、朝の爽やかさを台無しにしているし、筋肉の鎧を身に纏った方々が、可愛らしい花柄のカップでミルクティーを飲んでいる姿の違和感にはいまだに慣れないのだけれど。

「ルシアンさん、私のお店の名前は、大衆食堂ロベリアですからね……」

所作は綺麗《きれい》なのに、ほぼ一口で目玉焼きの半分を口に放り込んで、私の親指ぐらいの大きさで作っている自家製ソーセージも一口で食べてしまうルシアンさんに、私は念を押した。

これ以上変な名前を広められたら困るもの。

「知っているか、リディア」

「何を？」

「ロベリアの花言葉は、悪意だ」

口の中に放り込んだソーセージをもぐもぐごくんと飲み込んで、ルシアンさんが神妙な面持ちで言った。そんな。花言葉が『悪意』だなんて。お花、可愛いのに。でも、私が調べたときは違った気がするのだけれど。

「王宮では今、ステファン殿下が君の妹のフランソワ様と婚姻の準備を進めている。もう婚約が発表されたのは知っているよな？」

ちょっとショックを受けている私に追い打ちをかけるように、ルシアンさんが言う。

「知っていますよ……滅びれば良いのに……」

「まぁ、落ち着けリディア。いや、落ち着かなくて良い。君のその憎しみや恨み辛みが、料理の効果に繋がっているとしたら、もっと憎しみを燃え上がらせても良いんじゃないかな？」

「ちょっと嬉しそうに、良いんじゃないかな？　とか言わないでくださいよ。他人事《ひとごと》みたいに！　他人事でしょうけど……私なんて目玉焼き人間よりも更に下層の無価値人間なんですから、放っておいてください……」

「リディア。君のその、急に怒ったり泣いたりするところ、とても良いと思うぞ、私は。料理の効果が高まりそうで、とても良い」

「私の情緒と料理は関係ありません……！」

涙の溜《た》まった目尻を私はごしごし手の甲で擦《こす》った。

「ともかく、私たちは王家とそれなりに近しい立場にいる。つまり、フランソワ様の動向も耳に入ってくるわけだ」

「聞きたくないんですけど……」

「まぁまぁ。フランソワ様は、学園内では聖女のような扱いを受けて皆に慕われ、君のことを『お姉様は私を虐めましたけれど、今は反省をして神官家を出て、庶民のように暮らしているそうですよ。まるで悪役のお手本のような振る舞いをお姉様はしていましたけれど、許してさしあげて』など吹聴《ふいちょう》して回っているようだ」

ルシアンさんはそう言うと、恨み鬼パンをミルクティーに浸して柔らかくしてからもぐもぐ食べた。

すごく似ている。今のフランソワの声真似《こえまね》、すごく似ている。ちょっと悲しそうな感じと、慈愛に満ちた微笑みで私を愚弄してくる感じも、とてもよく似ている。

「その噂が巡り巡って、君の店が大衆食堂悪役令嬢と皆に呼ばれるようになったわけだが、……そもそも、店の名にロベリア、などという不吉な花の名をつけるのも悪い」

「ルシアンさん、ロベリアの花言葉は、謙遜とか、貞淑とか、いつも愛らしい、なのですよ……私にぴったりだと思って。いつまでも貞淑な、鉄の処女である私にふさわしい名前だと思って……」

「……ここまでくると才能かな。リディア、鉄の処女とは、拷問器具の名前だ」

「ち、違います……！　一生独り身と心に決めた私の心は、鉄壁の処女という意味で……！」

「リディア、一生独り身かどうかはまだわからないだろう。私でよければ」

「遠慮します。それ、騎士団の家政婦になれって意味ですよね……」

「いや、それだけではないんだが。それにしてもリディア、今日の朝食も素晴らしいな……力が漲ってくるようだ。今なら魔獣オルニュクスも一狩りできてしまうな」

ルシアンさんは優雅にミルクティーを飲み終えた後、自分の手を握ったり開いたりした。私の目には、ただの朝ご飯を食べ終えただけのルシアンさんに見える。違いがわからないのだけれど。

「どうやら君の料理の効力は、数時間程度で切れる。つまり、私たちが食事をすませて魔物討伐に出かけると、その効果は昼過ぎにはなくなってしまうわけだ。そんなわけだから、できれば君には、遠征に同行してもらって、私たちに料理を振る舞って欲しいのだが」

「嫌ですよ……！　騎士団の皆さんと一緒に、寝泊まりするとか、嫌です。恋人でもない男性と一緒に寝泊まりするのはいけないんです」

「リディア、心配せずとも女とみれば襲い掛かるような獣は、我が騎士団にはいない。そういった欲求はしかるべき場所で発散するように普段から指導している」

「よくわからないけど、男は最低、よくわかりました……！」

「いや、今のは、君が不安だというから教えただけで……」

「男は浮気をするし、嫌いです……」

「世の中には浮気をしない男もいるだろう。例えば、神祖テオバルト様は、愛する妻である女神アレクサンドリアをただ一人愛して、守り抜いたのではなかったか？」

ルシアンさんの言葉に、私は女神教の教えを思い出す。教えというか、古い言い伝えというか。テオバルト様とアレクサンドリア様のお話は、ベルナール人なら、文字を読めない人たちでさえ大抵知っている。教会や神殿にお祈りに行けば、必ず聞くことになるお話だし、親から子供に寝物語に伝えられたりもするらしい。らしいというのは――私にはそんな経験、ないからなのだけれど。

「それは、神祖様だからです。神祖様は普通の男性とは違うんじゃないかなって……」

「私も神祖テオバルト様のように、君を大切にする」

「すごく打算を感じます……！　ご飯食べ終わったんだから、帰ってくださいよ……」

ルシアンさんの整った顔で、そんな愛の言葉みたいなことを言われると、思わずときめ――かない。ルシアンさんの傍で便利な道具みたいな扱いを受けながら、一生を暮らすのは嫌なのよ。

できれば私は、このままこのお店で、一人静かに暮らしたいの。

料理をするのは、嫌いじゃないし。

美味しいと言って食べてもらうのも嫌いじゃない。

でも――本当は。

ステファン様と、ごく普通に結婚をして、ごく普通に幸せになりたかったわね。もうそんな夢、叶《かな》わないのだけれど。

「リディア、お皿を洗うね。それとも、拭いた方がいい？」

皆にお茶のお代わりを淹れて配ってくれていたシャノンが、私に話しかけてくる。

私はルシアンさんの傍から離れて、調理場に向かった。

「シャノンの分の朝食もすぐに作りますから、ゆっくり食べてください。お手伝い、ありがとうございます」

私はシャノンにそう言って、シャノンの分の朝食セットの調理に取り掛かった。

私がシャノンの分の目玉焼きとソーセージを焼いている間に、騎士団の皆さんは食べ終わったらしい。

聖騎士団レオンズロアの皆さんの良いところは、毎朝お店を支配する筋肉ということに目を瞑《つぶ》ってしまえば、礼儀正しくてご飯を食べるのが早いことと、食器を自分で片付けてくれることだ。

シャノンが食器を受け取って、シンクに重ねて置いてくれる。

その間に目玉焼きとソーセージが焼きあがって、私はお皿に盛りつけた。

スープをよそって朝食セットを完成させると、シャノンは「ありがとう、リディア！」と丁寧にお礼を言った後、自分で朝食セットが載っているトレイをカウンター席に運んでいった。お茶も自分で用意してくれている。シャノンはミルクティーよりも甘くない紅茶が好きらしい。女の子は甘いものが好きだと私は思いこんでいたのだけれど、そうでもない子もいるみたいだ。

「リディアちゃん、今日も美味しかったよ」

「リディアちゃん、ごちそうさま」

「今日もありがとう」

私が調理場のシンクに泡をためて、最近お気に入りの猫ちゃんスポンジでごしごしお皿を洗っていると、次々に食べ終わった食器が届けられた。騎士団の皆さんは、食器を届けながら、ちゃんとごちそうさまを言ってくれる良い方々である。

お金は全員分とりまとめて、毎朝ルシアンさんが払ってくれる。

ルシアンさんは毎日のように来るけれど、他の騎士団の皆さんは顔ぶれが変わる。聖騎士団レオンズロアが何人いるのか私は知らないけれど、ここに来るのはルシアンさんと魔物討伐に向かう方々。だから、朝食代は騎士団として払っているみたいだ。

「今日はどこまで行くんですか、ルシアンさん」

私は食器の載ったトレイを私に届けてくれたあと、お金を払ってくれているルシアンさんに話しかけた。

「……リディア。とうとう、騎士団の仕事に興味を持ってくれたのか？」

今日は十人ご飯を食べに来てくれたので、ルシアンさんは朝食代として一万ルピア、お金入れ用の銀の器の中に入れてくれた。

いつも多めに払ってくれるのは『食事の付加効果分の代金』らしい。

別にいらないのだけれど、ルシアンさんがくれるというから貰《もら》っておくことにしている。

本当は、お金は、そんなにいらない。

毎日ちょっとのお米を食べるぐらいのお金さえあれば生きていける。

もちろん、食堂を続けるために食材代とか、炎魔石代とか、水魔石代とか照明代とかは必要なのだけれど。

「特に興味はありませんけれど……」

「今日は、西の森に最近増えているらしいギルフェルニア甲蟲《こうちゅう》を狩りに行く。西の森を抜けてマライア神殿に巡礼に行く巡礼者が、襲われたとの報告が何件かあがっているからな」

「マライア神殿まで行くんですか？」

「あぁ。聖都からは二日程だな。森の監視塔で数泊することになるかもしれない。その間、リディアの料理が食べられないと思うと、とても辛い。君の顔が見たい。できれば、毎日」

ルシアンさんはお皿をごしごし洗っている私に、砂糖を煮詰めたような甘ったるい声で言った。

入り口の方でルシアンさんを待っている騎士団の方々が「また団長がリディア嬢を口説いているぞ」「団長何歳だったっけ？」「二十歳はとっくに超えているな」「犯罪では？」などとひそひそ言っている。

犯罪ではないわね。私はもう結婚適齢期だし、相手が三十歳だろうが四十歳だろうが特に問題ない。

何歳だろうと男は裏切るので、嫌だけど。

「ルシアンさん、そういうの、よくないと思います」

「うん。よくないと思う。ルシアンさんはそうやって、数々の女性を手玉にとるの、よくない」

朝食セットを黙々と食べながら、シャノンがルシアンさんに抗議をしてくれるので、私も便乗した。

「手玉にとっていない。それは誤解だ」

「ルシアンさんが女性に人気があること、知っているんですからね、私」

ルシアンさんは聖騎士団レオンズロアの騎士団長で、見た目も良いし、皆に優しい。だからとっても女性に人気があるのよね。ルシアンさんが女性を連れて街を歩いているところを、私は何回か見ているし。

それなのに、愛の告白じみた勧誘をしないで欲しいのよ。

なんだかだんだん腹が立ってきたので、私は話題を変えることにした。

「……騎士団の方々は、毎日忙しいですね」

「それなりにな。魔物をいくら討伐しても、ロザラクリマが起こるたび、新しい魔物が赤い月から落ちてくるのだから、きりがない」

「月の涙、ですね」

ベルナール王国の空には、赤い月と白い月、二つの月が浮かんでいる。

魔物たちは赤い月ルブルムリュンヌから落ちてくる。月から魔物が落ちる日。その光景はまるで赤い月が涙を流しているように見えるので、月の涙ロザラクリマと呼ばれている。

「この国の言い伝えでは、神祖テオバルト様に恋をした魔女シルフィーナが、嫉妬のあまり女神アレクサンドリア様を害し、世界を滅ぼそうとした、とか」

「はい、そう言われていますね……神祖様と女神様は力を合わせて、魔女を赤い月に幽閉したのですよね」

それは、神祖テオバルト様と女神アレクサンドリア様の伝説の中に出てくる、魔女の話だ。

魔女シルフィーナの話も、王国民なら誰しもが知っている。

「ロザラクリマは、魔女の憎しみの涙なのだろうな。憎しみが、魔物をうむ。魔女は赤い月で世界を、この国を恨み続けている。赤い月が空に浮かんでいる限り、魔物は落ちてくる」

ルシアンさんはそう言うと、軽く首を振った。

「女の恨みは怖いというからな。リディアも、気をつけた方が良い。殿下やフランソワ様を恨み続けていたら、魔女になってしまうかもしれない」

「うう……」

痛いところをつかれて、私は口をつぐんだ。そう言われてしまうと、何も言えなくなってしまうのだけれど。

「まぁ……君の立場を思えば、恨むなという方が難しいのだろうが」

「私、魔女になんてならないです。そもそも、魔力だってないんですよ……魔力があったら、婚約破棄、されなかったかもしれないですし……」

私はべそべそした。いつもの朝だ。私の朝は、だいたいいつも、こんな感じ。

「君の料理に特殊な力があるのは間違いないと思うがな。ロザラクリマの回数がこのところやけに多い。街や人に危害が及ぶ前に、危険な魔物は討伐する必要がある。私たちに力を与えてくれるリディアの料理には感謝している」

「そんな力、ないですけど……でも、ロザラクリマ、そんなに起こっているんですか？」

「あぁ。以前に比べるとな。どういうわけか」

「魔物、強くて怖いですよね。私、見たことないですけれど」

聖都アスカリットには街を囲むようにして高い壁が張り巡らされている。

聖都の中には魔物は現れない。外壁があるからということもあるし、宮廷魔導師の方々が結界を張ってくれている。だから、聖都での魔物の被害という話は聞いたことがないのだけれど、外に出てしまえばきっと違うのだろう。

「いや、むしろ……魔物討伐は気が楽な部類の仕事だ。人間相手は疲れるからな。その点、ギルフェルニア甲蟲は良いぞ、大きくて強い。思う存分斬っても殴っても、誰にも恨まれない」

「うう、怖い……ルシアンさんが私の爽やかな朝を、血なまぐさい話で台無しにしてくる……」

「話しておいた方が、一緒に来てもらった時の衝撃が少なくて済むかと思って」

「一緒に行きませんから……！　ルシアンさん、皆さんが待っていますよ、ほら、行ってらっしゃい、お気をつけて……！」

そろそろ帰って欲しくて、私はお別れの挨拶をした。私は忙しいので。ルシアンさんに口説かれている暇なんてないのだから。

ルシアンさんは目を見開いて一度ぱちりと瞬《まばた》きをすると、それはもう嬉しそうに微笑んだ。

「リディア。ありがとう。気をつけて行ってくる。無事を祈っていてくれ、私の勝利の女神」

私の髪を一房手にして、ルシアンさんは軽く口付けると言った。

「シャノンも、あまり帰りが遅くならないようにな。母親を心配させるのはよくない」

「……わかっているよ」

ルシアンさんはシャノンに軽く注意をすると、レオンズロアの騎士の方々を連れて、お店から出ていった。

あれ？

今一瞬、すごく夫婦みたいじゃなかったかしら。

私は手にしていたお皿を落としそうになって、慌ててお皿をシンクの泡の中へと戻した。

「男って最低だわ……！」

怒りと憎しみを込めて、私は手早くお皿を洗った。

私は騙《だま》されないのである。ルシアンさんが私のもとに来るのは、料理の力が目当て。それだけだ。

いえ、それもルシアンさんの勘違いだと思うのだけれど。私が作るのは普通の、ごく普通のただの料理なので。

「リディア、大丈夫。リディアには私がいるから。後片付け、手伝うよ」

食事を終えたシャノンが私を励まして、お皿拭きを手伝ってくれた。

「シャノン、私はこれからお買い物に行きますけれど、シャノンはどうしますか？」

「リディアが買い物に行くなら、私は帰るね。ルシアンさんにも怒られたし、今日はお母さんの帰りが少し早いみたいだから」

「そうですか、気をつけて帰ってくださいね。送りましょうか？」

「大丈夫。リディアには迷惑かけたくないし。送り迎えなんてさせたら、お母さんがリディアに気を使って、もうリディアの店には行ったらいけないって言うかもしれないし」

ルシアンさんにさっき言われたことはその通りで、私もシャノンが一人で私のお店まで来るのは心配だった。

だから何度かこうして送り迎えを提案しているのだけれど、毎回シャノンには断られてしまう。

結局、今日も断られてしまった。

私は帰っていくシャノンを見送って、それから、出かける準備をした。

朝食の時間が終わると、昼頃までお客さんはまず来ない。朝と昼の間の時間は空くので、足りない食材のお買い物に行くことが多い。

エプロンと三角巾を外して、お金を入れた肩掛けの鞄《かばん》を持って、私は外に出た。お店の扉の鍵を閉めて、扉に掛けてある看板をオープンからクローズに変える。

私のお店があるのは、聖都アスカリットの南地区アルスバニア。

聖都アスカリットは東西南北に区画が分かれていて、中央には王宮がある。南地区は庶民の中でも下流階級の方々が暮らす、ちょっと治安の悪い場所である。といっても女性が一人で出歩くとすぐに攫《さら》われてしまうとか、そういうわけでもない。でも、その可能性もなくはない程度には、人気《ひとけ》のない場所などは危ないので、避けて歩く必要はあるのだけれど。

私がこの場所にお店を開くことができたのは、私に店舗を貸してくれた優しい人のおかげだ。

「マーガレットさん、こんにちは」

「あら、リディアちゃん。いらっしゃい」

お野菜やお魚は市場で調達することがほとんどなのだけれど、お肉だけは別。私は、お店から歩いて数分の場所にあるお肉屋さんの前で足を止めた。

加工肉や、干し肉や、新鮮なお肉の数々が並んだ小さな店の前で、外に置いてある椅子に座って足を組んで、髪の短い美人が煙草《たばこ》をふかしている。私の恩人のマーガレットさんである。

マーガレットさんは婚約破棄された後に、聖都に逃げてきた私に、店舗を貸してくれている優しいお兄さん、じゃなくて、お姉さんだ。

今の私のお店兼住居は、マーガレットさんに借りているものだ。

聖都に逃げてきた最初の日。無一文でお腹を空かせて、お肉を眺めていた私に、マーガレットさんは事情を尋ねて同情してくれた。それから「あんた、何かできることがあるの？」と聞いてくれた。

私にできることといえば、料理ぐらいしかない。

それなら店でも開きなさいと、空き店舗を貸してくれたというわけである。

あそこは、もともとマーガレットさんのご両親のお店だったらしい。お二人とももう亡くなって、空き家になってしまったと言っていた。

家賃は出世払いで良いと言ってくれたので、ありがたくお店を開いて、今。出世はしていないけれど、お客さんは増えたので、家賃も払うことができる。

マーガレットさんの見た目は細身の美人という感じだけれど、体つきは男性である。胸もないし、すらりとしている。声も低い。私にはマーガレットさんが男性か女性かわからないし、どっちでも良いかなって思っている。

「今日は何を買いに来たの？　塊肉？」

「はい！　朝食用のソーセージを新しく作ろうと思いまして」

「ふぅん。良いんじゃない？」

「このところずっと……というか、かなり前からずっと、レオンズロアの皆さんが朝ご飯を食べに来てくれるから、もう少し大きめに作りたいのです」

「なるほどねぇ。ルシアンのために、というわけね」

マーガレットさんは蠱惑的《こわくてき》に口角を笑みの形に上げて、何度か頷いた。

「そういうわけじゃないですけど……」

ルシアンさんのためにとかじゃない。でも、ルシアンさんのせいではある。

今の私は、ルシアンさんにいつものように愛の告白じみた騎士団への勧誘をされて、そういえばルシアンさんが女性にそれはもう人気があることを思い出して、若干不機嫌なのだ。

どのぐらい不機嫌なのかというと、今すぐお肉をミンチにしたいぐらいには不機嫌なのである。

ミンチ肉といえばソーセージなので、せっかくなら、もっと大きなものを作ろうかな、というわけなのよ。

「ま、なんでも良いわよ。ところでリディアちゃん。あんた、ルシアンとデキてるの？」

「できてる……？」

「恋人かどうかっていう意味よ」

「恋人……！　そんなわけないです、恋人なんて……！」

私はぶんぶん首を振った。私は男性が嫌いなのよ。マーガレットさんだけは別。男か女かわからないし。

「なんだ、残念」

マーガレットさんは、本当に残念そうに言った。

そんなにがっかりしなくても。マーガレットさんは私が男性を嫌いなことを知っているのに。

私はマーガレットさんと一緒に、お肉屋さんのお店の中に入った。マーガレットさんのお店は、いつもひんやりとしていて涼しい。

これはお肉の鮮度を保つために、お肉が並んでいるショーケース全体に氷魔石を使っているからと、マーガレットさんの氷魔法で作った溶けない『まんまる羊の氷像』がお店の中央に鎮座しているからである。

まんまる羊は私と同じぐらいの大きさのある羊で、特徴としては、球体のように丸い。その毛皮はお洋服や寝具や絨毯《じゅうたん》にも使われるし、そのお肉は柔らかくて美味しい。

ミルクではチーズが作れるし、『まんまる羊と蛸《たこ》には捨てるところがない』という諺《ことわざ》があるぐらいだ。

ただ、見た目が可愛いので、お肉を料理に使うのはちょっと辛い。覚悟が必要である。

「マーガレットさん、ちょうど良いサイズの腸と、それから豚肉の塊をくださいな。ミンチにします。大きめなので、香草を多めに入れて、それからスパイスとレモンの皮を入れようと思うんです」

「それは美味しそうねぇ」

「はい！　毎日騎士団に入れと言ってたぶらかそうとしてくるルシアンさんのための怨念のソーセージですね」

「リディアちゃん、毎日たぶらかされそうになっているのね」

「……騎士団に入って欲しいだけのくせに、君の顔を毎日見たい……とか言うんです。ルシアンさん、いつも女性を連れて歩いているから、誰にでもそういうことを言っているんですよ、きっと」

私は頬を膨らませた。数々の女性を手玉に取るルシアンさんは、よく考えたらもしかして、女性の敵なのかもしれない。

私は手玉に取られたりはしないけれど。

「ルシアンは無自覚天然人誑《ひとたら》しってやつだから、ま、恨んでる女も多いでしょ。そのうち刺されるんじゃないかなって思ってたけど、リディアちゃんが怨念代行をしてあげるってわけね」

マーガレットさんがやれやれと肩をすくめながら、同意してくれる。

「やっぱり、色んな女性に愛を囁《ささや》いているんですね、ルシアンさん」

「愛を囁いているかどうかは別として、優しいからねぇ、ルシアンは。勘違いする女が多いって話ね。勘違いさせるルシアンが罪深いとも言うわね。噂じゃ、街で助けた女をとっかえひっかえ、恋人にしているとか、いないとか……ま、これはただの噂よ。でも、火のないところに煙は立たないって言うしねぇ」

「……やっぱり、男って最低！」

「ま、でも、ルシアンと付き合ってみても良いんじゃないかしらね。リディアちゃんよりも大人だし、経験豊富だと思うわよ」

「経験、豊富……魔物討伐の、でしょうか……？」

魔物討伐の経験が豊富だと、何か良いことがあるのかしら。

「リディアちゃん……あんた、やさぐれてるくせに、純粋培養よね」

「意味がよくわかりませんが、清らかという意味だとしたら、これでも一応レスト神官家に生まれたので、清らかさには自信があります」

「それ、隠さなくて良いの？　前から気になってたけど、あんたがレスト神官家の長女だって、隠さなくて大丈夫なの？　神官家に連れもどされたりしないのかしら」

「大丈夫です。お父様もお母様も、厄介払いができたってきっと喜んでいますよ……レスト神官家にいたときだって、いないようなものだったですし……全員滅びれば良いのに……」

「恨み辛みも良いけど、新しい恋でもしてみたら？　あんたまだ若いんだから」

「男は浮気をするから嫌です……汚いので……！」

私がぐすぐす泣きながら言うと、マーガレットさんは新しいアロマ煙草に火をつけて、深い溜息と共に紫煙を吐き出した。

「困った子ねぇ。そう、悪い男ばかりじゃないわよ、リディアちゃん」

「マーガレットさんは好きです。男性か女性かわからないけど」

「あたしに惚《ほ》れちゃう気持ち、わかるけど。でもあたしはやめときなさい？　危険よ」

マーガレットさんは、片目をつぶって言った。

煙草の煙が漂って、チョコミントの香りがする。マーガレットさんの煙草は、体に優しいアロマ煙草だ。

チョコミントだったり、チョコオレンジだったり。ともかく、大抵チョコレートの香りがするのがマーガレットさんである。

お肉屋さんとチョコレート。違和感がすごいけれど、最近は結構慣れた。

煙草を口に咥《くわ》えながら、マーガレットさんが、新鮮な腸と豚肉を紙に包んで紐《ひも》でくるくるとまとめて、紙袋に入れてくれる。私はさっき稼いだばかりの一万ルピアを使って支払いをすませた。

お礼を言って帰ろうとすると、マーガレットさんに呼び止められる。

「ねぇ、リディアちゃん。ちょっと占ってあげるわね」

紙袋を抱えて私は首を傾げる。マーガレットさんは占いが得意だということは知っているのだけれど、どうして今なのかしら。

でも拒否する理由もないので、私は足を止めてマーガレットさんを見上げた。

「絢爛《けんらん》なる大アルカナの導きよ。迷い子の運命を照らせ」

言葉と共にマーガレットさんは両手で大きな円を持つような形にした。両手の中の何もない空間に、唐突に光り輝くカードが現れる。

これは、マーガレットさんの魔法の一つである。

運命を占う、という特殊魔法で、占い目当てにマーガレットさんのお店に来る人も多いのだけれど、マーガレットさんは気まぐれなので、占ってもらえない場合の方が多い。

私は恋占いとか、未来とかにこれっぽっちも興味がないので、占いをねだったことはないのだけれど。どういうわけかマーガレットさんは時折こうして、占ってくれる。

「……魔術師、ね」

十数枚の輝くカードが回転して、その中から浮き上がったのは、ローブを着た若い男性の絵が描かれている一枚だった。

「意味は、創造。始まり。良い出会いがあるわよ、リディアちゃん」

「……なんだかよくわからないですけど、ありがとうございます」

マーガレットさんに私はぺこりとお辞儀をした。

出会い。

出会いは、そんなにいらないわね。

可愛い女性や子供たちが、今日は沢山お店に来てくれると良いなと思う。

そうだ。

せっかくお肉のミンチを作るのだから、ハンバーグも作ろう。子供たちが来てくれるとしたら、きっと喜んでくれるわね。

第二章 ✦ 怒りの限界油葱《ねぎ》ご飯と鬼《おに》ヶ島《がしま》ハンバーグ

私は新鮮な腸と豚の塊肉の入った紙袋を抱えて、食堂に戻った。

お店の扉にぶら下げてある看板を、クローズからオープンにすると、扉の鍵を開けて中に入る。

誰もいない店内を通り抜けて調理場の調理台の上に紙袋を置いて、棚から包丁とまな板、それから手動式ミートミンサーを取り出した。

「断罪の時間よ……覚悟なさい……」

豚の塊肉に罪はないけれど、浮気男は罪深い。

ルシアンさんが浮気男かどうかは定かじゃないけれど、男は浮気する生き物なので、沢山の仲良しの女性がいながら私に愛の言葉っぽいことを囁《ささや》くルシアンさんは、やっぱり罪深い。

私は腸詰にするための腸をシンクの中のボウルに入れて、水魔石がはめられている水道の蛇口から水を出して洗った。

水魔石の使用期限は、水がなくなるまでのおおよそ一ヶ月程度。魔石の効果がなくなったら、魔石屋さんで新しいものに交換してもらう。

古い魔石は使い捨てではなくて、魔力を補充してまた使用できるけれど、魔力の補充のためには半月ぐらいかかる。

調理場で使用する程度の水魔石は、一個一万ルピア程度。洗濯やお風呂にも使うから、全部合わせると、雨水や川や井戸の水を使うよりは、結構割高になる。

とはいえ、食堂は商売なので、水魔石のお水が一番安全だ。可愛《かわい》い女の子や子供たちには安全なものを食べてもらいたいので、私は水魔石を使用している。

男はその辺の泥水でも飲んでいれば良いと思う。

いえ、思うだけで、ルシアンさんたちにもちゃんと水魔石のお水を使用して、お食事を作って提供しているのだけど。

「……ルシアンさんめ、乙女の純情を弄ぶとか最低だわ……！　ルシアンさんもお父様やステファン様と同じ、やっぱり男なんてみんな同じ……ひどい……」

腸を洗った後、私は豚の塊肉の余計な脂身を包丁で削《そ》ぎ落として、ミートミンサーに入る大きさに切り分ける。

私の握り拳を二つ合わせた分ぐらいの大きさの塊肉を切り分けて、ミートミンサーに詰め込んだ。

脂でべとつく手を清潔な布巾で拭いて、ミートミンサーのハンドルを回す。ハンドルをぐるぐると回すと豚肉のミンチがミートミンサーの出口から、ぐにゅぐにゅと出てくる。

「そもそもお父様が全部悪いのだわ、浮気者め……！　娼館《しょうかん》に通うとか、いえ、別に娼館の方々が悪いわけじゃないけれど、お仕事だし、なんの罪もないのだけれど、でも、子供を作るとかは駄目なのよ、浮気だもの……」

娼館の方々は色々な事情があって働いているのだという。これは私がレスト神官家でひっそり暮らしながら、耳にした噂話《うわさばなし》である。

なんせ私という女は存在感に乏しかったので、廊下を歩いていても、どこにいても、使用人たちの視界には入らないらしかった。なんというか、神官家に潜む妖精さんみたいなものだった。

そんなわけで、使用人たちの口さがない会話などを結構聞くことがあった。私の得た知識とは、娼館とは沢山女性がいて、男性の欲望を発散する場所、ということ。男性の欲望というのが具体的に何なのかまでは、よくわからないのだけれど。ともかく、そういった場所で恋愛まで発展して、子供を作るのはご法度だし、恋愛まで発展した場合は、多額のお金を払って、身請けというものをするのだという。

身請けというのは人助けだけれど、神官長の行うことではないとか、なんとか。

「いつか、浮気をしない素敵な方と、結婚できるって信じてたのに……ステファン様の馬鹿……うぅ、辛《つら》い、ルシアンさんも女の敵なのよ……」

私はミートミンサーのハンドルをぐるぐる回しながら、べそべそ泣いた。あれよあれよという間に、ミートミンサーの出口に置いたボウルの中に、豚肉のミンチができあがっていく。

お肉をミンチにしている時が一番楽しい。

なんというか、全能感があるのよ。

こんな落ちこぼれで不出来な私でも、豚肉をミンチにできてしまう！　という、全能感がすごいのよ。

「私の悲しみと苦しみを受け取って、美味《おい》しくなれ、お肉……！」

塊肉をミンチにし終えると、私は香草とレモンの皮を細かく切って、スパイスと共にミンチの中に入れて捏《こ》ね始める。お肉を捏ねると脂で手がギトギトするのだけれど、手に触れるお肉のぐにぐに感もそんなに悪くない。

豚のミンチは良い。私を裏切らないし、なんせ焼いても煮ても美味しい。

「よし。あとはこれを、大きめの腸の中に詰めるだけね」

今まで朝食用のソーセージは私の親指ぐらいの大きさで作っていたので、男性に食べてもらうには、もう少し大きめの方が良い気がする。レオンズロアの皆さん、魔物討伐で忙しそうだし。

もともとソーセージを小さめに作っていたのは、可愛い女の子や子供が食べやすいように、だった。

それなのに、私のお店に来るのはムキムキ筋肉の男性ばかり。

悲しい。

「ソーセージフィーラーちゃん、出番よ」

下拵《したごしら》えが終わったので、私は洗っておいた腸をソーセージフィーラーの先端にはめ込んで、豚のミンチを機械の中に入れた。こちらもハンドルをぐるぐる回すと、腸の中にミンチが押し込まれる仕組みになっている。

あんまり速く回しすぎると、腸が破れてしまうし、不恰好《ぶかっこう》になってしまうから、注意が必要なのよね。

私は慎重にハンドルを回した。

ぐにぐにと、腸の中にミンチが押し込まれて、ふにゃふにゃで薄く白い膜みたいだった腸の中にみっしりミンチが詰まって、ぴん、とはってくる。

すごく楽しい。

「細くて小さいのも、作るのが楽しかったけれど、太いのも楽しいわね……でも、やっぱり腹が立つわね……ルシアンさんめ……私の料理は、ただの、普通の料理なのよ。変な噂を立てないで欲しいのよ……！」

ハンドルを回しながら、私はぶつぶつ言った。ルシアンさんは騎士団の方々にしか言っていないと言っていたけれど、噂が広まっているのはやっぱりルシアンさんのせいな気がするのよね。

最初に言い出したのがルシアンさんだし、ルシアンさんが何も言わなければ、今頃私の食堂はムキムキの筋肉の集まる食堂ではなくて、可愛い女の子や子供たちやお母様方の憩いの場になっていたかもしれないのに。

良いところで腸を絞って、ソーセージの形を作っていく。私の片手に良い感じに収まるぐらいの太さで、両手で握ったらちょっとはみ出すぐらいの長さのソーセージができた。

香草とレモンの風味が爽やかで、茹《ゆ》でた後にパリッと焼いたら絶対美味しいやつに違いない。

やっぱり、ご飯は何よりも大切なのよ。それも、大衆食堂みたいな、ちゃんと栄養価があって食べ応えもあるメニューのご飯が良いの。

カフェとか、お洒落《しやれ》な喫茶店とか、それはもう憧れたりするのだけれど。美味しいけれど、パンケーキはたまに食べるから美味しいのであって、やっぱり基本的には食堂なのよね。

私は、子供たちの健やかな成長を守りたい。子供たちにはもっと安価でご飯を提供する心づもりはできているのに。ムキムキの筋肉たちには、定価だ。騎士団の方々はちゃんとお給金を貰《もら》っているので当然である。

「できた！　女誑《おんなたら》しのルシアンさんへの怨念のソーセージ……！　上手にできた。すごい、私！」

全ての腸にミンチを入れ込んで、私はやりきったと、自分で自分を褒めてあげることにした。

私以外に私を褒める人はいないのよ。自分で自分を褒めるのは大切。

「……ルシアンが、どうしましたか」

不意に声をかけられて、私はビクッと全身を震わせた。

いつの間にか、お店のカウンターにどう見ても魔導師と思われる、黒いローブを着た男性が座って、じっと私を見ていた。

――お客さんかしら。

お客さんよね。

だってカウンターに座っているもの。気配は感じなかったけど、お客さんよね。

私のお店は店員が私一人だけなので、調理場にいるとお客さんに気づかないこともある。そのため、入り口には鈴をつけていて、開くとリンリーンと、結構大きな音がする。

音、しなかったわよね。

私がソーセージ作りに夢中だったこともあるかもしれないけれど。

「い、いらっしゃいませ……ご注文は、何にしましょう？」

私は両手にソーセージを握りしめたまま言った。

とりあえず完成したので、これは氷魔石が使われている冷蔵保管庫にしまわなきゃ。鮮度が落ちてしまうもの。

「あの、お客さん、ですよね……？」

恐る恐る、私は尋ねる。

カウンターに座っているのは、上質な布でできた黒いローブを身に纏《まと》った方だ。ローブの下に着ている詰襟の服は金の縁取りがされていて、とても高そう。どこかで見たことがある服よね。

男性は立ち上がった。何事かと思って、びくびくしながら見ていると、調理場に無遠慮に入ってくる。

大きめのローブで体形が隠れているけれど、足が長いのがわかる。歩幅が広いからだ。スタイルが良いのね。背が高いのよ。なんて、感心している場合じゃない。

変態かもしれない。どうしよう。

お店で変態と二人きりになってしまったわよ……！

「な、な、なんですか……っ、お客さんが、調理場に入ってきたら、困ります……っ」

ひいひいしながら私が言うと、その男性は遠目に見ても綺麗《きれい》だったけれど、近くで見ると驚くほど整っている綺麗な顔に、優し気な笑みを浮かべた。

うん。顔は綺麗。顔は綺麗なのよ。

艶々さらさらの水色がかった銀の髪は、前髪が長く顔にかかっている。毛先のところどころを束にして、その先に宝石のようなものをつけている。煌《きら》びやかな印象の方だ。

その数々の宝石よりももっと煌びやかなのは、ルビーに似た深紅の瞳。

よく研磨された宝石のような美しい赤い瞳が、まっすぐ私を見つめている。顔の良い変態だ。

「それは、ソーセージですね」

「はい……これは、ソーセージです」

母国語の初期講座みたいな会話を交わして、私は一歩後ろに下がった。

とりあえず、逃げた方が良いかしら。もしかしたらひどいことをされるかもしれない。暴力的なお兄さんにはあんまり見えないのだけれど、でも実は暴力的なのかもしれないのよ。下流階級の人たちが住んでいるここ、南地区アルスバニアには、優し気な見た目の暴力的なお兄さんが結構多い。

「あ、あの、食べますか、ソーセージ……これは、今できたばかりで、もともとのソーセージは小さかったんですけど、騎士の方々にはもっと大きい方が良いかなって思って、新しく作ったんです」

「そうなんですね。怨念、とは?」

すごい。私の独り言を全部聞いているのね、このお兄さん。

それぐらいずっとカウンター席に座っていたのに、全く気づかなかったのよ。

お兄さんの存在感が薄い、というわけじゃない。むしろ存在感しかないぐらいの、煌びやかなお兄さんなのに。

「ルシアンさん、女性を誑《たぶら》かすので、つまり、ええと、誑かすということは浮気をするということで、浮気をする男性は滅んだら良いので、怨念なのです……!」

「……浮気」

お兄さんはそうぽつりと言って、腕を組むと軽く首を傾《かし》げた。艶々の銀髪がさらりと揺れる。ついでに宝石もきらきらと揺れる。宝石、高そう。

多分お金持ちなのだわ。顔が良いお金持ちの変態に午前中から絡まれるなんて。悲しい。

「うう……」

「どうして泣くんですか?」

「怖いからですよ……っ、お客さんは調理場の中に入ってきたら駄目なんです……」

「駄目と言われても。カウンターからここまでの通路には遮るものは何もありません。近づいた方が会話をしやすい。あなたの顔を、もっとよく見たかったので」

「うえぇ……」

変な声が出てしまったわよ。

顔の良いお金持ちの変態は私の知り合いとかじゃないし、私は顔をよく見たいと言われるほど、魅力的な人間じゃないのよ。

顔立ちは――普通かもしれないけれど。

身長はそんなに高くないし、髪は黒いし、胸は、胸は大きい。うん。胸は大きい。大きくても役に立たないもの。胸が大きくても婚約は破棄されてしまうものなのよ。

多分フランソワよりも私の方が胸は大きいのだけれど、だから何、って感じよね。

「怖がらせてしまいましたね、申し訳ありません。怖がらせる気はなかったのですが、僕はあまり、会話が得意ではなくて」

「はぁ、そうですか……」

会話が得意とか得意じゃないとか、そういう問題じゃないような気もするのだけれど。

私は両手に握りしめていたソーセージを、ひとまず大きなお皿に移した。体温であたたまったらいけないもの。せっかく作ったのだから、美味しく提供したいし。

「申し遅れました、僕はシエル・ヴァーミリオン。魔導師です」

「……ええと、その、あの、……そのお洋服、宮廷魔導師さんのお洋服ですよね？」

「流石《さすが》は、よくご存じで。レスト神官家のお嬢さんなのだから、知っていて当然かな。一応、筆頭魔導師などを務めているのですが」

「セイントワイスの中でも一番偉い方ですね……」

ルシアンさんは聖騎士団レオンズロアの騎士団長さんだけれど、このお兄さんは宮廷魔導師団セイントワイスを束ねる一番偉い人。

私がまだステファン様の婚約者だった頃、お城のパーティや式典会場などで、警備や巡回をしているルシアンさんの姿は何度か見かけたことがある。その時は、騎士の方々は皆同じに見えたので、ルシアンさんをルシアンさんと認識はしていなかったのだけれど。

シエル様のことはよく知らない。

ちなみに私が、ルシアンさんをルシアンさんと呼んでいるのは、最初ルシアン様って呼んでいたら「様、とかは、がらじゃない。ルシアンで良いぞ。私とリディアの仲なのだから、遠慮は不要だ」などとぐいぐいくるので、仕方なくなのよ。

私とルシアンさんの間には、特に何もないのだけれど。親しい認定されているのよね。ルシアンさんは誰にでもそうなのだけれど。距離感がおかしいのよ。

ともかく、シエル様とルシアンさんが知り合いということは理解できた。ルシアンさんは王家直属の騎士団を、シエル様は王家直属の魔導師団を束ねているので、会って話をすることも結構あるのかもしれない。

「身分などは、どうでも良いことなのですが、一応名乗っておかないと。あなたを怖がらせに来たり、泣かせに来たりしたわけではありませんので」

怖がらせに来たり、泣かせに来たりしたのだとしたら完全に変態なのよ。

そんな人はいない。普通いない。

「じゃ、じゃあ、ご飯を食べに来たのですか？　ご飯……ご飯、作りますか……？」

もうお話とか良いから、ご飯を作らせて欲しい。

なんだかよくわからなすぎて、混乱して言葉がたどたどしくなってしまう。

ご飯を作るから、さっさと食べて帰ってくれないかしら。シエル様、煌びやかすぎて、お昼ご飯を食べに来た子供が泣いてしまうかもしれない。

「それが、リディアさん」

「名前、知ってるのですね……」

私は名乗っていないのよ。

「ええ。レスト神官家の行方不明の長女、リディア・レスト。知っていますよ。騎士団の者たちが言いふらしていますから」

「騎士団の皆さん……！」

私の身分は別に隠していないのでよいのだけれど、すごく嫌な予感がする。言いふらしていたの部分に、特に嫌な予感がする。

「……あなたの料理には、不思議な力があるとか。どうか、僕を助けてくれないでしょうか？」

シエル様は、とても真剣な表情で言った。そしてやや強引に、私の手を握りしめてくる。私の、ソーセージを握りしめていたせいで、べとついた手を。

私は一瞬意識が遠のいたような気がした。

私にできるのは美味しい料理を作ることであって、人助けとかじゃないのよ。特に、筆頭魔導師様を助けるためにできることなんて、何一つないのだから。

私は私の手を握りしめているシエル様から逃れようと、ぶんぶん手を振った。けれど手は離れずに、指を一本一本絡めるようにしてしっかり握り直されてしまう。

手が綺麗な時だったらまだしも、さっきまで料理をしていたのよ、私。

お肉の脂でべとべとしているし、ぬるぬるしているので、すごく恥ずかしい。

「うぅ……」

「……今度は何故《なぜ》泣くのですか」

「だ、男性に、手を握られたことは、あんまりないので……あんまりないのに、あんまりない経験なのに、手がべとべとしているのが恥ずかしいのです……私、いつもべとべとしているわけじゃなくて、今べとべとなのは、ソーセージのせいなので……っ」

えぐえぐしながら言い訳をすると、シエル様は何かを考えるようにして目を伏せた。

何にも考えないで良いから、手を離してくれないかしら……！

ルシアンさんといいシエル様といい、兵士を束ねる方々はお話をするときに体に触らずにはいられないとか、その方が相手を懐柔しやすいとか、そういう訓練でも受けているのかしら……。

「……浄化」

言葉と共に、私の手の周りにきらきらとした星のかけらのような粒子が舞い散り、手のべとつきがすっきりなくなった。

ほとんど詠唱をしないで魔法を使えるなんて、さすがは筆頭魔導師様、という感じだ。

私は魔法が使えないけれど、この国に住む方々は大なり小なり魔力を持っている。

魔力量が多ければ多いほど良い職業に就けたりもするし、それぞれが持っている魔力の属性に応じて、例えば治癒魔法が得意なら治療院で治療師になったり、水魔法が得意なら河川の管理の仕事に就いたり、火消しの仕事に就いたりと、様々な恩恵が受けられる。

貴族の場合はそれがもっと顕著で、魔力量の多さで地位があがることもあるし、聖騎士団レオンズロアや、宮廷魔導師団セイントワイスに将来を見込まれて、入ることができたりもする。

そういう理由もあって、貴族の場合は幼い頃に、私のお父様の職場である聖都の大神殿で魔力診断を行う。これは、余程の理由がない限りは皆、受けるものだ。

魔力診断が行われる季節は、年に二回。春と、秋。貴族もそうだけれど、何か特別な魔力がありそうな子供たちは、大神殿に並ぶことになる。

大神殿にある魔力診断の水鏡の中に手を入れると、その魔力属性や魔力量に応じて、水鏡の中の聖水の色が変わるのである。

私も、幼い頃お父様に連れられて、水鏡の診断を受けた。

私が手を入れても、水の色は変わらなかった。その時、お父様は表情を変えずに「お前には魔力がないようだ、リディア」と、一言、言っただけだった。

すごく小さな頃のことだからあんまり詳しくは覚えていないのだけれど、今にしてみれば、あの時お父様は私に落胆したのだと思う。私は魔力のない落ちこぼれで、お父様にとっては価値のないものになってしまったのだろう。

レスト神官家に義理のお母様と、腹違いの妹のフランソワが来たのはその後のことだった。

——どうして私には魔力がないのかしらと、ずっと考えていた。

けれど、そんなこと、わかるわけがない。

ないものは、仕方ない。もう少し大きくなれば突然魔力が発現するかなと思ったけれど、そんなこともなかった。

貴族は魔力量が多いのが普通だ。それは、魔力量の多い者同士で政略結婚を繰り返すことが度々あるかららしい。

学園に入って授業を受けるようになると、色々なことを教えてもらえた。私は神官長のお父様の血を引いているのに、私以外の方々には魔力があるのに、私にだけ魔力がないことが、ますます不思議だった。

そんな貴族の子供ばかりが通う学園には、当然魔法学の授業がある。

初期魔法の訓練から始まって、人によっては最上級魔法の使用と制御までを教えてもらうことができるのだけれど、魔力の発動の精神集中のために、呪文の詠唱は不可欠である。

私は魔力がないので、いたたまれない気持ちで、端っこの方で授業の光景を見ていただけなのだけれど。

魔法、格好良いなぁ、詠唱、良いなぁ、なんて思いながら。

ともかく、魔法の使用には割と長い詠唱を行うのが普通で、シエル様のように短い言葉で魔法を発動する方はいなかった。多分、あんまり詳しくはないけれど、とてもすごいのだろう。

「これで良いですか？」

「は、はい、ありがとうございます……！　じゃなくて、手、手を、手を離してください、初対面の男性に手を握られるとか、駄目なんです……っ」

べとべとはとれたけれど、べとべとのとれた手をきゅっとなんともいえない優しさで握られて、私はあわあわした。

シエル様の指は長くてしなやかで、ルシアンさんみたいにごつごつしていない。そのせいなのかしら。思わず流されそうになってしまって、私は焦った。

もうすぐお昼なのだけれど。昼間から、見ず知らずの男性と、お店の中で手を握り合うとかは駄目なのよ。

「……すみません。あなたに助けていただきたいという気持ちが先走り、つい」

つい、手を握るものなのかしら。

私はつい先ほど、具体的には今日の朝、私の髪に口付けたルシアンさんを思い出した。顔の良い男性というのは、何をしても許されると思っているに違いないわ。呪われると良い。

いえ、シエル様には今の所、特に恨みはないのだけれど。でもシエル様もルシアンさんと一緒で、女性に人気がありそう。なんせ顔だけは、良いのだもの。

シエル様はするりと私から手を離して、それから、私の目尻の涙を指先で拭った。

「ひぅ……っ」

距離感が、距離感がおかしい……！

ちょっと、ちょっと顔が良いからって、手を握ったり涙を拭ったりしたら、私がころっと騙《だま》されると思ったら大間違いなんだからね……！

私はお父様とステファン様、ついでにルシアンさんで、男には懲りたのだ。

懲りたといっても特に何も始まったわけじゃないのだけれど。

「悩み、悩みとは、なんですか……？　私、何にもできませんけど、お料理以外、本当に何にもできませんけれど……」

「聞いてくれるのですか？」

「は、はい、聞きます……聞くだけです、シエル様は、困っているのですよね……？」

実力の確かな筆頭魔導師様が、わざわざ私のところにまで助けを求めに来るとか、よっぽど困っているのだわ。

私、男は好きじゃないけれど、困っている人を突き放すほど冷酷じゃないもの。

お話ぐらいは、聞いても良いわよね。私が役に立てるとは思わないのだけれど。

「実は……先日、王国の北のディヴァイン山脈に現れた四つ首メドゥーサを討伐に行ったのですが」

「……魔物討伐は、レオンズロアの皆さんのお仕事だと思っていました」

「基本的にはそうですね。セイントワイスは、聖都や街の結界の管理や天災からの人々の救助、魔石や魔導、魔物の成り立ちの研究を主として行っています。ですが、僕の個人的な趣味で、珍しい魔物が出現した場合は、討伐に向かうことがありまして」

「ええと、それは、一人で……ってことですか?」

「ええ。一人で。趣味なので」

「そ、そうなのですね……」

「はい。それで、メドゥーサの首を王宮に持ち帰りまして、呪いの研究をしていたのです。リディアさん、メドゥーサには強力な呪い付与の力があって、それは死の呪いや石化の呪い、腐乱の呪いなど、多岐にわたるのですが」

「知っています、その、あの、授業で、習いましたから……」

私はこくんと頷《うなず》いた。

お勉強は、嫌いじゃなかった。学生時代は結構真面目に、授業を受けていたと思う。王妃になるからということも少しはあったけれど。でも、神官家では結構放っておかれていたから、学園では先生がお勉強を教えてくださるのが嬉《うれ》しかったのよね。

「普通、メドゥーサというのは首が一つです。四つ首で死の呪いをまき散らす巨大なものは見たことがなかったので、……その死の呪いを、兵器開発などに活用できるかと思いまして。あぁ、公にはしていない秘密の研究ではあるのですけれど」

「ど、どうして私に教えるんですか……！　秘密なのに……！」

「リディアさん、善良そうですし」

「私は善良とかじゃないです、毎日、男は滅びろって思いながら生活してますから……」

「それはそうでしょう。婚約破棄の顚末《てんまつ》については最近知りましたが、ひどいものです」

私の婚約破棄は、見ず知らずのシエル様までが知っている、それはそれは有名な出来事。そう思うとちょっと恥ずかしい。

「私のことは良いのですよ……！　それで、シエル様は……」

「実をいえば、気づかないうちにメドゥーサの呪いに体が侵食されていたらしくて。遅効性の毒が体に回ったように、……まず、味覚を失いました」

「あ、味がわからないのですか？」

「ええ。恐らくは、弱体化された死の呪いなのでしょうが、味覚の次は、視覚が。だから、今の僕にはあなたの顔が、至近距離に近づかないとよく見えないのです」

シエル様は衝撃的な事実を何でもないことのように言った。私、全く気づかなかった。具合が悪そうには見えなかったもの。

「そ、それで近づいてきたんですね……！　で、でも、それって……シエル様、死んでしまうってことですか……？」

「いえ……そこまでのものではないとは思うのですが。けれど、少しずつ感覚が失われているようですね」

「シエル様ほどの魔導師様なら、解呪ができるのではないでしょうか……」

「試してみたのですけれど、駄目でしたね。解毒も解呪の魔法もまるで効きません。といっても、治癒魔法に浄化魔法を交ぜたこの手の魔法は、あまり効果がないことがほとんどなのですが。魔法で病気は治せない。……それと同じで」

私は頷いた。治癒魔法では軽症の怪我《けが》は治せるけれど、重症の怪我や、病気を治すのは難しい。治癒魔法でできるのは、自己回復力を高めることだけだから、皮膚や骨などの修復はできても、命を失うほどの大怪我とか、体の内側を蝕《むしば》む病気は治せないのだという。

シエル様の受けた呪いも、病気と同じ……？

「……この先、食事の味がしない人生が続くと思うと、とても辛い」

私が深刻な表情でシエル様を見上げると、シエル様は困ったように眉を寄せた。

「ご飯は大切ですからね……」

健やかな生活には、ご飯は何よりも大切なのよ。私は、それをよく知っている。

シエル様、かわいそう。ご飯の味がわからなくなって、目が見えないなんて、大変なことだ。

私は、また涙が目尻に滲《にじ》んでくるのを感じた。

——かわいそう。自業自得だけれど、かわいそう。

「それで……リディアさんには、僕にかけられた呪いを解いて欲しいんです」

「で、できませんよ……！」

私は首をぶんぶん振った。

何度も言うようだけれど、そんな力は私にはないのよ。

シエル様が、切実な眼差《まなざ》しを私に向けている。

——すごく、期待されている。そして、頼られている。

でも私には何もできないし、期待されたって、応えることができないし。

——でもでも、期待、されている。そしてそして、頼られている。

レスト神官家にいた時は、私なんて、いてもいないのと同じだったのに。

「う、うぅ……」

「どうして、また泣くのですか、リディアさん」

「ご飯の味、わからないなんて、シエル様……かわいそうだなって、思って。すごく期待してくださっているのに、私、何もできなくて、悲しいなって、思って……」

「……あぁ、そうなのですね。……わかりました。それなら、とりあえず何か食事を作ってくれませんか？　なんでも良いです。今あるもので、可能な限り、沢山」

「ご飯、作れば良いんですか？　それならできますけど……」

「はい。よろしくお願いします。……妙な期待をしてしまい、申し訳ありませんでした。僕は食事に来ました。あなたの店に。これなら大丈夫ですか？」

シエル様は優しく微笑《ほほえ》んで言った。

期待も熱意もその言葉にはこもっていなくて、少しだけ安堵《あんど》する。

だって、期待されて……それに応えられなかったらと思うと。

私の料理はただの料理で、シエル様の呪いを解くことができなくて。シエル様の目は見えなくなってしまって、味もわからないままで。

そう思うと、悲しくて苦しくて。私、どうして良いのかわからないもの。

「……昼食を作っていただけますか？　リディアさん」

「は、はい、食堂なので……」

私は頷いた。

食堂にご飯を食べに来てくれただけだとしたら、お客さんだ。それなら、なんの問題もないのよね。だってここは、食堂なのだから。

「大衆食堂悪役令嬢というのですよね」

「大衆食堂ロベリアです……！」

「花言葉は、悪意、敵意……」

「ち、違います……！　もっと、可愛いんです、可愛いお花なんですよ……っ」

「あなたも、可愛らしいですから、ぴったりですね」

「だ、騙されませんよ……！　と、ともかく、料理、料理を作ります！　できるだけ沢山、今ある材料で、ですね……！」

とりあえず、注文に応えましょう。

ご飯を食べてみて、何の効果もないとわかったら、シエル様は諦めて解呪のための他の方法を探してくれるかもしれないし。

私は調理場を見渡した。お昼ご飯に提供しようとしていたのは、怨念のソーセージ。それから、豚肉のミンチがまだあるから、ハンバーグ。それと、塊肉から取り除いた余計な脂。

「……シエル様、お肉、好きですか？」

「好き嫌いはありませんよ。そもそも、もともと食事にはあまり興味がなくて。固形食料を基本的には食べていますので、好き嫌いがよくわかりません」

固形食料とは、兵士の方々が遠征などの時に常備する、四角くて硬いパンみたいなもののことだ。様々な栄養素を詰め込んだ、完全栄養食品で、一日一個食べれば生きられると言われている。私は食べたことがないけれど、あんまり美味しくなさそうなご飯だし、実際あんまり美味しくないらしい。

シエル様、セイントワイスの筆頭魔導師様なのだからお金に困っていないと思うのに、どうして固形食料ばかり食べているのかしら。毎日固形食料を食べるのなら、毎日おにぎりを食べた方が良いのではないかしら。

「な、なんでですか……美味しいもの食べたいって思わないんですか？　今は味覚がないから、思わないんでしょうけれど……固形食料が美味しいのですか？」

「あれは、カサカサに乾いた硬いパンの味がします。ですが、栄養価は高いので」

「お肉、食べましょう、お肉……沢山ご飯、作りますから……！　でもお金は頂きますけれど……」

なんだかよくわからないけれど、悲しい。

シエル様、固形食料ばかり食べていて食事に興味がないのに、やっぱり味覚がなくなるのは辛いのね。

だってご飯は大切だもの。固形食料は美味しくなさそうだけど、それでもご飯はご飯だ。それに、固形食料が悪いとは言わないけれど、美味しいものを沢山食べて欲しい。

「もちろん、対価はお支払いしますよ。当然です」

「じゃ、じゃあ、あの、席に戻って待っていてください……」

「邪魔はしませんから、ここにいても良いですか？　あなたを、近くで見ていたいのです」

「騙されませんからね……！」

何かしらの団長というのは、女誑しの性質があるのかしら。

私は涙目でシエル様を睨《にら》みつけた。初対面の私に可愛いとか、近くで見たいとか、固形食料ばかり食べていて、味覚を失いつつあるシエル様のことは少し心配な気がするけれど、やっぱり信用できないのよ。

そんなことより今は料理だ。

シエル様にはご飯を沢山食べていただいて、私には不思議な力なんてないってご理解をいただいて。それから、帰ってもらいましょう。

シエル様がご理解くださったら、ルシアンさんの誤解もきっと解けるわよね。私の料理がただの料理だとわかれば、ルシアンさんも毎日私を騎士団に勧誘しに来たりしないはず。私のお店の筋肉量が減って、可愛い女の子や子供を連れたお母さんたちが来てくれるはず。

それって、すごく良い。

もちろんシエル様の呪いは解いてさしあげたいと思うけれど、そんなこと、私にはできないのよ。レスト神官家の力を受け継いでいるフランソワなら、もしかしたらできるかもしれないけれど。

（……シエル様、魔法に詳しいのよね？　それなら、当然レスト神官家のことも知っているわよね。……フランソワを頼ればよかったんじゃないかしら）

もしかして、不思議な力があるとか言われて調子に乗っているとか思われているのかしら、私。シエル様、私に料理を作らせてその真偽を確かめに来たのかしら。

それで、力のないことを確かめて、私の無力さを嘲笑《あざわら》いに来たのかしら。

わざわざ。嘘《うそ》までついて？

（それはちょっと、疑いすぎなのではないかしら……相手が男性だからって、疑ってばかりはよくないわよね……）

私は涙に潤んでいた両目を閉じると、エプロンのポケットにあるハンカチでごしごし拭いて、気持ちを切り替えた。うん。いつも通り料理をしましょう。

「ええと……とりあえず、怨念のソーセージを茹でて、それから、ハンバーグ、豚肉の脂があって……お野菜は保存したのがあるし、それだけだとお肉ばっかりだから、スープも……」

私はぶつぶつ呟《つぶや》いた。

一人分にしては量がかなり多くなってしまうけれど、できるだけ沢山と言われたし、良いわよね。

大きなお鍋にお湯を沸かして、先ほど冷蔵保管庫に入れたソーセージが載ったお皿を取り出した。

それから、朝洗って水につけておいたお米をかまどの上の羽釜に入れる。蓋を閉じて、炎魔石で火を灯《とも》した。

お湯が沸いたらソーセージを、煮えたぎるお湯の中でぐつぐつ茹でて、茹でるのを待つ間に玉ねぎを切る。

「……そもそもルシアンさんが悪いのよ……変な噂を立てるから。ご飯作るの、好きなのに、私はここでひっそり生きていくと決めたのに、王家と近しい方ばかりが来るのだわ……」

玉ねぎが、目に染みるわね。涙と共に悲しさと腹立たしさが込み上げてくる。

「一番悪いのはお父様よ。私、……どうしてレスト神官家に生まれちゃったのかしら。お父様なんて呪われたら良いのに……」

「呪われろというのは、死ね、ということですか？」

私がいつものようにぶつぶつ呟いていると、背後から興味深そうにシエル様が尋ねてくる。

「違います、違いますよ……！　そんなひどいことは考えません……死んだらかわいそうじゃないですか……」

「滅びろというのは、死ねという意味です。呪われたら良いも、同義かと思いまして」

「滅びろっていうのは、なんていうか、なんか痛い目にあってくれないかな……！っていう意味です……呪われたら良いも、なんか痛い目にあってくれないかな……っていう意味です」

「つまり、半殺し……？」

「ち、違います！　例えば、甘いもの食べすぎてすごく太っちゃうとか、年齢と共に髪の毛が抜け落ちてくれないかなとか、下腹が出てきて服が似合わなくならないかなとか、簞笥《たんす》の角に小指ぶつけたり、お気に入りの高価な壺《つぼ》を落としたりしないかな……！　とか……！」

「ずいぶんと穏やかな呪いですね」

「でも、ひどい目にあってくれないかなって、思ってますよ……お父様も殿下も、嫌いです……っ」

私は玉ねぎをとんとんみじん切りにして……思わず感情がこもりすぎていることに気づいて、手を止めた。

「私の恨み辛みを吸い込んで、美味しくなってね、玉ねぎさん……」

恨みをぶつけすぎてしまったわ。ごめんね、という気持ちを込めて、私は呟いた。

ソーセージが茹で上がったところで、お湯から救出してボウルに移す。大きめサイズの怨念のソーセージは、ボウルの中でぷるぷるつやつや輝いている。

ソーセージを茹でたお湯に、玉ねぎの皮と玉ねぎのみじん切り、ひとまとめにして紐《ひも》でくくってある香草の束を入れて、弱めの火力で煮込んでいく。

その間にもう一つのコンロにフライパンを置いて、豚の脂の切れ端を小さく切ったものと、細かく刻んだ葱と椎茸《しいたけ》とにんじんを炒《いた》めていく。

豚のお肉から沢山脂が出て、フライパンからじゅわじゅわ音がする。そこにお酒とお醤油《しょうゆ》と、お砂糖を加えて、弱火で甘辛く煮ていく。

「これで、三品ね。最後にハンバーグを作りましょう」

残っていた豚肉のミンチに、玉ねぎのみじん切りを入れる。

それから乾燥したパンを粉々に削って入れて、卵と、調味料、ナツメグなどの香辛料を入れて、手で捏ねていく。

「私がハンバーグを捏ねている間に、殿下とフランソワはきっと、いちゃいちゃしているのだわ……悲しい……」

ボウルの中でミンチを捏ねる。私の手の中で、ミンチがぐにぐにと捏ねられ、まぜられて、粘り気を帯びてくる。

「呪われてしまえ……殿下なんか、ちょっと顔が良いだけだもの。それからちょっと優しかった気もするけれど、でも、私のこと、好きだって言ってくれた時もあったのに……女の敵だわ。滅びろ、滅せよ……」

「つまりそのミンチ肉のように、八つ裂きになれば良い、と」

「違います、違いますよ、シエル様が私の爽やかなお昼を血なまぐさくしてくる……」

くすんくすん泣きながら、私は丸めたハンバーグのタネをパンパンとキャッチボールみたいに片手にぶつけて、空気を抜いていく。そして成形したハンバーグのタネを、お皿に並べた。

手がお肉の脂でベタベタになったので、目尻に滲んだ涙を拭くに拭けない。困ったわね。

じゃあ泣くなという感じなのだけれど、私の情緒はここ半年ずっと不安定なので、こればっかりはどうにもならない。

「うう～……涙で前が見えない……シエル様が怖いこと言うから……！」

「僕はてっきり、この肉のように、殿下やフランソワ様の内臓を爆《は》ぜさせたいのかと」

「ひぇ……っ、怖い、シエル様、怖いです……ハンバーグ作っているときに言っていいことじゃないですよ、それ……」

「すみません。それなら僕にも協力できるかと思ったのですが。食事の礼として」

「どんなお礼ですか……！　一宿一飯の恩義に世界を滅ぼしてあげるね、みたいなこと言わないでくださいよ……！」

「泣かせてばかりいるのが申し訳ない気がして、場を和ませようと、冗談のつもりで言ったのですが……」

「冗談に聞こえないです……」

「そうなんですね。僕は今、生まれてはじめて冗談を言ってみましたが、向いていないみたいです」

両手をベトベトにしながら、えぐえぐ泣く私の目尻を、シエル様がハンカチで拭いてくれる。

目を閉じて甘んじてそれを受け入れていた私は、瞼《まぶた》を薄く開いたときに飛び込んできたシエル様の暴力的なほど綺麗な顔に、ハッとして大きく目を見開いた。

「シエル様、離れてください……その、私、その、駄目なので、もう男性には騙されませんので……！」

「僕はあなたを騙しているつもりはないのですけれど」

わたわたしながら私はシエル様から離れて、フライパンの中でジュワジュワ音を立てている豚の脂と葱と椎茸を煮込んだものを新しいボウルに移す。

フライパンとついでに両手を綺麗に洗ってから、洗ったフライパンをもう一度火にかけて、脂を入れたあと、ハンバーグを置いた。

焼くのは、一つだけで良いわよね。

残りは蓋付の深皿に移して、冷蔵保管庫に入れる。

じゅうじゅう音を立てながら焼き目がついたハンバーグをひっくり返して、蓋をして、蒸し焼きにしていく。

「リディアさん。手際が良いですね。僕は料理ができないので。次々に食材の形を変えることのできるあなたの手は、まるで魔法のようです。……レスト神官家の長女のあなたが、どうして料理を？」

炊き上げているお米の様子を見ている私に、シエル様が話しかけてくる。

私は一瞬言葉に詰まった。

あんまりしたい話じゃないのだけれど。だって、自分の恥を晒《さら》しているみたいになるし。

でも、まぁ良いかしら。今更守るべき自尊心なんて、私にはないもの。

「……レスト神官家にいた時、私、ご飯を作ってもらえなかったのです」

「……どういうことです？」

「私、魔法が使えない落ちこぼれですから、お父様からは早々に見限られていたのです。フランソワは神祖テオバルト様の妻の、女神アレクサンドリア様の加護を受けていましたし、お父様にもお母様にも使用人たちからも大事にされていて……私は、あの場所では、いない者として扱われていました」

そう。私の姿は誰にも見えなかったみたいだ。

神官家に棲《す》まう妖精さんみたいな存在だった私は、毎日誰にも相手をされないまま、手持ち無沙汰で家の中をうろうろしていた。

相手にはされなかったけれど、暴力を振るわれることもないし、虐《いじ》められるようなこともない。ただ、空気みたいに、いなくて、見えなくて。それだけだった。

「そんなに不自由はなかったのですけれど、ご飯を食べられないのは困ります。食べられないことはなかったのですけれど、冷えた残り物を食べるのは悲しいですし、にんじんを齧《かじ》ったり、玉ねぎを齧るのは、悲しいです。ちなみに、生の玉ねぎは辛いんです。一度で懲りました」

「そうなのですね……」

「はい。玉ねぎは辛いので、シエル様も気をつけてください」

「そうですね、気をつけます」

「……それで、それなら自分で料理をしようと思って、暇さえあれば調理場の片隅に座って、料理人を眺めていました。それで、料理人たちがいなくなると、自分でご飯を作るようになったのですね。最初は目玉焼きを作りました。美味しかったです」

焼けたハンバーグをお皿に移す。ハンバーグの上から、トマトを煮詰めて作ったソースをかける。すごく赤い。

ハンバーグの端に、怨念のソーセージを一本置いた。

それから、炊き上がったお米を先ほど作っておいた豚の脂の煮込みと混ぜて、器に盛り付ける。味付けしたスープもお皿に移した。

「できました！　怒りの限界油葱ご飯と、鬼ヶ島ハンバーグ、ルシアンさんへの怨念のソーセージ添え、それから普通の野菜スープです」

うん。今日もすごく美味しそう。一人で食べる量じゃないけど、すごく美味しそう。

シエル様は並んだ料理をしげしげと眺めて、嬉しそうに微笑んだ。

◆解呪の効果、そして誘拐

完成した料理を、私はテーブルに運んだ。

シエル様が私のあとをついてくる。シエル様はルシアンさんと同じぐらい背が高くて、ルシアンさんよりも細身なのだろうけど、ゆったりとしたローブを着ているせいでかなり大きく見える。

大きい男性に後ろをついて歩かれると、森の中で熊に出会ってしまった時みたいにドキドキするわね。恐怖で。森の中で熊に出会ったことはないのだけれど。多分そんな感じ。

「シエル様、どうぞ召し上がってください。今、お茶を淹《い》れますね。朝食の時はミルクティーなのですけれど、たまたま偶然、お昼ご飯はお肉ばかりになってしまったので、口当たりのすっきりしたほうじ茶を入れてきますね」

「ほうじ茶？」

「はい。お醤油とか、ほうじ茶とか、緑茶とかは、和国から来た行商人さんが売ってくれるのです。美味しいですよ」

「海を隔てた場所にある島国ですね、確か」

「はい！　行商人さんのツクヨミさんは、くじら一号に乗って海を渡っているんです。すごく可愛いですよ、くじら一号」

美味しいお肉はマーガレットさんのお店で仕入れているけれど、その他の食材は市場で購入している。

ツクヨミさんは市場でお店を開いていて、王国にはない調味料やお茶を売ってくれる。

お買い物に行った時に、ツクヨミさんが海を渡る時に乗っている船の、くじら一号を見せてもらった。船というか、くじらである。くじらの上に大きな蛸《たこ》のヒョウモン君が乗っていて、ヒョウモン君の吸盤にくっつくようにして、二人乗りのドーム型の搭乗設備が設置されている。

ツクヨミさんは法術士と和国では呼ばれている、王国では魔導師のような人で、くじらや蛸とお話できるらしい。操縦桿《そうじゅうかん》はないけれど、くじら一号はツクヨミさんの指示に従ってくれるそうだ。

「あなたは……泣いている顔よりも、そうして笑っている方が可愛らしいですよ」

四人がけのテーブルの椅子に座って、シエル様が私ににっこり微笑んだ。

すごく眩《まぶ》しい。髪についている高価そうなきらきらの宝石よりも、シエル様の笑顔がきらきらしている。

「わ、私は、騙されませんので……！　お茶を淹れてきます……！」

私はそそくさとシエル様から離れた。

ルシアンさんと同じで、シエル様もきっと女性から人気があるに違いないわね。だってなんだか手慣れているもの。

心を許した途端に飽きるなどして、ぽいっと捨てるのだわ。わからないけど、そうなのよ。立場のある方というのは総じてそんな感じなのよ、きっと。

私は調理場に戻って新しいお湯を沸かした。

その間に汚れものをシンクに詰め込んで、お水につけておく。コンロの火がとまっているかの確認をして、羽釜やスープ鍋に蓋をして、残った食材を保管庫に戻した。

それからお花柄の可愛らしいティーポットに、ツクヨミさんから購入したほうじ茶の茶葉を入れて、お湯を注ぐ。

トレイにティーポットと、セットの花柄のカップを載せて、両手で持つとシエル様のもとへ戻った。

シエル様はフォークとナイフを持って、お料理を一生懸命食べようとしていた。

「シエル様？」

フォークでハンバーグを刺そうとしているけれど、うまくいかないらしくて、ぼろぼろお皿にこぼれている。

「どうしましたか、シエル様……？　食べにくいでしょうか……」

「いえ。その……とうとう目が見えなくなってしまったみたいで、どこに何があるのか、わからないのですよね」

「そ、そんな……！」

困り顔で微笑んでいるシエル様の赤い瞳は、確かに焦点が合っていないように見える。シエル様があまりにも穏やかだから本当は少し、半信半疑でいたけれど、本当に体が呪いで蝕まれているのね。

シエル様、かわいそう。自分で蒔《ま》いた種だけどかわいそう。

でも、だとしたら悠長にご飯を食べていても良いのかしら。もっと早く、しかるべき場所で、治療を受けた方が良いのではないかしら。

シエル様は、この国の魔法を使える人たちの中では最高峰の地位の、筆頭魔導師である。

怪我や呪いを治すのは治癒魔法だ。シエル様ほどの方になれば治癒魔法だって当然一流だろう。

それでも駄目だったのだから、シエル様は私のもとに来たのよね。本当かどうかもわからない、噂に縋《すが》って。

でも、実際に私は何もできない。それなのに——シエル様は私を責めたりも失望したりもしないで、ご飯を食べようとしてくれている。

胸の奥が、きゅっと、軋《きし》んだ。

私にできるのはご飯を作ることだけ。役に立たないかもしれないけれど、でも。

できれば美味しく、食べてもらいたい。

「シエル様、私、役立たずでごめんなさい……ずっとそうなのです、レスト神官家に生まれたのに、治癒魔法一つも使えなくて……ご飯、食べてる場合じゃないかもしれないけれど、……その、あの、食べますか？」

「リディアさん。……手伝ってくれますか？」

「は、はい……！」

私は手にしていたお茶セットの載っているトレイをテーブルに置くと、シエル様の手からナイフとフォークを受け取った。

それから、鬼ヶ島ハンバーグを小さく切って、シエル様の口に運ぶ。

薄い唇が開いて、赤い舌がのぞいている。舌の上にも美しい空色の小さな宝石が輝いている。なんだか見てはいけないものを見ているような気がした。

「……ん？」

シエル様は、ハンバーグの欠片《かけら》を咀嚼《そしゃく》して飲み込んで、首を傾げた。

「美味しくなかったですか？　口に合わなかったでしょうか……で、でも、シエル様、味がしないのですよね？　目も見えないから……なんだかよくわからなかったですよね。今のはハンバーグです、シエル様、ハンバーグを食べましたよ」

私はシエル様の斜向《はすむ》かいに椅子を持ってきて、座った。

シエル様は一度目を伏せて、驚いたようにぱちりと目を開いた。

「リディアさん。柔らかくて、まろやかな肉の味と、甘酸っぱいトマトの味がします」

「味、わかりますか？」

「ええ。……すごいな。一口で、効果が出るものなのか……」

シエル様は思案するように目を伏せると、小さな声でぶつぶつ言った。

それから私に視線を向ける。焦点が合っていないように見えた赤い瞳は、きちんと私の瞳をまっすぐに見つめている。

「……リディアさん。……あなたは、そんな顔だったのですね。視界がぼんやりしている時も愛らしいと思っていたのですが、……とても、可愛らしいです」

深紅の瞳に、熱意のようなものが灯る。

私は全身をびくりと震わせた。

「ひぅ……っ」

「ありがとうございます。あなたがいて、良かった」

シエル様が私の頬に手を伸ばす。少しだけ体温の低いひやりとした指先が私に触れて、私はがたがたと椅子から立ち上がった。

「シエル様、もう見えるんですよね、ご飯、自分で食べてください……！」

シエル様が私の涙の滲んだ目尻を長い指先で拭おうとしてくるので、私は逃げた。

かわいそうって思ったのに、ご飯食べさせてあげたのに。

距離感が、距離感がおかしいのよ……これだから騎士団長とか、魔導師団長は良くないのよ。

「リディアさん、こんなに沢山料理を作ってくれたのですね、僕のために」

シエル様はあらためてテーブルの上を見渡して、微笑んだ。

「あの、かなり量が多いので、残しても大丈夫ですよ？」

「いえ、全ていただきます」

シエル様は綺麗な所作でハンバーグを切り分けて口に運んだ。それからソーセージを小さく切りながら食べ終えて、スープと怒りの限界油葱ご飯も全部食べてくれた。

私はその間、お茶を淹れたり、それから、自分の分のスープを持ってきて食べたりしていた。他にお客さんもいないし、手持ち無沙汰だったし。

シエル様が一緒にいて欲しいというから、仕方なく。

仕方なく、だけれど。

なんとなく、誰かと一緒にご飯を食べるのは嬉しいような気がした。

「……ごちそうさまでした、リディアさん。どれもとても美味しかったです、ありがとうございます」

シエル様が手を合わせて言った。

そういえばシエル様は、騎士団の方々のように食事のお祈りはしていない。

けれど丁寧に両手を合わせて、私に微笑んでくれる。

眩しい。目の毒というぐらいに眩しい。

「こんなに美味しい料理を食べたのはいつぶりかな。はじめて、かもしれない。……ルシアンが毎日通う気持ちも理解できます」

「よ、よかったです……シエル様、味がわかるようになったのですか？」

「ええ。どれも、素晴らしい味でした。やはり、噂通り……あなたの料理には特殊な力がある。解呪の力は……ハンバーグに宿っているようです。いや、全ての料理に——なのかもしれませんが、僕が最初に口にしたのがハンバーグなので、ハンバーグに宿っていると仮定するべきかと、考えます」

「そ、それは、多分、気のせいなんじゃゃ……シエル様、呪いとか、かかっていなかったんじゃないかなって……！」

シエル様がパチンと指を弾《はじ》くと、使い終わった食器やシンクに入りっぱなしだった汚れ物が宙に浮いて、一瞬のうちに綺麗になって、調理台へと整然と並んだ。すごい。便利。

「……リディアさん、お願いがあるのですが」

『お願いですか……？』

シエル様が、真剣な瞳で私を見つめる。

私はたじろいだ。シエル様とはこれでお別れだと思ったのに、まだ何かあるのかしら。

「はい。……実は、呪いに侵されているのは、僕だけではないのです。僕の部下たちも同様に」

「部下の皆さんも……シエル様みたいに、ご飯の味が、わからないのですか？」

「ええ……そうですね。リディアさんには、部下たちのために料理を作って欲しいんです。僕と共に、来てくれませんか？」

「い、嫌です、嫌ですよ……っ。どこに行くかわかりませんけど、嫌です、私、特殊な力なんてなくて、シエル様の勘違いで……！」

シエル様は呪いにかかってなかったかもしれないし。もしかしたらご飯を食べるタイミングと、呪いが解けるタイミングがたまたま一緒になっただけかもしれないし。

ともかく、私はもうこれ以上関わりたくないのよ。私、ただの料理人だもの。

「……仕方ないですね」

シエル様は立ち上がると、私の体を軽々と抱えた。お姫様抱っこというやつ。

はじめてのお姫様抱っこ。乙女の憧れのやつ。

嬉しくない。ちっとも嬉しくない。こんなに嬉しくないものなのね、知らなかった。

「な、な、何するんです、何するんですか……!?」

「リディアさん、本当は、乱暴はしたくないのですが……申し訳ありませんが、僕と一緒に来てください。大丈夫、代金はお支払いします」

「いやぁぁ変態ぃ……っ」

私を抱き上げたシエル様は、食堂の入り口から外に出ると、どこかに向かって歩いていく。走っているわけでもないのにその足取りはとっても速くて、まるで地面をスイスイ泳いでいるみたいだ。

「離してください、下ろしてください……っ」

「落ち着いてください、リディアさん。料理を作ってもらうだけですから」

身を捩《よじ》って何とかシエル様から離れようとするけれど、シエル様はしっかりと私を抱き上げているし、細身に見えるのに私よりもずっと太い腕はびくともしない。

「転移魔法陣を使うことができれば良いのですけれど。僕一人なら問題ないのですが、あれは、同行者はもれなく魔力酔いになりますし、転移の衝撃で服も破けてしまうので、あまりおすすめはできないんですよね」

「ふ、服が、服が破けたら困ります……」

「そうですよね。僕もそう思います。だから大人しく抱えられていてください」

「脅し……！　大人しくしていないと、服を破くっていう脅しですか……！」

ひんひん泣いている私に構わずに、シエル様は明確な足取りでどこかに向かっている。

途中マーガレットさんのお店の前を通った。

いつも通り店先に置いてある椅子に座って足を組んで、チョコレートの香りがする煙草《たばこ》を吸っているマーガレットさんが、驚いたように目を見開いて私を見ている。

「マーガレットさん、助けて、誘拐です、誘拐ぃ……っ」

「リディアちゃん……頑張って」

マーガレットさんは目尻の涙を拭う仕草をしながら、ヒラヒラとハンカチを私に向かって振った。

「ルシアンも悪くないけれど、シエル・ヴァーミリオンも……悪くない、悪くないわぁ……っ、大丈夫よ、悪いことは起こらない、そんな気がするわ……！」

どういう反応なの、マーガレットさん……！

私は助けて欲しいのだけれど、ちょっと喜んでいるのよ。

もしかして、占いが的中して嬉しいのかしら。確かに、シエル様はどこからどう見ても魔術師だもの。

マーガレットさんがカードで言い当ててくれた、良い出会い。

ちっとも良い出会いじゃない。

誘拐犯だわ。

変態なのよ。

マーガレットさんの占いは当たるから、悪いことは起こらなくて、本当に大丈夫なのかもしれないけれど、でも、誘拐は誘拐なのよ。

「マーガレットさん、よくない、よくないです、ひあぁあああ……っ」

シエル様の足元に、輝く魔法陣が浮かんだ。

浮遊感と共に景色が変わる。

眩暈《めまい》がする。頭がぐるぐるする。

全身黒いには黒いけれど、それでも可愛いから気に入っているエプロンやブラウスが所々破けた。

「ひどい、ひどいよぉ……っ」

「申し訳ありません。短い距離の転移なら、許容範囲かなと思いまして。さすがに、誘拐と言われて騒がれると、どうして良いのか……強制的に眠らせる魔法と、どちらが良いか迷いました」

シエル様がゆったりした優しい口調で言う。

怖い。ルシアンさんはそんなに怖くないけれど、シエル様は怖いのよ。

なんだかノリと勢いで世界を滅ぼしそうな感じがする怖さなのよ。綺麗な顔立ちで穏やかな口調で、行動が強引なせいで、余計に何を考えているのか、よくわからない感じがするからかもしれないけれど。

「うぇ……っ、うう……ここ、しかも王宮じゃないですか……っ、嫌です、いや、帰ります……っ」

泣いてる場合じゃなかった。

シエル様が転移してきたのは王宮の正面入り口である。

警備兵の方々がぎょっとしたように私たちを見ている。それはそうよね。びっくりよね。

突然服の切り裂かれた女をシエル様が抱えて現れたのだもの。

警備兵さん、この人、この人誘拐犯です……！

捕まえて……！

という気持ちを込めて警備兵の方々を見たのだけれど、視線をそらされてしまった。私、警備兵の方々にも見捨てられるのね。悲しい。

「シエル様、王宮は鬼門なんですよ……殿下に会っちゃったら、どうするんですか……せっかく隠れてこそこそ静かに暮らしていたのに、ひどい……」

「すみません、我慢してください」

「うう……」

さめざめと泣く私を連れて、シエル様は王宮の中に進んでいく。

そうして辿《たど》り着いたのは、王宮入り口から謁見の間を通って右側の魔導師府だった。つまり、宮廷魔導師団セイントワイスの本部。

ステファン様の婚約者時代に、王宮へは何度か訪れたことがある。私とステファン様にも、少しばかり良好な時代があったのよね。

王宮を案内してもらったこともあって、魔導師府の場所はなんとなく記憶にある。

それは外側から見ると、尖塔《せんとう》が沢山集まった一つのお城のように見える。中は、宮廷魔導師の方々の職場であり、住居にもなっている。

お城で働く方々は、大抵の場合お城で寝泊まりしている。きちんと家を王都に持っている方がほとんどだけれど、長期休暇以外はあまり帰らないらしい。

「リディアさん。少々強引になってしまって、申し訳ありません。僕は、実を言えばかなり、切羽詰まっていて……」

王宮の回廊を、私を抱き上げてシエル様は歩いた。

文句を言っていた私は、王宮の中であまり騒いで目立ちたくないので、シエル様の腕の中で小さくなって静かにしていた。

カツンカツンと、よく磨かれた石の回廊をブーツの靴底が踏む音が軽く響く。

「あなたの力を、自分自身の体で確かめて、あなたの不思議な力の噂が真実だとしたら、僕の部下たちも助けられる。……僕と共に呪いを受けてしまった、部下たちを。そう思って、あなたのもとを訪れました」

「呪いは……ご飯の味がわからない、だけじゃなくて……？」

「感覚の鈍麻により、動けなくなった者もいます。……今は、医務室に寝かせていますが、治療も、効果を成さない」

「……そんな」

シエル様は、医務室らしき扉の前で足を止めた。

抱き上げていた私を下ろして、薄く扉を開く。

白ベッドが整然と並んでいる部屋には、青白い顔を通り越して、土気色に近い肌の色をしたおそらく魔導師と思われる方々が寝かされている。

その魔導師の方々に治癒魔法をかけているのだろう、他の魔導師の方々もまた、青ざめていて、やつれているように見える。

「……シエル様、皆さん、……苦しそうです」

私は背筋をぞくぞくとした悪寒が這《は》い上がってくるのを感じた。

シエル様があまりにも落ち着いていたから、私、本当の意味での深刻さを感じていなかったのだわ。

もちろんシエル様のことは心配だったし、呪いが解けないかもしれないと思うと、怖かったけれど。

それでも――こうして、実際に苦しんでいる方々を前にすると、シエル様と話していた時とは、その怖さはまるで、別物のように違う。

「……ええ。全ては、僕のせいです。僕のせいでこのような状態になったのに、僕には何もできない。あなたに、頼ることしか」

青ざめた顔の魔導師の方々がシエル様と私に気づいて、その中の一人がこちらにやってくる。

「……シエル様、あまり良い状況ではありません。意識を保てる時間が、徐々に短くなっている。このままでは」

「もう少し、耐えるように。……希望はある」

シエル様の部下の一人なのだろう。

先ほどまで穏やかな笑みを浮かべるばかりだったシエル様が、真剣な表情で、静かに言った。

――希望。

その、希望とは。私の料理、ということよね。

私は自分の力なんてまるで信じていないのに、私には魔力がないいってずっと思っていて、今だって、思っているのに。

それでも、シエル様は私を頼ろうとしている。

目の前には、死に向かっていっているように見える方々がいる。

もちろん私は、死に向かっているほどに具合の悪い方を見るのも、こうして、ベッドに寝ている体が弱っている方を見ることさえも、はじめてだ。

けれど――白く四角い医務室の部屋には、濃密な死の臭いが充満しているように感じられた。

「……っ」

「リディアさん、こちらに。驚きましたね、すみません。現状を、あなたに見ていただきたかった」

シエル様は私を連れて医務室を後にする。

私はシエル様に手を引かれて、扉が並んでいる廊下を歩いた。

手を繋《つな》がれているのに拒否する気にもならないほど、今見た光景が衝撃的で、考えがうまくまとまらなくて、頭の中がぐちゃぐちゃだった。

泣いたってどうにもならないのに、涙がぽろぽろ頬を伝ってこぼれ落ちた。

シエル様の体温は私の体温よりも少し低くて、手のひらはひんやりしている。

男なんて嫌いって、いつもみたいに怒れないほどに私は動揺していて、繋がれた手が、唯一頼れるもののように感じられた。

シエル様はぐすぐす泣いている私を、魔導師府の調理場へと連れていった。

それから手を離すと、私の目尻や頬を、ローブから出したハンカチで拭いてくれる。

白くて小さな黒猫の刺繍《ししゅう》がされているハンカチは、柑橘類《かんきつるい》の香りに似た、良い匂いがした。

いつもの私なら拒否して逃げるのだけれど、ハンカチで目尻を優しく拭かれて、私はなすがままになっていた。

〈どうしよう。私……どうしたらいいの……？〉

「大丈夫ですか、リディアさん。……こんな質問は、するべきではないですね。すみません。……伝えるよりは見た方が早いかと思って。本当は僕自身の治療などは、どうでも良かったんです。

……部下たちを、助けたい。それだけが僕の望みでした」

シエル様は私から少し離れると、目を伏せる。

長い睫毛《まつげ》が、頬に影を作る。シエル様の挙動のたびに髪の宝石が輝いて、一枚の絵のように綺麗。

シエル様は自分のせいで部下たちに呪いがかかったのだと言っていた。辛いわよね。私だったら、すごく辛い。自分のせいで誰かが苦しむのは、辛いもの。

「シエル様……私」

自分のせいで、誰かが苦しむのは、辛い。

私はもう一度心の中で、それを繰り返した。

私には自信がなくて。私は、役立たずで。何の力も、ないのに。

「……私、怖いです。シエル様が元気になったのは、偶然かもしれなくて。シエル様の、勘違いかもしれなくて。私がお料理をしたって、シエル様の部下の方々は助からないかもしれないのに……」

「僕はあなたの料理には力があると、確信しています。僕の体が、それを証明してくれている」

「でも……もし、駄目だったら」

「それでも良い。僅かな希望でも、縋りたい。あなたはその、希望です。僕はあなたに希望を見出《みいだ》している。……だから、リディアさん。ここで、ハンバーグを作ってくれませんか？」

「ハンバーグ……」

私は、お部屋を見渡した。すごく広くて綺麗な調理場だ。私のお店の調理場の三倍ぐらいはありそう。

大きな冷蔵保管庫が並んでいて、香辛料や調味料が棚に沢山並んでいる。

シエル様は立ちすくんでいる私を促して、広い調理台の前に置いてある丸椅子に座らせてくれた。

私は膝の上で、両手をぎゅっと握りしめる。

もちろん、ハンバーグを作ることは簡単だ。いつも、作っているもの。

でも、私のハンバーグに誰かの命がかかっていると思うと、体がすくんでしまう。

「……リディアさん。僕はあなたの料理の特殊な効果は、あなたの手によって料理が作られることで発生すると考えています」

「私の、手ですか……」

「はい。つまり、あなたがハンバーグを作れば、それはどんなハンバーグであれ、解呪の効果が付与されるということです」

私は握りしめた両手を開いて、じっと見つめた。

いつも通りの私の手。シエル様よりもずっと小さい。あんまり手入れをしていないから、手荒れを少ししている、普通の手。

「……それは、鬼ヶ島ハンバーグじゃなくて、普通のハンバーグでもですか？　呪いのドロドロチーズハンバーグとか、割ったら卵が入っている、怨念のごろごろ目玉入りハンバーグとかでも？」

「ええ。リディアさん、……お願いできないでしょうか」

「……私」

「全ては僕の責任です。部下が死の淵《ふち》にあるのも、あなたを本当は二度と足を踏み入れたくないだろう王宮に、強引に連れてきて、無理なお願いをしているのも。全て僕が、悪い。僕を恨んで、嫌ってくださって構いません。……どんなに罵ってくださっても、良い」

「シエル様……」

「……リディアさん。料理を、してくれませんか」

シエル様の赤い瞳が、真摯に私を見つめている。

静かな瞳の奥にある切実さに、必死さに、私はようやく気づいた。

もしかしたらシエル様は私の食堂を訪れた時からずっと、必死だったのかもしれない。

私は男性が嫌いだと言い張って、嫌がって。シエル様の必死さに、気づかなかったのかもしれない。

あんな光景を見てしまって、こんな風に頼られて。

ここで、嫌だ――なんて。

――言えない。

「……ハンバーグ、作ってみます」

私は、小さな声で返事をした。

手が、震える。

ベッドの上の魔導師の方々の命が、私の両手の上に乗っているようで、怖い。

「リディアさん。もう一度言いますが、全ての責任は僕にあります。僕は、あなたに断られることをわかっていて、あなたを強引に王宮に連れ去りました。倒れた部下たちを見せれば、優しいあなたが僕の望みを断れないだろうことを予想して、医務室にあなたを案内しました」

「シエル様……」

「だから、あなたは僕に怒って良い。恨んで良いんです。怖がらなくて良い。僕を恨みながら、……料理をしてください。ハンバーグを作るだけで良い。いつも通りに」

「……怒って、良いんですか？」

「ええ。……怒りは時に力になるのでしょう。あなたの場合は特に。そんな気がします」

「シエル様……私、王宮には二度と来たくなかったんです」

私はシエル様を睨みながら、少し強い口調で言った。

手の震えが、ばくばくと脈打っていた心臓が、指先の冷たさが、少し、楽になる気がした。

「ええ。そうですね、リディアさん」

「……シエル様のせいで、お洋服もぼろぼろになっちゃうし。初対面なのに私を誘拐して服をぼろぼろにするとか、どうかと思います……！」

「はい。……すみません」

「シエル様のせいで、死にそうになっている部下の皆さんはかわいそうですし、シエル様も、自分のことなんてどうでも良いなんて、悲しいこと言うし、私は自分に自信がなくて、不思議な力なんてないかもしれないのに、……でも、頑張ってみますから……！」

私は感情に身を任せて、何に怒っているのかよくわからなくなってしまったけれど、ともかく怒りながら、「調理場と食材、好きなように使って良いんですよね？」と、シエル様に聞いた。

ハンバーグ、急いで作ろう。

私にできるのは、美味しいハンバーグを作ることだけだ。

呪いを解く力なんてないかもしれないけれど——美味しいハンバーグを食べたら、呪いに苦しむセイントワイスの魔導師さんたちも、少しだけ、元気が出るかもしれないし。

いつも通りで良い。シエル様も、そう言ってくれている。

「ありがとうございます、リディアさん。洋服は、新しいものを必ず購入してお返しします。今度、街に行きましょうか。リディアさんの好きな服やアクセサリーがあれば、なんでも買ってさしあげますよ」

シエル様は私が料理を始めるのを見守りながら言った。

「恋人でもない男性と、二人で出かけたりしたらいけないんですよ、シエル様……！　シエル様とルシアンさんは、それはそれは女性から人気があるんだろうなぁって思いますけど、私は騙されませんからね……！」

「ルシアンは確かにそうですが、僕はそんなことはないのですけれど……」

シエル様は困ったように眉を寄せる。嘘よね。顔が良いもの。

自信はないし、怖いけれど、怒ったら少し元気が出てきたみたいだ。

私は調理場を見渡した。

神官家の調理場よりも大きいけれど、造りは似ている。

コンロが四つあって、お鍋やフライパンも私が使っているものよりは大きい。

私は冷蔵保管庫をごそごそあさった。

豚肉の塊もあるし、牛肉の塊もある。玉ねぎも卵もあるし、パン粉もあるし、香辛料も一通り揃《そろ》っている。

「シエル様、牛肉があります！　高いんですよ、高級なんですよね、牛肉。セイントワイスはお金持ち……」

「好きなように使ってください。材料に差異があっても、それがあなたが作ったハンバーグである限りは、解呪の力が宿ると考えていますので」

シエル様は私の横に立って、熱心に料理を作る私を見てくれている。

「シエル様、ハンバーグ何人分作れば良いんですか？」

「二十人分を、よろしくお願いします」

「二十人分ですね、わかりました……！」

私は気合を入れた。

うん。大丈夫。いつもと同じ。いつもと同じ、料理を作りながらいつも怒っている、私。

私の食堂にあるものよりも少し大きめのミートミンサーを、置いてある棚から抱えて調理台へと運ぶ。

途中シエル様が立ちあがって、運ぶのを代わってくれた。

「重たいものは、僕が運びますよ。それぐらいしかできませんが、言ってください」

「あ、ありがとうございます……」

優しい。

優しいわね。

女の敵だわ。

なんだか一瞬シエル様が隣にいてくれて安心するような気がしてしまったけれど、勘違いしては駄目なのよ、私。

私はシエル様を睨んだ。距離感がおかしい上に、気遣いができて優しくて顔の良い男性は、女の敵である。

私の頭の中に、ピースサインを作って片目をつぶっているルシアンさんの顔が浮かんだ。

元気かしら、ルシアンさん。私がこんな目にあっているのはルシアンさんのせいでもある。

「……男って最低だわ……」

どうせシエル様だって、お城のメイドたちとかにきゃあきゃあ言われているのよ、きっと。

私は料理を作ることを決めたし、美味しいハンバーグを作るつもりだ。それは、セイントワイスの魔導師の方々のためだけれど、呪いから救うためだと思うと手が震えそうになってしまうから、ひとまず頭の奥の方に押し込めることにした。

いつも通りで、良い。

いつもの、私で良い。ステファン様に怒ったり、フランソワを恨んだりしている私を思い出して。

その方が、料理がしやすいもの。

私は大きなまな板の上に牛肉の塊肉を置くと、肉切り包丁で、ミンチにしやすい大きさに切っていく。

普段高級だからあんまり買わない牛肉をふんだんに使って、ハンバーグを作ろう。普段使えない食材が使えるというだけで、少しわくわくする。私は小分けにした牛肉を、ミートミンサーに入れていく。

——ここは王宮で、ステファン様がいて、もしかしたらフランソワもいるかもしれない。

そう思うと、いつものように怒りと悲しみと憎しみが、ふつふつと湧き上がってくる。

「お城にいるだけで、嫌な記憶が蘇《よみがえ》ってくるのよ……ステファン様……じゃなくて、殿下、婚約者になったばかりの頃は、優しかったわよね……あの頃の私、結婚への夢と希望に満ちてた……悲しい」

ミートミンサーのハンドルをぐるぐる回すと、牛肉がぐにゅぐにゅとミンチになって、ミートミンサーの出口から出てくる。ミンチ肉が、入り口に設置した白いトレイの中に溜《た》まっていく。

やっぱり、お肉をミンチにしてるときが、一番楽しいわね。

「リディアさん、……殿下のことを、慕っているのですか？」

私の様子を眺めながら、シエル様が聞いてくる。

「シエル様、……コンロにフライパン、用意してください。二つ。どれでも良いです」

「わかりました」

「それから……私、殿下のこと好きとかじゃないです。……私に優しかったの、フランソワと殿下が会う前まででしたし。私が十三歳のとき、婚約が決まって……それから、半年ぐらいは優しかったのです」

「半年、ですか」

コンロにフライパンを置きながら、シエル様があいづちをうつ。

そうよね。半年ぐらいは、優しかったのよ。

あの時は、私は十三歳で、ステファン様は十六歳。

三歳しか年が違わないのに、すごく大人びて見えたし、神官家ではいないものとして扱われていた私は、はじめて誰かに優しくしてもらったのが嬉しくて、すぐにステファン様に懐いた。

ステファン様はとても誠実に見えたし、私も幸せな結婚ができるかもしれないって期待したのよ。

　でも、そんなのは幻想だった。

　気づいたら、私はいつの間にかフランソワのおまけみたいになっていたし、それも仕方ないかなって思いながら真面目に学園生活を続けて卒業したら、婚約破棄されたというわけである。

「フランソワが、お披露目会で殿下と会って。そうしたら、殿下はフランソワと仲良くなったみたいです。浮気です。男は、浮気をする動物……私は世界の真理に到達しました」

『僕が研究を十年以上続けても到達できない世界の真理に、リディアさんは到達したのですね」

　細かくみじん切りにした玉ねぎと、牛肉のミンチとパン粉と卵、調味料と香辛料をボウルに入れて、私は怒りを込めて捏ね始める。

　世界の真理に到達した結果が、シエル様に誘拐されてお洋服を破られて、なんだか重たい責任を背負わされて、ハンバーグを作らされているとか、ひどすぎる。

　この世界は私に優しくないのよ。

　明日《あした》、元気を出すために可愛いお皿を買おうかしら。花柄か、動物柄が良いわね。

「そうなんです……やっぱり、ほら、男性は華やかで可愛らしい女の子が好きなんですよ……王宮のどこかにステファン様がいると思うと、ふつふつと怒りと憎しみが……！　なんか、こう、何もないところで転んだり……扉に指を挟んで痛がったり、したら良いのに……」

　怒りにまかせてミンチを捏ねて、パンパンとミンチ肉の塊を両手でキャッチボールして成形していく。

あっという間に二十人分のハンバーグタネができあがった。

呪われたら良いとか、滅びたら良いだと、シエル様がまた怖いことを言い出しそうなので、呪いの言葉に具体性をもたせてみる。

うん。具体的な方が良いわね。私の呪いの力が本当になって、ステファン様に死の呪いがかかったら困るもの。

「あとはじっくり焼いて、それから、病人の皆さんに食べてもらうので、……そうだわ。大根おろしとお醤油で味付けしましょう。さっぱりしている方が良いものね」

うんうんと私は頷きながら、シエル様が準備してくれたフライパンを温める。塊肉からそぎ落とした余計な脂をフライパンに入れて、脂をフライパンに馴染《なじ》ませていく。

「シエル様、……お願いがあるんですけど」

「なんなりとお申し付けください。僕にできることなら、なんでもしますよ」

「転移魔法、さっきの……シエル様一人なら、特に問題なく使えるんですよね？」

「はい。僕一人なら、問題なく」

「それじゃあ、食堂の調理場から、お醤油をとってきて欲しいんです。……調味料の棚に置いてあります。黒い液体が入った瓶なんですけど……ラベルに、お醤油って書いてあります」

ざっと見渡したところ、お酒とお砂糖、それから蜂蜜もあったので、あとはお醤油があれば良い。大根おろしとあわせると、甘辛いお醤油ソースができる。

子供たちには大根おろしは不人気だけど、冒険者や傭兵《ようへい》のおじさまたちにはさっぱりしていて結構人気だ。

どうして――私が冒険者や傭兵のおじさまたちの好みに合わせて料理を作らなければいけないのかしら……！　と、思わなくもないけれど、やっぱりお金を貰って料理を作っているのだから、美味しい物を提供したいし。

ちなみに、お醤油ソースは、お醤油を売ってくれるツクヨミさんに教えてもらったレシピである。ツクヨミさんも美味しいって言ってくれたので、結構自信がある。

「……わかりました」

シエル様は、僅かに言い淀《よど》んだ。

もしかして、逃げるかもしれないって、思われているのかしら。

そんなこと、今更、しない。それに食材を無駄にしたりしないのだ、私は。

「あ、あの、私、ここまできたら逃げたりしませんので……焼き上がり前のハンバーグを置いて逃げたりなんて、絶対しませんので……！　ご飯は大事なので……！」

「……リディアさん。あなたは本当に、優しいですね。疑ってなんていませんよ。……少し、待っていてくださいね」

シエル様はそう言うと、足元に出現させた輝く魔法陣と共に一瞬で姿を消した。

私は、シエル様がお醤油のある場所、わかるかしらと、若干不安になりながら、ハンバーグを焼くことに集中した。

大きなフライパンを二つ使って、二十人分を二つに分けて焼き上げていく。

じゅうじゅうと強火で焼いて、裏側に焼き目がついたあとは、蓋をして弱火に。蒸し焼きにしていく。

しゅわしゅわと、お肉の焼ける音と、香ばしい良い香りが漂ってくる。

「リディアさん、これで良いですか？　お醬油、と書いてあります」

「はい！　ありがとうございます！」

ハンバーグを蒸し焼きにしている間に大根をおろし金ですりおろして、大量の大根おろしを作っていると、シエル様が戻ってきた。

すりおろすのも良い。肉のミンチを作る次ぐらいに、大根をすりおろすのは楽しい。

大根おろしができあがったので、フライパンの蓋を開けてハンバーグを確認する。

ミンチ肉の赤色が、蒸し焼きにされて濃く色を変えている。表側にも焼き目をつけるためにひっくり返して、火を強くして、じゅわじゅわと焼いていく。

「シエル様、お皿を準備してくださいな、二十人分です」

「はい。了解しました」

シエル様が指を弾くと、棚から二十人分のお皿がふわふわ宙を浮かんで、調理台の上に並んだ。

すごい、便利。魔法って良いわね。

お皿を準備するために魔法を使う必要なんてないといえばないのだけれど、やっぱりちょっとうらやましい。シエル様のように器用なことができる方は、滅多にいないと思うのだけれど。

私はとっても良い感じにこんがり焼けたハンバーグを、お皿に移していく。

ハンバーグの載ったお皿をシエル様が受け取って調理台に並べてくれるので、すごく助かるわね。優秀な筆頭魔導師様に、料理のお手伝いをさせてしまって申し訳ない気もするけれど。

空になったハンバーグを焼いたあとのフライパンに、お酒とお醤油とお水、蜂蜜とお砂糖を少し入れて煮詰める。

その間に、ハンバーグに大根おろしを絞って載せた。

牛肉のハンバーグ、すごく美味しそう。もちろん豚肉のハンバーグだって美味しいのだけれど。溢《あふ》れでる高級感みたいなものが違う。南地区に住んでいる方々は滅多に食べられない牛肉を使って、ハンバーグを作るとか、すごく贅沢《ぜいたく》。

私は、煮詰めたお醤油ソースを仕上げにハンバーグの上にかけた。

「できました！　病人の方々のためとはいえシエル様に誘拐されたので、リディア怒りのハンバーグ、二十人前です！」

「――リディアさん、ありがとうございます。これできっと、部下たちも助かります」

いつも通り怒ったりめそめそしたりしながら、料理を完成させた私に、シエル様は深々と頭を下げた。

◆リディアと二十人の魔導師

私はできあがったハンバーグを、調理場の反対側にある食堂のテーブルへと運んだ。

長テーブルに、椅子が並んでいる。普段魔導師府のセイントワイスの魔導師さんたちは、ここでご飯を食べているのだろう。

テーブルも椅子も重厚感のある木製で、テーブルには染み一つない綺麗な白いクロスがかけられている。高級感はあるけれど、あんまり可愛らしくない。

クロスが苺柄《いちごがら》とかだったら可愛いのにと思いながら、私はハンバーグの入ったお皿を並べていく。

普段なら付け合わせに、マッシュポテトとか作るし、パンとかご飯、それからサラダも一緒に提供するのだけれど、今日はハンバーグだけ。そんな余裕はないし、時間もない。

ハンバーグを並べ終えた頃に、シエル様がセイントワイスの魔導師の方々を何人か連れて戻ってきた。

「……シエル様、これで皆、無事に助かるのですか」

やや青白い顔をした、黒髪をオールバックにした若い男性が言う。

先ほど医務室で、シエル様に話しかけてきた男性だ。特徴的な容姿だったから、覚えている。

男性の額には、十字の紋様があり、耳には赤い耳飾りが揺れている。シエル様ほど煌びやかではないけれど、やや冷たさのある端整な顔立ちの方だ。

「……どこからどう見ても、ごく普通の……いや、あまり見たことのない味付けのようなハンバーグに見えます」

「はい……ごく普通の、すりおろし大根とお醤油ソースの怒りのハンバーグです……！」

食堂にわらわらと入ってくる若い男性の大群に恐れおののきながら、私はシエル様の背中にこそこそ隠れながら小さな声で言った。

シエル様も女の敵だけれど、他のいっぱいいる男性たちは知らない人たちだし。知らない人たちよりは、知っている誘拐犯の方が、まだ安心感がある。

シエル様が怒ったり恨んだりして良いと言ったので、私はシエル様を思う存分恨むことにした。というか、シエル様が誘拐犯なのは本当なので、私は怒って良いのよ。うん。多分。どんな事情があったとしても、誘拐はいけないと思うし。

「……効果は、僕が保証する。実際、この体でその効果を味わった」

シエル様の話し方は、私と話しているときよりも、冷たい印象を受ける。もしかして、私が女性だから、優しく丁寧な口調で話をしてくれているのかもしれない。

「シエル様は一番はじめに、呪いをその身に受けました。正直、立って歩いているのが不思議なほど、その体は蝕まれていたはず。……今はなんともないのですか？」

「確かに僕は、味覚も、視覚も……それから、体の感覚も、全て損ないかけていた。だが、リディアさんのハンバーグを一口食べただけで、嘘のように、体から呪いが抜けたようだ。リーヴィス。疑うより先に、食べるべきだ」

「わかりました。……それでは」

黒髪の男性が頷くと、魔導師の男性たちは席に着く。

両手を組んで食事の前のお祈りを神祖様に捧《ささ》げた後に、それぞれナイフとフォークを手にした。

「リディアさん。すみません。今の彼は、リーヴィス・ミスティレニア。セイントワイスの副官です。どうにも、疑い深くていけません」

「あ、あの、紹介はいりません……誘拐から解放されたら、二度と会うことはないと思いますので……！」

「……それにしても、怒りのハンバーグも美味しそうですね。僕の分も作ってもらえば良かった」

「シエル様、さっきいっぱい食べたじゃないですか……で、でも、あの、シエル様、……もしかして結構、私のお店に来たときは、体、危ない状態だったんですか……？」

リーヴィスさんは、そんなようなことを言っていた。

食堂に来たときのシエル様の具合、そんなに悪そうに見えなかったのだけれど。

それよりもずっと、リーヴィスさんや医務室の魔導師さんたち、シエル様の被害者の方々の方が具合が悪そうに見えるのに。

「ええ、まあ」

「まあ、じゃありませんよ……！　そういう大切なことは、先に言ってください……」

「リディアさん。僕は、割と生命力が強いんです。……ハンバーグも、他のメニューも全て、美味しかったな。また食べたいですね」

「……うう」

シエル様が、結構純粋にご飯を褒めてくれている。

何を考えているのか、やっぱりよくわからない。優しいような気もするし、嘘つきなのかもしれないし、ご自分だって死にかけていたのに、自分自身のことを他人事《ひとごと》のように話すから、なんだか不安になる。

「……これは……！　美味しい……！　牛肉の味わい深さとジューシーさが、すりおろした大根と、さっぱりとした味わいのソースで強調されている。爽やかなのに、まろやかで、舌の上でとろけるような、奥深い味わいです……！」

リーヴィスさんがハンバーグを食べながら、すごく、臨場感溢れる味の感想を述べてくれる。

「あ、あの、その、ありがとうございます……」

そんなに激しく、感想を言わなくても……！

すごく、恥ずかしい……！

美味しい、とかで良いのに。一言、美味しいとかで良いのに。もちろん、ご飯が美味しいって言われるのはすごく嬉しいのだけれど、顔が赤くなってしまう。

そこここで、「旨《うま》い……」「体の怠《だる》さが消えていく……」「味がわかる、味がわかるぞ……！」という声があがる。

「……リディアさんと言いましたね。疑って申し訳ありませんでした。……なんと、強力な解呪の力なのでしょうか……これで、皆、助かります……！」

すごい勢いでハンバーグを食べ終えて、ナプキンで口を綺麗に拭いたリーヴィスさんが私に駆け寄ってくる。

青白かった顔色も、やつれていたように見えた体も、ハンバーグを食べただけなのに元気になっているように見える。

「も、もう、食べちゃったんですか……？　今、お茶を淹れようかって思っていたのに……」

「お気遣いありがとうございます。正直あと、十皿は食べることができるぐらいに、美味しいハンバーグでした。美味しい上に、信じられないぐらい強大な解呪の効果がある。あなたは一体、何者なのです？」

「……大衆食堂ロベリアの、食堂の料理人です……」

リーヴィスさんが、ぐいぐいくる。怖い。私はシエル様の背後に再び隠れた。

見た目は冷酷な魔導師みたいなのに、熱血だわ、リーヴィスさん。

「リーヴィス。気持ちはわかるが、落ち着いて。リディアさんが怯《おび》えている。ただでさえ、僕は食堂からリディアさんを誘拐した。恐ろしかっただろうに、僕の脅しに近い要求を受け入れて、皆のために料理を作ってくれたのだから」

「それは……申し訳ありませんでした。シエル様にも、リディアさんにも迷惑をかけてしまいました。……私たちの判断ミスで、こんなことになってしまって」

リーヴィスさんは、一歩後ろに下がって深々と頭を下げた。

リーヴィスさんの後ろに、ハンバーグを食べ終えた魔導師の方々が並んでいる。皆が私に頭を下げてくれる。

何だか知らないうちに、フランソワを虐めたことになっていて、悪役と呼ばれているらしい私に頭を下げてくれるなんて……。

あんまり嬉しくないのよ。全員男性だし。

そういえば、セイントワイスの皆さんは、シエル様の研究の被害者なのではないのかしら。シエル様が謝るのならわかるけれど、セイントワイスの皆さんは別に悪いことをしていない。

「……あの、リーヴィスさんたち、セイントワイスの魔導師さんは、シエル様のせいで呪いにかかっていたのですよね……？」

リーヴィスさんたちがひどい目にあっていたのは、シエル様のせいではないのかしら。シエル様の話と、少し違うわね。

「……シエル様は、あなたにどのような説明をしたのでしょうか。シエル様は、何もしていませんよ」

「どういうことですか？　だって、シエル様の研究のせいで、呪いがみんなに降りかかったって……」

「違います。今回のことは――」

「リーヴィス。……リディアさんには、言うべきではないよ」

シエル様がリーヴィスさんの言葉を遮った。何か、内緒にされているみたいだ。

先ほどからずっとシエル様に怒っていた私だけれど、なんだかますます腹が立ってくる。

シエル様は嘘つき。嘘つきだけれど、部下の皆さんを助けたい気持ちは、本当だった。

どうして嘘をついたのか、何を隠しているのか、ここまで巻き込んでちゃんと言ってくれないなんて、ひどい。

「どういうことですか？　もちろん、そんなに興味、あるわけじゃないですけど……！　誘拐までしたのに、内緒とか、ひどい……これだから男性は、嘘つきだから、嫌いなんです……！」

私は、嘘つきは嫌い。シエル様たちの研究に興味があるわけじゃないけど、誘拐までしたのだから、教えてくれたって良いじゃない。

急に、ひとりぼっちに戻ってしまったような寂しさを感じる。

シエル様を睨み付ける私の目尻に、じわじわ涙が滲む。もう、涙腺がどうにかなっているとしか思えない。

婚約破棄される前は、ここまで情緒不安定でもなかったのに。

ううん。どうだったかしら。忘れちゃったわね。不安定だったかしら。そういえばずっと昔にステファン様に「リディアは泣き虫だな」と言われた記憶があるわね。滅びろ。

「リディアさん……」

「可愛い……」

「妖精だ……」

シエル様の声に、不穏な言葉が重なる。

キラキラした瞳で、リーヴィスさんたち魔導師の方々が私を見ている。怖い。

「……四つ首メドゥーサの首を持って帰ってきたまでは本当です。どうしても調べたいことがあったので。強力な呪いを研究することで、同じぐらい強力な解呪の力が手に入るのではないか、と」

シエル様は静かな声で、淡々と言った。それから、私の目尻の涙を、長い指先で拭ってくれる。

私は逃げずに、シエル様を睨みつけるように見つめていた。

「シエル様だけではなく、私たちセイントワイスの魔導師皆で、その研究をずっと続けていました。……月の呪い。最近、王国で見られる、恐ろしい病です。赤き月から赤い涙が落ちて、魔物が現れるように。人間も、月の影響を受けているかのように、その中身が魔物に成り果てることがあります」

リーヴィスさんが、シエル様の言葉の後に続ける。

「……月の呪い、ですか」

シエル様とリーヴィスさんの説明に、私は首を傾げた。聞いたことがない言葉だった。

「これは、機密事項です。……月の呪いにかかった人間は、凶暴に。その多くは、僕たちセイントワイスが見つけ出し、捕まえて、しかるべき処置を。……表向きには、人間が突然凶悪になったようにしか見えません。けれど、それは恐らく呪いなのです」

シエル様が密《ひそ》やかな声で言う。

機密事項だから言えなかったのかしら。――全部、自分のせいみたいに話していたけれど。

「赤い月から、魔物が落ちる。魔物は赤い月がうみだすものです。ですから、強い呪いの力を持つ四つ首メドゥーサや、その他の多くの魔物について調べることで、人間にかかった呪いを解く力が見つかるかと思っていました。……けれど、失敗を」

リーヴィスさんが言うと、他の魔導師の皆さんが肩を落とした。

「シエル様がご不在の日、私たちは研究室でメドゥーサの呪力を暴走させてしまいました。異変に気づいたシエル様は、暴走する呪いを止めるべく、その体でほとんどの死の呪いを受け止めてくれたのです。……私たちは、呪いの残滓《ざんし》を浴びました」

「一大事じゃないですか……」

よくわからないことばかりだ。

赤い月から魔物が落ちる。これは知っている。

けれど、月の呪いなんて、知らない。

「シエル様、機密事項だから、嘘をついたのですか？　何のための嘘だったのか、よくわからなくて……」

「あなたに、助けてもらうために……どうすれば良いのか考えました。国の機密や、死の呪いの話をしてしまえば、怯えるのが普通でしょう。だから、全ては僕の軽率な行動のせいだ、ということに。それに、リディアさんは、怒ったり恨んだりしている方が、気持ちが楽になるのかと考えて、そのように伝えました」

「……シエル様、嘘をつくのは嫌です」

「すみませんでした。……結局、重傷者の様子を見せて、あなたを追い詰めたのだから、……あまり意味のない嘘でしたね」

「そんなこと、ないです。私、多分……最初から今の話を聞いていたら、逃げていたと思うから。お料理、できなかったと思います、きっと」

私は深く溜息《ためいき》をついた。

溜息と共にお腹《なか》の中に溜まっていた怒りが、体から抜けていく気がした。

「……シエル様がいなかったら、きっと私たちは今頃……。それに、リディアさんがいなければ……リディアさんは、命の恩人です。病床に臥《ふ》している者たちにも、持っていってあげましょう。怒りのハンバーグを」

リーヴィスさんが、真剣な表情で言った。

もう嘘は、ないみたいだ。

シエル様は私が思っていた以上に、深刻な悩みを抱えていた。私のもとに来る前から命を失いかけていたのに――私は知らなかったとはいえ、怒ったり、嫌がったりしてしまった。

「……私、もう怒っていないので……怒りのハンバーグじゃなくて良いです。私の作ったお料理、体に優しいあっさりさっぱり大根おろしハンバーグです」

私は、料理名を訂正した。

体が辛い状態にある方々に食べてもらうハンバーグの名前に、怒りのハンバーグはふさわしくないわよね。

ともかく、リーヴィスさんたちが元気になってくれて良かった。

私にはハンバーグを作ったという実感しかないのだけれど――もしかしたら、本当に解呪の力が、あるのかしら。

それとも、リーヴィスさんたちは医務室で魔法による治療を続けていたから、それが、たまたま効いてきただけ、かもしれないけれど。

それから私はシエル様や魔導師の皆さんと一緒に、医務室までハンバーグを運んだ。

先ほど少しだけ覗《のぞ》いた医務室のベッドには、体を呪いに蝕まれて、動けなくなっている魔導師の方々が寝かされていた。

皆一様に顔色がとても悪く、深く目を閉じて浅い呼吸を繰り返している。

起き上がって自分でスプーンも持つことができない方々に、ハンバーグを食べさせるのを、私も手伝った。事情を知ってしまった以上は、放っておくことなんてできない。

「……嘘みたいだ」

「食べることができる……それどころか起き上がることもできるぞ……！」

ハンバーグを咀嚼して飲み込んだ途端に、病床の方々は起き上がって、自分で残りを食べることができるぐらいには元気になった。

今すぐ命の灯火《ともしび》が消えてしまいそうに見えたのに、ベッドに座ったり、立ってみたりしている。

確かに皆、ハンバーグを食べて元気になったように見える。

──でも、私は魔力なんて、なかったはずなのに。

安堵や、動揺や、色んな感情が綯《な》い交《ま》ぜになって、頭がぼんやりする。

「リディアさん、本当にありがとうございます。僕は、唯一大切だと感じることができる、部下たちを失うところでした」

私の隣に立っているシエル様が、小さな声で言った。

シエル様の瞳は、元気になったセイントワイスの皆さんを、優しく見つめている。

身を挺《てい》して死の呪いから庇《かば》うぐらいだから、本当に部下の皆さんを大切に思っているのね、シエル様。

私にも、そんな風に大切だと思える人が、誰かいるかしら。

――誰も、思い浮かばない。

「……いえ、あの……どういたしまして」

私はシエル様の横顔を見上げて、小さな声で返事をした。

私のハンバーグには――本当に、シエル様が言うような力があるのだろうか。

私にはやっぱりまるで実感がないのだけれど。ともかく、セイントワイスの皆さんが、無事に元気になって良かった。

ほっとして、家に帰ろうとした私を、セイントワイスの皆さんが取り囲んだ。

私はセイントワイスの魔導師の皆さんに「リディアさん！」「天使だ！」「奇跡の妖精だ！」「奇跡のご飯を作ることができる、我らのリディアさん！」とかなんとか言われて、わっしょいわっしょいと胴上げされながら「嫌ぁぁ下ろしてくださいぃぃ……！」とさめざめ泣いた。

やっぱり男は嫌いだ。

◆宿敵との再会

セイントワイスの皆さんが私をわっしょいわっしょいするのをやめたあと、魔法で作り上げた花が咲き乱れた台座に座らせて崇《あが》め奉ろうとしてくる。

白百合《しらゆり》の花が咲き乱れる中央にある氷の台座に運ばれそうになった私は、泣きながら「シエル様、もう帰ります、助けて、下ろしてぇぇ……っ」と、とうとうシエル様に助けを求めることになった。

部下の皆さんの喜びようをとても微笑ましそうな表情で見ていたシエル様は、はっと気づいたように私を凝視すると、「そろそろリディアさんを家に帰してあげましょうか」と、やっとセイントワイスの皆さんに言ってくれた。

「リディアさん、奇跡の妖精よ……！　本当にありがとうございました！」

「リディアさん、可愛い上に優しく、料理も上手な理想の嫁……」

「その力、ぜひ、研究をさせていただきたい……」

セイントワイスの皆さんが、口々に言った。

リーヴィスさんが私の前に恭しく膝をついて、頭を下げる。

「リディアさん、セイントワイスはこの御恩《ごおん》をけして忘れたりしません。リディアさんに私たちは、永遠の忠誠を誓いましょう。リディアさんが死ねと命じるのなら、死にます」

「ひぇぇ……」

あわあわしながら、私はシエル様の背後に隠れた。

リーヴィスさんが、熱血すぎて怖い。そんなこと私は命じないのよ。

食堂の料理人の私が、リーヴィスさんに死ねって命じる状況って、一体なんなの。

「そ、そんなこと、お願いしたりしませんから……！　ともかく、皆さんが無事にお元気になって、よかったです……もう二度と、会うことはないと思いますので、お元気で……！」

私はシエル様のローブをぐいぐい引っ張りながら言った。

服を切り裂かれた挙句、わっしょいされて更にボロボロになった私。暴漢に襲われたのかと思われるぐらいボロボロである。

シエル様がようやく私の大惨事に気づいたように、自分のローブを脱いで私にかけてくれようとするので、私は逃げ回った。

そんなことされてたまるものですか。

男性の大きな服を借りて、ぶかぶかさせながら着るとか、そんなちょっとロマンスがうまれそうなこと、私は断固拒否なのよ。

シエル様も、セイントワイスの皆さんを救いたくて切羽詰まっていたのでしょうけれど、誘拐の罪は消えないのよ。

「ローブ、借りません……洗って返さなきゃいけなくなったら、シエル様ともう一度会う羽目になってしまいますし……」

「リディアさん……あなたのシエル様に迷惑をかけまいとする姿勢……なんと健気《けなげ》な女性なのでしょう……」

リーヴィスさんがよくわからないことを言って、感動している。

再びセイントワイスの皆さんが「健気！」「健気で可愛い！」「俺たちのリディアさん！」などと、胡乱《うろん》なことを言い始めているので、私は顔を両手に埋《うず》めた。

うう、悲しい。この場所だと、私が何をしてもセイントワイスの皆さんが私を褒め称《たた》えてくる。

きっと私が乱心してここで全裸になっても、褒め称えてくれるに違いないのよ。怖い。

私はお辞儀をすると、お部屋から逃げた。

セイントワイスの皆さんが拍手と歓声で私を送り出してくれる。

シエル様が私の後をゆったりとした足取りでついてきた。ゆっくりしているのに、スイスイ速い。

やっぱり、足が長いのよね。シエル様が歩くたびに、髪の宝石がきらきらと揺れている。

「……僕を嫌って、恨んで良いとは言いましたが、……上着を着るのを嫌がられるほどに、リディアさんに嫌われてしまったのですね、僕は」

「シエル様がどうこうっていうか、私は、男性が嫌いなんですよ……！　私の到達した世界の真理の傷は深いのです」

「色々と、すみませんでした。やはり、ルシアンのようにはうまくできないですね、僕は。……実を言えば、僕はセイントワイスの部下以外とは個人的な交流を持つことが少なくて。もちろん、仕事上では、人と関わることはあるのですけれど」

「そうは見えませんけど」

お城のメイドたちにきゃあきゃあ言われて、両手に侍《はべ》らせているように見えますけど。

でも、ルシアンさんのようにうまくできないという意味は、よくわからない。

「僕は、あまり城の者たちから好かれていませんので。ともかく、リディアさんに料理を作っていただかなくてはいけないと思い、ルシアンの真似《まね》をしてみました。可愛いと言ったり、体に触れてみたり。……あまり、よくないことでしたね。すみません」

私はシエル様のロベリアでの態度を思い出してみる。確かに私のことを可愛いと言ったり、手を握ったりしていた気がする。王宮に来てからのシエル様とは少し違うみたいだ。

「そ、そんなに、ごめんなさいされても、駄目なので……！　シエル様も必死だったかもしれないですけど、私は絆《ほだ》されたりしないのです……男は裏切るのです。私は、子供たちの健やかな成長を見守りながら生きていくのです」

お城の出口に向かって、私はずんずん進んでいく。

ルシアンさんの真似をして、可愛いとかなんとか色々言っていたのはわかったけれど。確かに言われてみれば、かなりルシアンさんに似ていた気がするけれど。

でも、やっぱりそれを抜きにしても、誘拐は駄目だと思うの。

シエル様とはこれでさようならだ。セイントワイスの皆さんも元気になったみたいだし、良かったとは思う。沢山謝ってくれているし、誘拐の件は許してあげても良いかなって思うけれど、でも、もう関わることもないだろうし。

ともかく、お城というのは私にとって鬼門である。早く逃げないと。ろくでもないことが起こるような気がする。

「……リディア、どうしてこんなところに」

ほら、やっぱり……！

私の前方から、ろくでなしが服を着て歩いているような美丈夫がこちらに向かってくる。

あとちょっとでお城から逃げられるところだったのに。どうしてこう、私ってば間が悪いのかしら。

レスト神官家では私、存在感なんてまるでなかったのに。どうしてお城の中だと、ばっちり存在しちゃうのかしら。

「その姿はなんだ、リディア。それに、シエル……！」

並んで歩いていた私とシエル様の前までやってきた、ゆるく癖のある金の髪と翡翠色《ひすいいろ》の瞳の美しい男性が、私を睨みつけている。

身なりの良い白い服には、王家の紋章である角のある天馬の姿が描かれている。

ステファン様だ。

私の元婚約者の、浮気者の、ろくでなしである。

私は自分の姿を見下ろした。ブラウスのボタンは引きちぎれていて、スカートもところどころちぎれている私の姿を。

本当に、なんだこの姿って感じ。

「殿下、少々深刻な事情がありまして」

説明しようとしてくれるシエル様の言葉を、ステファン様が遮った。

『深刻な事情など……！　俺との婚約が破棄された途端に、男漁《おとこあさ》りとは。城の中でシエルと戯れていたのだろう。まるで、娼婦だな」

私を睨みつけながら、ステファン様は嘲るような口調で言った。

ええと。

何をどうしたら、そういう結論になるのかしら……！

私のこの姿、よく見て。どう考えても、私がシエル様に襲われて、何かしらのひどいことをされたとしか思えないのではないのかしら……！

ステファン様、馬鹿なの？

ろくでなしだと思っていたけれど、馬鹿なのかしら……！

ステファン様、顔は良いけどお馬鹿さんなのかもって思ったら、怒りや悲しみを通り越してなんだかちょっと冷静になってしまった私。

今の言葉を頭の中で反芻《はんすう》してみる。ええと。私はシエル様と二人で歩いているわよね。

それで私、服がボロボロよね。なんだか乱れてるわよね。

セイントワイスの皆さんに、お祭りの時の花神輿《はなみこし》ぐらいにわっしょいわっしょいされたから。

それで、そんな私を見てステファン様は、王宮のどこかで私とシエル様が、具体的にはよくわからないけれど、何かしらの口には出せないようなことをしていたと誤解しているのよね。

「シエル様……恋人を職場に連れ込んで、服を切り裂いてひどいことをしたあとに、ボロボロの女性を堂々と連れ回すような人だって、殿下に思われているみたいですけど……」

「そうみたいですね」

「……ステファン様、ろくでなしとは思っていましたけど、あまりにも、あんまりです……」

私はシエル様にこそこそ言った。

シエル様のことは変態って罵ったりもしたけれど、誘拐犯ではあるのだけれど、そこまでの変質者なんて思わないのよ。

ステファン様、私のことはともかくとして、自分の臣下の方に、なんてひどいことを言うのかしら。

それに、フランソワのお母様は娼館の出身なのに、その発言はどうなのかしら……。

「リディアさん、あなたが嫌っている僕と恋人だと思われてしまうなんて。申し訳ありません」

シエル様も私にこそこそ言った。

「シエル様、怒らないのですか……ひどいこと言われているのに」

「ええ、まぁ。僕のことはともかく、リディアさん。大丈夫ですか？　僕が王宮に連れてきたばかりに。転移魔法で逃げましょうか」

「服、破けますよね……？」

「破けます」

これ以上破けたら今もまあまあ大変だけれど、もっと大変なことになるわよね。だって、お店、閉めてこなかったもの。

もしお客さんが来ていたとしたら、半裸どころか全裸の私をお見せしてしまうもの。私のお店、大衆食堂なのよ。いかがわしいお店とかじゃないのよ。

だから、駄目。絶対駄目。

「私、大丈夫です……今の私、もう食堂の料理人なので、殿下とは無関係の、赤の他人ですので……」

だって、ステファン様が私よりもフランソワを優先し始めて。それから婚約破棄された時点で、千年の恋も醒《さ》めたもの。

そこまでの恋心なんてなかったとは思うのだけれど、淡い期待のようなものは、もちろんあったのよ。

今残っているのは怒りと悲しみと恨み辛み。

私のメンタルは、すっかり暗黒面に落ちたのよ……！

暗黒面に落ちたのだから、こんなところで宿敵に責められて、落ち込んでいる場合じゃないのよ、私！

「大人しい女だとばかり思っていたが、神官家においてはフランソワを嘲り虐め、婚約破棄されたあとは、男漁りとは……シエル、お前もだ。俺の元婚約者殿を王宮に連れ込んで手を出すとは、これだから宝石人は、常識がなくて困る」

「……っ」

ステファン様が吐き捨てるように放った言葉に、私は息を呑《の》んだ。

咄嗟《とっさ》にシエル様の顔を見上げるけれど、シエル様はまるで何も聞こえていなかったように、微笑んでいる。

ひどい——差別なのに。

シエル様の髪には、宝石が煌めいていて。私はそれを装飾品だと思っていた。けれど、確かによくよく見ると、髪が途中で鉱物に変化しているみたいだ。

宝石人ジェルヒュムとは、言葉の通り体が宝石でできた種族の方々のこと。昔は王国で暮らしていたけれど、人間からひどい差別を受けて、今は安全のために王国の西にある宝石人の街、エーデルシュタインにほとんどの方々が移り住んでいる。

今は、表向きは差別はなくなって、ジェルヒュムの方々の安全は守られていると言われているけれど。

「……なんてこと言うんです……シエル様たちは、王国の方々のために、……危険なお仕事をなさっているのに……！」

私は思わず、ステファン様を睨みつけていた。

先ほど見た光景が、思い出される。

病床に寝かされていた、今にも命を失ってしまいそうに見えた、セイントワイスの魔導師の方々。

リーヴィスさんや他の皆さんも。

それから、シエル様だって——。

王国の人々を救うために研究を行って、呪いに侵されていたのに。

ステファン様はそんなこと知らないかもしれないけれど、でも、あの様子を見れば、セイントワイスの方々が日々真面目にお仕事に励んでいることぐらい、わかる。

部下以外とは個人的な交流を持つことが少ない。あまり城の者たちから好かれていないと言っていたシエル様の言葉の意味が、私にもやっと理解できた。

それは、ジェルヒュムだから。

「国のために働くのは当然だろう。父上が、シエルをジェルヒュムと人間の混ざりものだと知りながら、その能力を買って、筆頭魔導師の地位に取り立ててやったんだ。それなのに、リディアを王宮に連れ込むとは……やはり、宝石人は宝石人なのだな。頭の中まで鉱物でできている」

「殿下、言葉が過ぎます……!」

すごく、すごく、頭にくるのよ。

今までお肉のミンチにぶつけたり、目玉焼きやらソーセージにぶつけたりしていた怒りが、一つの塊になって、私に戻ってきているみたいだ。

なんなの、ステファン様。

こんなに、最低な人だったのかしら。

こんなに最低な人に、私の初恋を捧げたというの？

最悪なのよ。最低すぎる。浮気男というだけならまだしも、差別男だったなんて。

——国王陛下になるの？　シエル様を面と向かって貶《おとし》めた、この方が？

「リディア、誰に向かってものを言っている？……お前はレスト神官家から逃げ出して、庶民のように街で暮らしていると、フランソワに聞いた。ただの庶民に成り下がったお前が、俺にそのようなことを言っていいと思っているのか？」

「それは……」

確かに、そうだけれど。ステファン様は王太子殿下だ。口答えは、不敬でしかない。でも。

「シエルに色目を使うとは、俺への当てつけか？　そのような姿で俺の前に現れて、嫉妬心でも煽《あお》るつもりなのか、リディア。愚かな」

「……わ、私が、誰と、どうこうしようと、殿下には関係ありません……！　殿下なんて、大嫌い、大嫌いです……！」

「嫌い……」

ステファン様は、私の言葉に何故か驚いたように目を見開いた。

どうして驚くのかしら。嫌いに、決まっているじゃない。こんなことになって、ステファン様のことをまだ私が好きだとでも思っているのかしら。そんなわけないじゃない。大嫌いだ。

シエル様が私の腕を摑《つか》む。

「リディアさん、落ち着いて」

「殿下なんて、全部の靴紐がちぎれたり、全部のボタンが弾け飛んだり、すごく太って服が全部合わなくなったり、ダンスの最中にベルトがちぎれて、ズボンが脱げたりすれば良いのだわ……！　呪われ……ふぐ……っ」

シエル様の大きな手が、私の口を背後から塞ぐ。私はシエル様の腕の中でじたじたした。

私は怒っているのよ。今までかわいそうな食材たちにぶつけていた怒りを、ご本人にぶつける日がついに来たのよ。

ステファン様の悪口を言ったことで、何かしらの罪に問われるかもしれないけれど。でも、黙ってなんていられない。

私──神官家で、お父様からも使用人たちからも、いないものとして扱われてきたから。

だから、やっぱり、差別はいけないの。

だって、それはとても、苦しいから。

「あああ大変だ……！　魔導師府から管理していたまんまる羊が逃げ出した……！」

リーヴィスさんの声と共に、大きな音がこちらに向かって響いてくる。

振り向くとそこには、まんまるくてふわふわでとっても可愛らしい、まんまる羊の大群がいた。

まんまる羊の大群が、私たちに向かってすごい速さで走ってきている。

そのまんまる羊たちを、リーヴィスさんや魔導師の方々が追いかけている。

「殿下、逃げてください……！　今捕まえますから……！」

「リディアさん、逃げましょう。殿下も、お逃げください」

リーヴィスさんと、シエル様の声が重なる。

私はシエル様に担ぎ上げられた。そうして私は、まんまる羊の群れと共に、王宮から逃げ出したのだった。

王宮からステファン様の「どうして羊が……！　リディア……待て……！」という叫び声が響いていた。

◆リディア、ちょっとだけ立ち直る

私が王宮に誘拐されたのはお昼過ぎ。

二十人分のハンバーグを作ったり、ステファン様と口喧嘩《くちげんか》をしたりしていたせいで、いつの間にか街には夕闇が迫ってきている。

蜜柑色《みかんいろ》に染まる空には、赤い月と白い月が輝いている。夕暮れ時の街を、シエル様は私を抱き上げて歩いていた。

「……リディアさん。……王太子殿下にあのような物言いは、危ういことです」

王宮の姿がすっかり見えなくなったところで、シエル様はどこか困ったように言った。

橙色《だいだいいろ》の光がシエル様の髪にある宝石に反射して、きらきら輝いていて、とても綺麗。

煌びやかな方――と思ったけれど、それはジェルヒュムだからなのね。

ジェルヒュムの方はもっと全身が鉱物のように光っているけれど、シエル様は違う。

ステファン様は、混ざりものと言っていた。つまり、シエル様は純粋なジェルヒュムじゃなくて、ジェルヒュムと人間の両方の血を引いているのだろう。

それでも、ひどいことを言われる。

「殿下は……昔は、もっと温和な方だったように思いますが、どうにも……近々ご即位されることを意識しているのか、どこか苛立《いらだ》っているようで、……リディアさんとの婚約破棄の顛末もひどいものだとは思いますが、それ以外にも」

「シエル様を貶めたり、ですか……？」

「僕のことは良いのですよ。……フランソワ様を嘲ったという理由で、城の侍女を辞めさせたり、リディアさんの件で意見をしてくる貴族や、従者に罰を与えたりと……もちろん、殿下のいる王宮にあなたを連れていった僕に、咎《とが》があるのは確かなのですが」

「それはもう、良いんです、シエル様。……私の方こそ、ごめんなさい」

私は大人しくシエル様に抱きかかえられながら、反省した。

王宮から逃げることができたからか、乱れていた感情が落ち着いてくる。そうすると、自分の態度や言葉が、とても情けないもののように感じられた。

「私、自分に力があるなんて、思ってなくて、今も、思ってないんですけど……だから私が誰かの役に立つなんて、とても思えなくて……シエル様は困っていたのに、よくない態度を取りました。ごめんなさい……」

「謝らなければいけないのは僕です。……僕はあなたを騙していないと言いましたけれど、……嘘ばかり、ついていました。どうしたらあなたが僕の言うことを聞いてくれるのか、それだけを考えていました」

私のもとに来たシエル様のこと、私は確かに、ルシアンさんと同じ女誑し、と思った。距離が近いし。

でも今のシエル様は、違う。今の方がずっと自然で、涼やかで落ち着いた静かな声音を聞いていると、私の心も少し、落ち着いてくるような気がした。

「部下を助けるために、藁《わら》にも縋る思いであなたのもとに……というのは、言い訳ですね。すみませんでした」

「私、もう怒っていなくて。……シエル様たちが元気になってよかったって、思ってます。殿下にけ会いたくなかったけど、でも、ちゃんと文句を言えてよかったです。あんな最低な人、……婚約者じゃなくなって、せいせい、します……っ」

そこまで言うと、じわりと涙が目尻に溜まった。

婚約者に選ばれたばかりの、ステファン様が私にまだ優しかった頃。そこには確かに、淡い憧れがあった。

それが粉々に砕かれて、夕暮れの空に散り散りになって、消えていく。

最低って思うけど。

ろくでなしって思うけど。

でも、良いことだって、少しはあったのよね。少し。少しだけど。

「リディアさん。……ありがとうございました。……あなたを守ることもできず、逆に、あなたに守られてしまった。情けないですよね。僕は、あなたよりもずっと大人なのに」

「シエル様は、大人だから、我慢しているのでしょう……?」

「……どうなのかな。忘れてしまいました。宝石人は、嫌われても仕方ない。そういう立場です。僕を今の立場に取り立ててくださった国王陛下には、感謝をしています。今の立場が一番、……月の涙、ロザラクリマについての研究がしやすいのです」

「魔物の落ちる日のことですね……?」

「ええ。……ジェルヒュムが差別を受ける理由は、宝石人が月から落ちてきた魔物だから。知性ある魔物。……王国の人間たちは、そう思っています」

「……それは、昔の話で、今は……」

私は首を振った。

でも、わかっている。そんなのは、建前だ。

今だって、ジェルヒュムの方々を自分たちと同じ人間だって思っていない人は沢山いて。ステファン様の物言いはひどいけれど、そんなに珍しいことじゃない。

「ごめんなさい。……私、今、嘘をつきました。……そんなことないですよね、シエル様、……ひどいことを沢山、言われてきましたよね。私も、嫌いって、言いました。ごめんなさい」

役立たずだと言われること。

不用品だと言われること。

地味で目立たなくて、どこにいるかわからない。

誰も、私のことを見てくれない。

それはとても辛い。何もしていないのに嫌われて、蔑まれるのは、とても苦しい。私はそれを知っているのに、同じことを、していた。

シエル様は私に何度も謝ってくださったのに、男性だからと、嫌って。

変態とか、言ったし。何度も言ったし。いえ、これは仕方ないのよ。私を強引に誘拐するから。

でも、謝ってくれたのだから。私だって、いつまでも怒っているのは、よくないのよ。

「リディアさん。……僕は、嬉しかった。……リディアさんは、僕を宝石人だからという理由ではなくて、男だから、嫌っている。もちろんあなたが僕を、宝石人の血を引いていると知らなかったから、ということもあるのでしょうが。……僕の血筋ではなくて、僕自身を蔑んでくれるのが、なんだか嬉しかった」

「そ、それは、あの、……ごめんなさい」

「それに、僕が嘲られることについて、怒ってくれました。……ありがとう。あなたは優しい方です」

「私、……殿下には、個人的な恨みが、沢山あって……！」

「でも、僕のために怒ってくださった。……リディアさん。優しいあなたを泣かせてしまって、すみませんでした。僕はあなたに嫌われているから、もう、二度とあなたの前に顔を出さないと、誓います」

「シエル様……」

シエル様が、切なげに眉を寄せて微笑んでいる。

なんだかとっても胸が苦しい。

私もステファン様と同じ。私の頑《かたく》なな態度が、シエル様を傷つけてしまった。

シエル様のこと、よく知らないのに。よく知らないのに、拒絶して。

そもそも、せっかく食堂にご飯を食べに来てくれるお客さんを、男だからという理由で拒絶するのは、間違っているのではないのかしら。

あ。ルシアンさんは別だ。女誑しだから。

「……シエル様、あの、あの……っ」

シエル様ともセイントワイスの皆さんとも、もう関わったりしないって、私は思ったけれど。

でも——私がそんな風に拒絶をしたら、シエル様は本当に、もう二度と私に会わないようにする気がする。

そうやって、せっかく私を頼ってくれた人を拒絶し続けていたら——私は、ずっと、ひとりぼっちだ。

シエル様は本当はずっと部下の方々のこと、心配だったと思うのに。

それでもちゃんと、私のご飯を美味しいって言って、全部食べてくれたのに。

「リディアさん?」

「ええと、その……シエル様、……もしよかったら、お夕飯、食べて行きますか? もう、そんな時間です……よかったら、ですけど……」

声が、震えてしまう。悪態ばかりついていて、情けない姿ばかり見せてしまって、私の方こそ、シエル様に嫌われても当然みたいな、態度をとってしまったのに。

それなのに、ご飯に誘うなんて——断られたって、仕方ない。

でも、勇気を出さないと。私はシエル様のことを何も知らない。何も知らないまま、シエル様を傷つけてしまったまま、二度と会えないなんて、苦しい。

「良いんですか……? 嬉しいな。……あなたの作る食事は、今まで食べたどの料理よりも美味しい。食べられなくなるのは、残念だと思っていました」

シエル様はそう言って、とても嬉しそうに微笑んでくれた。

「はい……！　お夕食、美味しいご飯、作りますね」

私は安堵して、目尻に浮かんだ涙をゴシゴシ拭うと、にっこり笑った。

良かった。断られるって、思っていた。シエル様は多分、とても優しい方だ。

私は——久々に、ちゃんと笑うことができたような気がした。

そうして、シエル様と一緒に大衆食堂ロベリアに帰った私。

マーガレットさんのお肉屋さんはもう閉まっていて、夕方から開いているお店はお酒を飲む飲み屋さんぐらい。

私のお店も日が落ちると閉めてしまう。南地区の治安は、もともとそんなに良くはないのだけれど、夜はもっと良くない。

マーガレットさんやルシアンさん、ツクヨミさんが口を揃えて、女の子が一人で夜お店を開くのは危ないと言うから、素直に従っている。

用心棒でも雇えば大丈夫なのだろうけれど、そんな余裕はないし。そもそも男性は信用できないって思っているのに、用心棒というのは男性がほとんどだし。

シエル様は抱き上げていた私を、お店の前で下ろしてくれた。

お店の中に入ると、特にお客さんが来たような様子もなくて、しんと静まり返っていた。

私はお店の入り口の扉を閉めて鍵をかける。暗い店内に魔石ランプを灯した。魔石ランプの橙色の灯《あか》りが、柔らかく店内を照らした。

「とりあえず、着替えてきますから、待っていてくださいね」

私のお洋服は所々破けているので、このままというのは恥ずかしい。シエル様は軽く首を傾げて口を開いた。

「……リディアさん、僕に何かできることはありますか？」

「シエル様、お湯ぐらいは沸かせますか？」

「大丈夫だと思います」

「それじゃあ、お願いします。お茶を淹れたいので」

私はシエル様に調理場のコンロの場所と、ケトルの場所を教えると、二階にあがった。二階にあるのは、リビングと、浴室などの生活空間と、寝室ぐらい。

もともとここはマーガレットさんのご両親のお家《うち》だった。寝室にはベッドが二つあって、私は窓際のベッドを使わせてもらっている。

私はクローゼットから、部屋着を出してきて着替えた。

お店に出るときはちゃんと、ブラウスとスカート、エプロンでしっかり外用の武装をしているのだけれど、お店には今日シエル様一人しかいない。

飾り一つついていない黒いワンピースに着替えて、乱れた髪を結い直すと、私は一階に下りた。

ボロボロになってしまったエプロンとブラウスは、小さく切ってお掃除用のクロスにしようと思う。

「シエル様、お湯、沸きましたか？」

調理場に行くと、シエル様がコンロの前に立っている。ちゃんとケトルを魔石コンロにかけて、お湯を沸かしてくれているようだった。

「ええ、多分大丈夫だと思います。それから、水魔石の魔力量が減っていたので、補充しておきました」

「え？　あ、ありがとうございます……魔石に魔力を補充するには、半月ぐらいかかるって思っていたんですけれど……」

「魔石師は、魔石に自分の魔力を込めます。魔石の数が多いほど、魔力の使用量が増えて補充に時間がかかるんです。僕は……宝石人の特性で、魔力量が普通の人間よりも多いので、一つの魔石に魔力を補充するには、数分もかかりませんよ」

「それは、確かに、筆頭魔導師様ですから、そうなんでしょうけれど……」

「リディアさん、これぐらいのことなら僕にもできます。あなたの役に立てるのなら、いつでも言ってください」

「あ、ありがとうございます……」

嬉しそうにシエル様が言うので、私は恐縮した。

魔石の魔力を補充するのに筆頭魔導師様を呼びつけるのは、かなりの贅沢なのではないかしら。

流石にそれはできないのよ。

「それじゃあシエル様、残っている食材でお夕飯を作りますので、座って待っていてください」

「その……リディアさん。迷惑じゃなければ、近くで見ていても良いですか？」

「いいですけど……もう見張らなくても、大丈夫ですよ？」

「見張っているわけではなくて……リディアさんが、手早く食事を作る姿を見ていたいと感じています。もともとあった食材の形が次々に変わっていったり、調理場を動き回るあなたの姿を見ていると、……なんだか、心があたたかくなります」

「……そ、そうですか、シエル様、料理を作っているところを見るのが好きなんですね」

「ええ、多分」

「それなら、私と同じですね」

私も、神官家の調理場の片隅に座って、料理人たちの作業を見るのが好きだった。その料理は私の口には入らなかったのだけれど、どれも美味しそうで、一体どんな味がするのだろうと思いながら熱心に眺めていた。

料理人たちは私の存在にまるで気づいていないようだった。迷惑にするでもなく、追い出すこともなく、私に視線を向けることもなかった。

神官家の使用人たちはみんな同じような感じだったから、気にしたこともなかったけれど。

今は、熱心にシエル様が私を見ている。少し落ち着かないけれど、……でも、嫌な感じはしない。

私は保管庫から玉ねぎとソーセージの残り、それから、卵をいくつか取り出した。

玉ねぎをみじん切りにして、茹でた後のソーセージを小さく切っていく。コンロで熱して油を入れたフライパンで、玉ねぎとソーセージを炒める。

火が通るのを待つ間に、ティーポットにカモミールティーの茶葉を入れて、シエル様が沸かしてくれたケトルでお湯を注いだ。

「シエル様、少ししたら、カップにお茶を注《つ》いでくれますか？」

「はい。わかりました。……リディアさん、楽しいですね。……いつもは研究室に籠もっていて、もしくは、研究のために一人でフィールドワークに出ていて、食事は、固形食料を齧るぐらいだったのですけれど……こうして、一緒に食事の準備をする時間というのは、特別なものだと感じます」

シエル様が優雅な所作で準備したカップにお茶を注いでくれる。

「特別……そうですね、特別かも、しれません。私も、……お仕事の日以外で、こうやって、誰かと一緒にいるのは、はじめてな気がします。夜は、いつも一人でしたから」

代わり映えのしない日々を、密やかに過ごしていた。お店を開いて、お料理をして、買い出しをして、夕方にはお店を閉めて、一人きりのお店で、暗くなったら眠る日々。

けれど、今日は特別。シエル様と一緒に、過ごしている。

そのせいだろうか。お料理を作っているとき、私の心は悲しみとか怒りとかでいっぱいだったはずなのに、今日は、ステファン様にひどいことを言われて腹が立っていたはずなのに、恨み言を言う気にはなれなかった。

「……嫌なことがあったの。私の元婚約者は、最低な浮気者だけれど、それ以上に、ひどい差別をする人だったの。……言葉は、……刃《やいば》みたいに、相手に傷をつけるのよ。だから、今までごめんね、玉ねぎさん、みんな……」

フライパンでじゅうじゅう音を立てながら、白色から透明に変わっていく玉ねぎのみじん切りや、香ばしさを立ち上らせているソーセージに、私は謝った。

反省も、今日だけかもしれない。

明日から恨みと悲しみに満ちた私に戻るかもしれないけれど。

たまには反省する日があっても良いと思うの。

「リディアさん。……リディアさんも、傷ついていますよね。……すみません。咄嗟に、言葉が出てこなかった。ああいったことを言われるのには慣れていて、鈍感になっているようです」

お茶を注ぎながら、シエル様がポツリと言った。

私はフライパンに羽釜に残っているご飯を入れて、炒めていく。

それから、昼間作っておいた残り物のスープを温め直した。

ご飯を軽く炒めて塩こしょうをして、風味づけにバター、それから、乾燥パセリを入れて交ぜる。

一度コンロからおろして、新しいフライパンにバターを入れて温める。

フライパンが温まるまでに、お皿に炒めたご飯を丸形に盛り付けた。

「シエル様は、もっと怒って良いと思いますよ、私みたいに……」

いつも怒ってばかりいる私が言うのもなんだけれど、シエル様は怒らなすぎではないかしら。

あれほどひどい言葉をぶつけられたら、少しぐらいは感情を乱れさせても当然だと思うのに。まるで、気にしていないようだった。

慣れているといっても、大人だからといっても、やっぱり、我慢しすぎは良くないと思う。

「……怒って良い、でしょうか」

「はい。だって、シエル様、何にも悪いことしてないじゃないですか。シエル様がした悪いことは、私を誘拐したことですけれど、それは謝ってくれましたし。……ちゃんと選ばれた立場で働いているのだから、あんなことを言われるのは、間違っていると思います……」

「………リディアさん。……僕は」

私はフライパンに溶いた卵を入れて、手早くかき混ぜる。さらさらだった卵がすぐに固まって、ドロドロになっていく。

半分ぐらいドロドロになりながら固まった卵を、盛り付けたご飯の上にかけた。

それを、二つ。

それから作り置きのトマトソースをフライパンで温めて、卵の上にかける。

「できました！　シエル様、嫌なことがあった日のほっと一息とろとろオムライスと、普通の野菜スープです！」

今の私、怒っていない。あと、悲しくもない。未練もない。

だから、料理名も、そんな感じ。

◆宝石人シエル・ウィスティリア

食堂のテーブルにとろとろオムライスと野菜スープ、カモミールティーを運んだ。

私とシエル様は向き合って座った。

私が両手を組んで「神祖テオバルト様、今日もお食事をありがとうございます」とお祈りを捧げると、シエル様も目を伏せて両手を組んだ。

「リディアさん、……素晴らしい料理をありがとうございます」

シエル様はテオバルト様の名前は口にしなかったけれど、私に祈りを捧げるようにして穏やかな口調で言った。

オムライスをすくって口に運ぶシエル様を、私はちらりと見てから、スプーンを手にする。

とろとろの卵が黄金色に艶々に輝いていて、赤いどろっとしたトマトソースが鮮やかで、美味しそう。

今日も上手にできた。

一口すくって食べると、ふんわりした卵の優しい味と、トマトの酸味、お米や玉ねぎの甘さと、現実的なソーセージの香ばしさと香草の爽やかさが口いっぱいに広がる。

「すごく、美味しいです、リディアさん」

「……よかったです」

「リーヴィスのように詳しい味の感想を言えなくてすみません。……なんだか、体が高揚する気がします。これは……失った魔力を、回復、してくれている……？」

「シエル様、その……私……普通にオムライス、作っただけで……」

「すみません、つい……気になってしまって。魔力回復の効果を抜きにしても、とても、美味しいです。……安心する味がします」

シエル様は数口オムライスを食べたあと、カモミールティーを飲んだ。

私は自分で作ったご飯をありがたく食べて、野菜スープをスプーンですくって、こくんと飲み込む。

「リーヴィスさん、……大丈夫でしょうか。まんまる羊、魔導師府で飼っているんですか？」

「あぁ、あれは、セイントワイスの召喚術です。リーヴィスや部下たちが、召喚してくれたものですね」

「召喚術……」

「ええ。動物や、魔物。形あるものを呼び出す術です。呼び出されたまんまる羊は本物ですが、役目を終えるとその姿は消えてしまいます。半分本物で、半分作り物、といったところでしょうか」

「……私やシエル様を助けに来てくれたんですね」

「ええ。……リーヴィスは、殿下との騒ぎにすぐに気づいたようですね。僕に、念話で、何もするな、と」

『念話？』

「遠くに声を届ける魔法のことです。セイントワイスの魔導師は、単独行動も多いので、念話を使って会話することが多くあります。例えば、ほら……」

私の頭の中に『リディアさん、今日はありがとうございました』というシエル様の声が響いた。

私は両耳を押さえて、目を白黒させた。シエル様はお話ししていないのに、シエル様の声が聞こえるなんて、変な感じ。

「これはセイントワイスの魔導師同士でしか、使うことはほとんどないのですけどね。まるで、どこにいても行動を監視されているようで、あまり気持ちの良い感じはしないでしょう？」

「び、びっくりしましたけど、そんなこと、ないです。便利だなって、思います……」

「それでは、リディアさんが一人で部屋にいる夜、僕も一人で寂しくなったら話しかけても良いですか？」

「それは……びっくりします、けど……でも、シエル様が、寂しいのなら、……たまになら、良いですよ……」

急にお部屋に来られるのは困るけれど。寂しい時に話しかけられるぐらいなら、それぐらいなら、良いわよね。

「今のは、冗談です。……火急の用でもない限り、そのようなことはしませんよ」

「そ、そうですか……」

「冗談、向いていませんね、やっぱり」

「そんなことないです」

いつもの私なら、そんなことを言って女性を揶揄《からか》う男性は女の敵だと言って、怒っていた。けれど、シエル様のことは怒る気になれなかった。

困ったように笑うシエル様は、本当にあんまりこういったやりとりに、慣れていないように見えた。

「……リーヴィスは、大丈夫だと思います。あの場には、セイントワイスの魔導師、全員がいました。全員処罰するとなると、セイントワイスを解体することになります。国にとってそれは、とても困ることですから」

シエル様はオムライスとスープを食べ終えると、真剣な声音で言った。

「それに、……こう見えて、僕はかなり強いので、……セイントワイスの部下たちと一緒に城を制圧するのは、そこまで難しいことじゃありません。ただ、立場があるので。……僕がそのようなことをしたら、宝石人の立場はもっと悪くなると思うので、余計なことはできないのですが」

確かにシエル様の言う通りなのかもしれない。シエル様が目立った行動を取れば、それは宝石人だからと——関係のない宝石人の方々もひとくくりにされてしまうのだろう。

シエル様に宝石人の血が流れている限り、それはずっと続いていく。

それはとても息苦しい気がする。シエル様にとっては、もう慣れたことなのかもしれないけれど。

「そうなんですね……まんまる羊の大群が来てくれてよかったです。まんまる羊の大群に弾き飛ばされる殿下、ちょっと面白かったです」

シエル様は私に冗談を言ってくれたから、私もお返しのつもりで冗談めかしてそう言った。シエル様は「そうですね」と頷いてくれる。私たちは顔を見合わせると、くすくす笑った。

ステファン様には申し訳ないけれど、なかなか見られない、面白い光景だった。ステファン様の言っていた最低な悪口も忘れてしまうぐらいに、怒っているのが馬鹿馬鹿しくなってしまうほど。

「……シエル様は、エーデルシュタインの出身なのですか？」

あまり聞かれたくないことかもしれないと思いながらも、私は尋ねた。

私は、宝石人のことをそんなにはよく知らない。

学園の授業で習ったのは、昔、差別を受けていたこと。宝石人の街エーデルシュタインのことぐらいだ。

教科書に描いてあった宝石人の絵は、全身が鉱物でできているようだったし、王都の市場でごく稀《まれ》に見かける宝石人の方は、確かに全身煌めく宝石でできているように見えた。

「僕は……これはあまり、公にはしていないのですが、ウィスティリア辺境伯家の長女、ビアンカの子なんです」

「辺境伯家の……？」

「ええ。辺境伯家とエーデルシュタインは近い。ウィスティリア領にあり、辺境伯家の管轄にあります。僕の父、サフィーロとビアンカは、ビアンカがエーデルシュタインに視察に行った時に、恋に落ちたようですね」

「まぁ……それは、ロマンスですね……！」

私は両手を合わせて、にこにこした。

恋の話は、そんなに嫌いじゃない。私は幸せになれなかったけれど、幸せな恋の話は、聞いていて幸せな気持ちになれる。

「けれど、……ウィスティリア辺境伯は、それを許さなかった。駆け落ち同然でエーデルシュタインに移り住んだビアンカを辺境伯家に連れ戻し、僕の父は……母を惑わして孕《はら》ませた罪で、……宝《ほう》石穿《せきうが》ちの刑にされたそうです」

「……宝石、穿ち？」

「宝石人は、その体を細かく切り裂くことで、命を持たないただの宝石になります。……かつて差別をされていたのは、宝石を乱獲するため。……今も、それは全くなくなったというわけではありません」

「………そんな」

「王国の人々にとって、僕たちは魔物と同じですから。魔物とは、知性を持たない獣です。……獣を殺すことをためらう必要はありません」

「…………でも、ひどい、です」

引っ込んでいた涙が、ぽろぽろと溢れて、空のスープ皿に落ちた。

「シエル様は……ビアンカ様は、それから、どうなったのですか……？」

「母は、……心労が祟《たた》り、僕が幼い頃に亡くなりました。……僕は、辺境伯家の恥。忌み子として育てられました。……この体にも、ウィスティリア家の血が流れていますから、捨てることも殺すこともできなかったのでしょう」

シエル様がなんでもないことのように言うので、私はもっと悲しくなってしまった。

シエル様が怒れないのは、嘲る言葉に鈍感になっているのは。私が想像していたよりもずっと、ひどいことを言われて、ひどい光景を見て、育ってきたから。

シエル様が自分のことを、自分の感情や自分の命を、どこか遠くから眺めるようにして言葉にするのが私は気になっていて、なんとはなしの不安を感じていたけれど。

それはもしかしたら――ずっと昔から、耐えることに慣れてしまったからなのかしら。

耐えることに慣れて。それはずっと、続いていて。

シエル様に宝石人の血が流れている限りは、ずっと。

そんなのって、ないわよね。

きっと、まるで水の中で無理やり呼吸をしているように、苦しいばかりだ。

けれどシエル様はそれを、苦しいとさえ感じていないのかもしれない。

「……僕には、楽しい話が、あまりなくて。せっかく美味しい食事を作っていただいたのに、こんな話をしてしまって……」

私の様子を気づかうように、シエル様は会話をやめようとする。

溢れる涙をごしごし拭って、私は首を振った。

「続き、聞きたいです。……シエル様のこと、知りたいです」

私は、いつも目も耳も、塞いでいたのだと思う。

自分ばかりが辛くて苦しいと思っていたのよね。そんなわけがないのに。

シエル様の方がずっと、辛くて苦しい思いをしてきたのに、それでもシエル様は筆頭魔導師様として、国の人々を守ろうとしてくれている。

誰かのことを知りたいと、ちゃんと思ったのは、はじめてかもしれない。話をしなければわからないことばかりなのに、今までの私は誰ともそれをしてこなかった。

シエル様はスープ皿に視線を落として、それから、淡々と言葉を紡いだ。

「……十三歳を過ぎて、しばらくしてからの頃でしょうか。ウィスティリア家から逃げて、エーデルシュタインに向かいました。そこでも、半分人間の血が流れている僕は異物でした。……魔法だけは得意でしたから、傭兵になりました」

「十三歳で、傭兵に……？」

「ええ。戦うことができれば、傭兵には誰でもなることができます。年齢はさして問題になりません。僕はそれ以来、シエル・ヴァーミリオン、父の姓を名乗るようになりました。傭兵として金を稼いで、生活をして……それから数年後、王宮に呼び出されたのです」

「王宮に、ですか」

「ゼーレ・ベルナール陛下……ステファン殿下のお父上ですね。ゼーレ様は、僕の出自を知っていました。宝石人の血が流れていることも、ウィスティリアの名を捨てたことも。それでも、僕の力を認めてくださり、セイントワイスに入らないか、と」

「シエル様は、それでセイントワイスに？」

「僕はその頃にはすでに月の涙についての研究をしていましたから、セイントワイスに入ればより研究に打ち込めると思い、申し出を受けました。それから、数年で今の立場につきました」

「シエル様……すごく、大変だったんですね。……私、何も知らなくて、……ごめんなさい。ひどいこと、言って」

シエル様はぼろぼろ泣いている私の顔を、ハンカチでごしごし拭いてくれる。それから、困ったように微笑んだ。

「……リディアさん。……あなたも、大変でしたよね。僕よりもずっと、あなたの方が」

「私は、私、そんなに大変じゃなくて……それは確かに、神官家では、誰にも相手にされなくて、寂しかったですけど……殿下と幸せになれるかもって、期待もしましたけれど、……でも、もういいんです」

シエル様に比べたら、私の大変さなんて——なんだか、恥ずかしいと思えるぐらいに、ちっぽけなことのように思えた。

「リディアさん……」

「怒ったり泣いたりすることばかり、ですけど、……でも、私の作ったご飯、美味しいって言ってもらえて、嬉しいから。……こうしてここにいるの、今までよりもずっと、自由だし、良いなって、思っていて」

それは、本当にそう。私はお料理が好きで、美味しいものも好きで、誰かが美味しいって言ってくれるのも好き。だから、食堂を続けている。

ここにいれば、誰も私を役立たずって言わない。ごちそうさまとか、ありがとうとか、優しい言葉を沢山くれる。

そう思うと——今まで、ステファン様を恨んでぐすぐすしていたのが、とてもくだらないことのように感じられる。

今の私は自由で、好きなことをしているのに、どうして泣いてばかりいるのかしら。

「シエル様、お話ししてくれて、ありがとうございました。シエル様が一緒にお夕飯を食べてくれなかったら、私、今日ももしかしたら……ステファン様を恨んで、泣いていたかもしれません」

「いえ……礼を言わなければいけないのは、僕の方です。あなたに迷惑をかけて、嫌な思いをさせてしまったのに」

「それはもう、良いんです。シエル様、沢山謝ってくれました。だから、もう良いんです」

ごめんなさいをしてもらったもの。

もう怒っていないから大丈夫だと微笑むと、シエル様は何か言いたげな視線を私に向けた。

「…………リディアさん、僕は——あなたが嫌でなければ、あなたの力を調べたいと思っています」

シエル様は、少しためらうようにして沈黙した後に、口を開いた。

「あなたが嫌がることだと、理解しています。けれど、……調べたい。……もしかしたら、月の呪いを、どうにかできるかもしれない」

「私……役に、立ちますか？」

「もちろんです」

「……料理、作るだけ、ですよね」

「ええ。……対価は、支払います。僕としては、リディアさんの料理を食べることができるので、役得ではあるのですが」

私は膝の上で、自分の手をぎゅっと握りしめた。

私、何の役にも立たなくて。

料理しかできなくて。

あと、男性は嫌いだから近づきたくないって、ずっと思っていたけれど。シエル様が私を頼りにしてくれているのなら、手伝いたいと思う。

料理しかできないのは、同じだけど。

「わかりました。……お手伝い、します。……でも、食堂を開いているときは、お手伝いできません、けど」

「それは、もちろん。……リディアさん。よろしくお願いします」

「はい。……お友達、ですから」

「友達？」

「ええと、はい……一緒に、ご飯を食べたので、……お友達、です。……だ、駄目でした、でしょうか……？」

恐る恐る私が尋ねると、シエル様は驚いたように数回瞬《まばた》きをして、首を傾げる。

「……友人。……僕と、友人になってくれるのですか？」

「は、はい……！　私で、良ければですが……お友達です、シエル様」

「ええ。リディアさん」

シエル様はとても嬉しそうに、微笑んでくれた。

——そうして私に、はじめての、お友達ができた。

お食事を終えると、シエル様は指を軽く弾いた。お皿などの洗い物が一瞬で綺麗になって、調理台に並ぶ。

私は「ありがとうございます」とお礼を言ってから、まだ残されていた二人分のティーカップに、ティーポットから新しいカモミールティーを注いだ。

シエル様は、花柄のティーカップが似合う。

銀色の艶《あで》やかな髪から変化しているサファイアに似た宝石が、魔石ランプの明かりに照らされてキラキラと煌めいている。

それを目にしてしまうとなんだか、急に切なくなる。

シエル様——苦しいこと、ばかりだったのに。それなのに、沢山私に気を使ってくれる。シエル様の方がずっと苦しいのに、ありがとうも、ごめんなさいも、沢山伝えてくれる。悲しい顔もしないし、怒ったりもしない。

私は、ティーカップにお茶を注ぎながら、ほとほとと涙をこぼした。

「……リディアさん、どうして、泣くのですか」

「……悲しい話を聞いたから、思い出したら、悲しくなってしまって」

「僕は、……余計なことを話して、あなたを傷つけてしまいましたね。友人だと言ってくれたのに」

「違います……！　お友達は、悲しいことや嬉しいことを、お話しして……半分に、分け合うものだと、知っています。だから私、シエル様の悲しさを半分貰って、泣いているから、……私が好きで、泣いているので、気にしないでください……」

それを私に教えてくれたのは、誰だったかしら。よく思い出せないけれど、お友達とはそういう存在だ。

「――ありがとうございます」

シエル様は俄《にわか》に驚いたように目を見開くと、それから、ふわりと微笑んだ。

それは今までの微笑みとは違うものだ。思わずこぼれてしまったような、雨上がりの空のぶあつい雲の隙間から差し込む一筋の光のような。美しくて、少し切なくて、晴れやかな気持ちになるものだった。

とても、綺麗。

シエル様はもともと綺麗だけれど、誰も知らない森の奥の、光り輝く鉱物に覆われた洞窟の更に奥にある、世界に一つしかない青い水晶みたい。

お友達だから。お友達は特別だから。シエル様は――笑ってくれた。

シエル様のお話は悲しかったけれど、笑ってくださると、嬉しい。

「そんな風に言っていただいたのは、はじめてです」

シエル様は少し逡巡《しゅんじゅん》するようにして言葉を区切り、それから再び口を開いた。

「……セイントワイスは、唯一の僕の居場所でした。けれどずっと昔から――そして今も。僕は自分を中身のない張りぼてのように、感じていました」

「中身が、ない？」

「外側だけを取り繕って、中は、空洞。空洞の体に、冷たい宝石が埋まっている。そんな気がしていました。……けれど、あなたと話をしていると……空洞の体が……何か、形のないもので満たされていく気がします」

「シエル様……シエル様は、悲しいことが沢山あったのですよね。沢山、我慢をして。今も、我慢をしているのですよね。何を言われても、気にしないなんて……気にならないなんてこと、ないと思います」

「もう慣れたと思っていました。……幼い頃は苦しさも、少しは感じていた気がしますが」

「慣れることなんて、ないんじゃないかなって。シエル様は少しずつ傷ついていて、傷ついているから、心が疲れてしまって、だから……空洞みたいに、感じるんじゃないかなって」

「心が、疲れる……」

「はい。私もそうでした。昔は、すごく良い子にしていたんですよ。でも、今は……少し、元気になりました。泣いたり怒ったりして、それから文句を言ったりして。それで、シエル様がお友達になってくれて……」

「僕は、あなたに迷惑ばかりかけてしまいましたが」

「色々あったけど、今は……楽しいです。一緒にご飯を食べて、お話をして。自分の話をして、シエル様の話を、聞いて。……お友達って良いですね、シエル様」

私はシエル様とお友達になれて、嬉しい。私は怒ってしまったし、ひどいことを言ったし、シエル様は私を誘拐したけれど、でも今は。仲直りできて、良かった。

「ええ。……そうですね」

「嫌なことがあったり、悲しかったり、怒りたくても怒れないときは、私がシエル様の代わりに泣いたり怒ったり、きっと、できます。そうしたら、シエル様の苦しさが、半分になるかもしれません。だから、……その、また一緒にご飯、食べましょうね」

「はい。ありがとうございます」

シエル様は、優しく微笑んでくれた。

私の提案は少し、強引なものだったかもしれない。けれど私は――自分自身の治療などはどうでも良かったと言っていたシエル様が。苦しくて辛くて、だから何も感じなくなってしまったように見えるシエル様が、心配だ。

シエル様は私の、お友達だから。

「…………リディアさん」

シエル様は何かを思案するように、目を伏せる。

それから、髪の宝石の一つをぷつんとちぎって、私に差し出した。

シエル様の手のひらの中で、私の瞳と同じぐらいの大きさの宝石が輝いている。

「宝石人の宝石には、魔力が込められています。……僕も、半分は宝石人ですので、同様に。リディアさん。持っていてください。お守りです。あなたの命に危険なことが起これば、僕の魔力があなたを守るでしょう」

「……良いんですか？　シエル様、ちぎってしまって、痛くないんですか？」

「痛みはありません。……鉱石だからなのでしょうね、痛覚は、鈍いのです。宝石人は、手や足を穿たれただけでは死んだりはしないのですよ。心臓の代わりにある核を壊さなければ、生きています」

「でも、生きているからといって、痛いのは、駄目、です……」

「一つちぎっても、またはえてきますから。受け取ってもらえますか？」

「……ありがとうございます」

私は涙形をした宝石を一つ受け取った。宝石は硬くて、ひんやりとしていて冷たい。

「宝石人ジェルヒュムは、堅牢《けんろう》で、魔法にも優れた種族ではあるのです。四つ首メドゥーサの死の呪いの効果を遅延できる程度には、魔法に対する守りの力も高い。……けれど、争いを嫌います」

「争いを、嫌う……」

「僕の父も、聞いた話では……けして、弱いわけではなかった、と。母と腹にいた僕を守るために、戦うことよりも、死ぬことを選んだそうです」

止まっていた涙が溢れてきて、視界がまた滲んだ。

シエル様のお父様は、どんな気持ちで死ぬことを選んだのだろう。きっととても、辛かったわよね。そしてシエル様のお母様は、どんな気持ちで——大好きな人が死んでしまったことを、受け入れたのだろう。

「すみません。……こんな話、誰にもしたことがなかったのに。あなたが優しいから、甘えてしまっているようです」

シエル様は少し困ったように言って、私の涙を指先で拭った。

私に手を伸ばしてくれたからだろう、テーブルの上に乗り出す形になったシエル様の体のどこかがお皿に触れて、空のお皿がカチャリと鳴った。

「シエル様のお父様、優しい方だったのですね……」

「弱いと、僕は思っていました。……戦うことで守ることができるのなら、その方がずっと良い」

シエル様は軽く瞼を伏せる。それから、「けれど——今はあなたの言うように、母を守るために己を犠牲にした父は、優しかったのだろうと思います」と言った。

シエル様はそこで言葉を区切ると、じっと私を見つめる。

「リディアさん。あなたは、セイントワイスの部下たちを救ってくれた。そして、僕のために怒って、それから泣いてくれた。……あなたのことが大切です。友人として」

シエル様の本物の宝石よりもずっと美しい赤い瞳に、私の顔が映っている。美しい顔が近づくことに、今は不安や拒否感よりも、安心感を覚える。

お友達だから、大切。その言葉が、純粋に嬉しい。

「なんだか……ちょっと、恥ずかしいですね……」

照れ笑いを浮かべる私から、シエル様はそっと離れた。

「僕は、あなたを守りたい。……今は、父の気持ちが少し理解できます」

心の中にある大切な何かに慎重に触れるように、シエル様は言った。

「ありがとうございます、シエル様。お友達がいるって、心強いですね。すごく、心強いです」

私は、涙で滲んだ目を擦《こす》ると、微笑んだ。

男性からの守りたいという言葉をすんなりと受け入れられるのが、不思議だった。

それに、少し照れくさい。あれほど悪態ばかりついていたのに、自分が自分じゃなくなってしまったみたいだ。

「いつでも、頼ってください。僕で良ければ」

私はシエル様から頂いた宝石を、両手で優しく握りしめた。

シエル様はカモミールティーを飲み干すと、カップも魔法で洗浄して、調理台に戻してくれた。

「ごちそうさまでした、リディアさん。……あなたの食事、一つひとつに、魔法の力が込められているようです」

「私……普通にご飯、作っているだけ、ですけれど……」

「ええ。あなたの手が作り出してくれる魔法の料理です。不思議な力なんてなくても、とても素晴らしいものだと思います。食べると、心があたたかくなるような気がします」

「……心が、ですか?」

「はい。それはあなたの優しさを、料理から感じることができるからなのでしょうね」

「嬉しいです……不思議な力があるって言われるより、ずっと」

私は――優しい料理を、作ることができているのかしら。

少なくとも今日は。シエル様に作ったオムライスは、そうであって欲しい。

「あなたの料理は美味しい。本当は、それだけで十分なはずなのに」

シエル様はどことなく、苦しげに続けた。

「……僕の我儘《わがまま》に、巻き込んでしまって、すみません」

我が儘とは、私の力の研究のことだろう。

「大丈夫です、シエル様。私が自分で決めたことですから、謝らないでください」

少し怖いような気もするけれど、大丈夫。

シエル様はお友達。だから、シエル様の役に立ちたい。それに、私も自分のことが知りたいと思う。まだ、私の力というものについては、半信半疑だけれど。

シエル様が立ち上がるので、宝石を握りしめたまま、私も慌てて立ち上がった。

「月の涙ロザラクリマの秘密が解明できれば、宝石人への差別がなくなる。そう思って、僕は研究を始めました。月の呪いに王国民たちが気づけば、魔物への恐怖心と嫌悪はもっと膨れ上がる。

……宝石人は、再び弾圧されるかもしれない。それに、月の呪いで凶暴になってしまった者は、……裁かれるしかないのです。もともとの人格が、どんなに穏やかな者であっても」

「誰が、呪いを受けるのか、わからないのですよね」

「ええ。……次に月の呪いにかかるのは、僕かもしれないし、リディアさん、あなたかもしれない。……治療ができるのなら、それに越したことはありません」

「……私、料理しかできないけど、……力になれることがあれば、なんでも言ってくださいね！」

シエル様とお話をする前の私なら、泣きながら逃げていただろうけれど。今は、違う。

だって、とても辛いものね。大切な家族が、突然豹変《ひょうへん》してしまったら。

それはとても――怖いし、苦しい。

「リディアさん。……それでは、また明日」

「明日？」

「ええ。毎日休みなく真面目に働いてきましたから、たまには、休暇を取っても良いかなと思っています。王宮で騒ぎを起こしてしまいましたし、研究室も、どこかに移そうと思っていて」

「お引っ越しをするんですか、シエル様？」

「はい。どこか、家を借りるか買うか、しようかと。僕は魔導師府にある宿舎に住んでいるのですが、それでは何かと不自由ですし、今回のことで殿下に目をつけられた可能性があるとしたら、しばらくは王宮を離れた方が良いかと考えています」

「新しいお家……ふふ、良いですね。不謹慎かもしれませんけれど、少し楽しそうです」

「あなたに、すぐに会いに来ることができる場所が良いと思っているのですが、迷惑ではないでしょうか」

「迷惑なんて！　お友達が近くにいたら、嬉しいです。……とても、嬉しい」

私は精一杯気持ちを伝えた。そうしないといけないような気がした。

シエル様は多分、すごく優しくて繊細な方だから、少しでも拒絶すれば、きっと無理に私に近づこうとしないだろう。それは、寂しい。

「……ありがとうございます。あなたにまた会えることを、……楽しみだと、感じています。……リディアさん、また明日」

そう、穏やかにシエル様は言って、扉の前で足を止める。シエル様の足元に輝く魔法陣が現れて、その魔法陣と共に姿を消した。

「また、明日……」

私はぼんやりシエル様のいなくなった食堂の景色を眺めていた。

冷たかった手の中の宝石が、少しだけ、あたたかくなっている気がした。

誰かと過ごす夜は、寂しくない。けれど——悲しい話を聞いたせいだろうか、胸の奥が、切ない。

いつの間にか、テーブルの上には金貨が数枚置かれていた。それは提供したお食事の値段よりもずっと多い額で。それに宝石も貰ってしまって。

私は、小さく息をついた。

――明日は食堂、お休みでも良いかもしれない。

◆リディア・レスト、可愛いに気づく

翌日の朝遅くまで、私はぐっすり眠った。

大衆食堂ロベリアは閉店休業。

朝からクローズの看板を出しているし、毎朝来るルシアンさんは来ていない。西の森からマライア神殿にかけて増えているという、ギルフェルニア甲蟲《こうちゅう》の討伐にしばらくかかるかもしれないと言っていたから、まだ帰ってきていないのだと思う。

ルシアンさんが来ないと騎士団の方々も来ないので、食堂の朝はとっても静かだ。朝食から食堂を利用する方なんて、そんなにいないし。それは結構贅沢だからだ。

「それで、……幽玄《ゆうげん》の魔王様は、ロザラクリマについて研究しているのね」

カウンター席に座って、マーガレットさんが優雅にミルクティーを飲んでいる。お休みの日であっても、マーガレットさんは別。

時々遊びに来てくれるので、おもてなしをさせてもらっている。大家さんは大切にしないと。

「なんでまた月から魔物が落ちてくるんだろうなぁ」

マーガレットさんの隣にいるのはツクヨミさん。長い黒髪に、布で片目を隠した男性で、和国からくじら一号で海を越えて商売に来ている商人さんだ。

ツクヨミさんは、お醤油とかお酒とか、お茶とか、王国では見慣れない調味料などを市場で売っている。あと、海産物とか乾物も取り扱っている。マーガレットさんのお友達である。

今日も見慣れない衣服に身を包んでいる。真っ赤な着物に、巨大な蛸が描かれている。ツクヨミさんは、蛸が好きらしい。いつも大抵蛸柄だ。

「和国には、ロザラクリマ、ないんですか？」

私はツクヨミさんに尋ねた。マーガレットさんは朝はミルクティーだけだけれど、ツクヨミさんはちゃんと食べる。

パンよりご飯派のツクヨミさんが食べているのは、朝の定番目玉焼きとソーセージのせご飯。

今日はお休みのつもりだったので、市場に買い物に行っていない。あまり物の食材で良いというので、作ってあげた。

もぐもぐお箸でご飯を食べているツクヨミさんに、私は野菜スープも出してあげる。ついでにほうじ茶も淹れてあげる。

マーガレットさんからはお金を取らないけれど、時々一緒に来るツクヨミさんからはお金を取っている。いっぱい食べるし。

「和国にはそんなものはねぇな。和国からは月も一つに見えるぞ。白い月が一つだけだ」

「そうなんですか……不思議ですね」

私は首を傾げた。

「不思議よねぇ。空は繋がっていて一つなのに、見えるものが違うなんて」

マーガレットさんが、カウンターに頬杖《ほおづえ》をついて言った。朝のマーガレットさんは、いつも大抵眠そうにしている。朝は苦手らしい。

「ロザラクリマを終わらせる方法はわからねぇのか？」

ツクヨミさんに尋ねられて、私は王国の授業で習ったことを答える。

「ええと、その……一応、ですけれど、女神アレクサンドリア様に祈ることでロザラクリマが終わると、王国では言われていて……各地の神殿で祈りを捧げるため、神官や巡礼者の方々が一年を通して巡礼の旅を行っているのです」

「おお、そりゃまた、いかがわしいな」

「い、いかがわしくありません……女神アレクサンドリア様の加護も、私の妹、フランソワは受けていて……あらゆる、病気や、呪い、怪我を治すことができるんです……」

「お嬢ちゃんの妹、ね。話に聞いただけでも、性格が悪そうな」

「なーんか、嘘くさいのよね。本当にそうだったら、聖都から病人なんて一人もいなくなるでしょ？　でも、そんなことないじゃない」

私の説明に、ツクヨミさんは嫌そうに口元を歪《ゆが》めて、マーガレットさんは肩をすくめた。

「そ、それは、お父様の方針で、……アレクサンドリア様の力を、表に出すことはしてはいけない、って……だから、フランソワは滅多なことでは魔法を使えなくて……」

「そんなこと言って、本当はそんな魔法、使えねぇんじゃねぇのか？」

「そんなことは、ないと思います……フランソワは、私が一緒に暮らしていた頃、ねずみ取りの毒を食べて死にそうになった小鳥を、生き返らせたこともありますし……」

フランソワを庇うわけじゃないけれど、レスト神官家に宿るとされている女神の力は、フランソワに宿っている。神官家の多くの者たちはフランソワの起こす奇跡を見た。

私も、柱の陰に隠れて、それを見ていた。

――あら、お姉様！　そんなところにいないで、こちらに来てください！

――お姉様、魔力がないでしょう？　だから、魔法、珍しいでしょう！

隠れている私に気づいていたフランソワは、にこにこしながら言った。

まるで悪気はないように、私を愚弄してくるあの感じ。思い出すだけでも、憎悪が煮えたぎ――。

「治癒魔法では、病気は治せません。解呪についても、限度がある。致死量の毒ともなると、……魔法での解毒はほとんどの場合が不可能です」

調理台の横の椅子に座っているシエル様が、落ち着いた声音で言った。思案するように首を捻《ひね》ると、髪の宝石が揺れた。

私は、エプロンのポケットの中に入れているシエル様の宝石について思い出す。それだけで、苛立ちや悲しみが、不思議なぐらいにあっさりと消えていった。

すごく、不思議。

はじめてお友達ができたことを思うと――過去について怒っているのが、少し馬鹿馬鹿しくなってきたからかもしれない。

「で、幽玄《ゆうげん》サマは、根本を解決するために、月の涙について調べている、と」

ツクヨミさんが言う。

「ゆうげんさまっていうのは……」

「幽玄《ゆうげん》の魔王シエル・ヴァーミリオン。知らないの、リディアちゃん。有名よ？」

「他国の俺でさえ知ってるのに、お嬢ちゃんときたら……」

「……シエル様、有名人だったんですね」

マーガレットさんとツクヨミさんが、顔を見合わせて、あーあ、みたいな感じで溜息をついた。

私はやや慌てながら、ミートミンサーのハンドルをぐるぐる回す。ぐにぐにと、ミンチ肉が出てくる。楽しい。

朝からツクヨミさんと一緒に遊びに来てくれたマーガレットさんが、豚の塊肉と牛の塊肉を持ってきてくれた。牛肉は高価なのに。「頑張ったご褒美」だと、マーガレットさんは言っていた。

マーガレットさんにはシエル様と何があったかは話していないのだけれど、やっぱり占いである程度のことはわかるのかもしれない。

二人と話をしているとシエル様がやってきて、「長持ちする料理を作って欲しい、多めに買っていって自宅で効果を調べつつ、ついでに食べたい」と、言うので、ハンバーグを作っているというわけである。

ハンバーグは冷凍保存ができる。シエル様は氷魔法も使えるだろうし、冷凍保存は得意そう。

「幽玄《ゆうげん》は、気品があるとか、優雅とか、美しいっていう意味ね。わかりやすく言えば、綺麗な魔王ってこと」

マーガレットさんは、魔法でカードを手の中に出現させて言った。

「綺麗な、魔王」

私はじっとシエル様を見上げる。確かに綺麗。

「……あまり、その呼び名は。この年になって恥ずかしいので」

シエル様が深く溜息をついた。素敵な名前だと思うけれど、恥ずかしいのかしら。

「そうなの？　ルシアンなんかは、星墜《せいつい》の死神って呼ばれるの、喜んでいるでしょ」

「せいつい、しにがみ……」

私はマーガレットさんの言葉を反芻した。不穏だわ。死神とか、ちょっと怖いし。百戦錬磨の女好き、とかで良いと思う。ルシアンさんなんて。

「ミンチ肉、できました。贅沢に、牛豚の合《あ》い挽《び》き肉ですよ、シエル様。ここに、玉ねぎのみじん切りと……それから」

私はボウルの合い挽き肉に玉ねぎのみじん切りを入れる。赤々としたミンチ肉に細かく刻んだ玉ねぎ。ハンバーグにお野菜は、いつもは玉ねぎぐらいしか入れないのだけれど。

「シエル様、……いつも固形食料ばかり食べているんですよね」

「基本的にはそうですね」

「一人暮らしになると、もっとそうなるんじゃないかなって……」

「魔導師府にいるときはリーヴィスに時々、食堂に連れていかれていましたね。まともに生活しろと、何度か言われました」

どうしよう、不安しかないわ。

シエル様、すごくしっかりしているように見えるのに、もしかして生活力があんまりないのではないかしら。

見た目だけだと、毎日優雅に赤ワインの入ったグラスを傾けながら、侍女の方々が用意してくれた豪勢なお料理をゆっくり食べていそうなのに。

丁寧な生活を送っていそうに見えるのに、すごく雑よね、シエル様。

「ハンバーグ、本当はパンに挟んだりとか、ご飯と一緒に食べて欲しいんですけれど、……シエル様、頑張れますか?」

「パンや米がなくても、あなたのハンバーグは美味しいので大丈夫です」

「本当は野菜スープとかも一緒に……」

「栄養価が足りないと感じたときは、固形食料を食べるので、心配ないですよ、リディアさん」

駄目。心配しかない。

私は今まで小さな子供たちの健やかな成長と健康を守りたいって思って、食堂のメニューを考えていたのだけれど、シエル様の健康も私が守ってあげないといけない気がしてきた。

「野菜、沢山入れますね。それにお肉だけだと偏っちゃうから、豆も入れましょう。刻んだ豆と、にんじんとキノコ、ひじきも入れようかな。ともかく、栄養がありそうなものを沢山刻んで入れます」

「気を使っていただいて、ありがとうございます、リディアさん」

シエル様が嬉しそう。

私は必死だ。シエル様が全ての食事をハンバーグでまかなおうとしている予感がする以上は、できるだけ栄養価を高めていきたい。

「まぁ、仲良し」

マーガレットさんが微笑ましそうに私たちを見ながら、魔法でできたカードをシャッフルし始める。

「あら。戦車、ね。意味は、勝利、勇気、強い意志……」

マーガレットさんの手のひらの上で輝くのは、二頭の獅子《しし》が牽《ひ》く戦車の台座に着いた騎士のような男性が描かれたカード。

シエル様は魔術師。戦車は、誰なのかしら。

それ以上マーガレットさんが何も言わないので、私は調理場にある食材を見渡して、ハンバーグに入れても問題なさそうなお野菜を沢山手にして戻ってくる。

それからミンチ肉の中に入れても違和感がないぐらいに、細かくみじん切りにしていく。

「にんじん、椎茸、玉ねぎ、えのき茸、大豆に、ひじきです、シエル様。何か嫌いなお野菜はありますか？」

「好き嫌いは特には。何が好きで何が嫌いかはよくわかりませんが、リディアさんの作ってくださった料理は全て好きですよ」

「ふふ、なんだか照れますね。ありがとうございます」

私はみじん切りにしたお野菜などを全部ミンチ肉に入れて、パン粉と卵を入れる。ナツメグに、塩こしょうをして、ぐにぐにと混ぜる。

お肉に粘り気が出て一塊になってきたところで、手のひら大の塊を丸く成形して、ぱんぱんと、両手でキャッチボールをして空気を抜いていく。

「シエル様もやってみますか？」

「良いのですか？」

「沢山作るので、手伝ってくれると助かります」

シエル様は袖をめくって手を洗うと、私の仕草を真似ながら、手のひらの中でハンバーグを形作る。


ぱんぱんと、空気を抜いて、お皿に置いた。

「猫ちゃん……！」

「猫に見えますか」

シエル様が作ったハンバーグはまんまるに小さな耳が二つついた、猫ちゃんの形をしていた。

「シエル様、猫ちゃん……猫ちゃんです……猫ちゃん」

「ええ、猫です」

「シエル様……私の食堂に足りなかったものに気づいてしまいました……私はいつも、恨み辛みをお料理にぶつけていたので、パンも鬼の形に、ハンバーグも血の池に、ソーセージも怨念になっていたのです」

「どうかと思うわ、リディアちゃん」

「面白いから別に良いんじゃねぇか」

マーガレットさんは呆《あき》れたように嘆息して、ツクヨミさんはご飯を食べ終えたのか、煙管《キセル》をふかしながら笑っている。

「鬼の形、血の池、怨念……それはそれで、才能なのではないかと思いますが」

「でも、鬼より猫ちゃんの方が可愛いのです」

「リディアちゃん、やっと気づいたのね……！」

「マーガレットさん、鬼より猫ちゃんの方が可愛い……私の料理に足りなかったのは、可愛さ……シエル様の猫ちゃん、可愛い。私も可愛いハンバーグを作ります……！」

「そうよ、リディアちゃん！　怨念よりも、猫ちゃん。皆、猫ちゃんが好きなのよ……！」

マーガレットさんが感動したように、目尻に溜まった涙を拭いながら私を褒めてくれる。

「俺は猫よりも鬼の方が好きだけどなぁ。鬼よりも蛸だな。蛸の形は作れねぇのか、リディア」

「ハンバーグに足を八本はやすのは難しいですけれど、ソーセージなら、なんとか……蛸さんとか、カニさんの形に……」

ソーセージに切れ目を入れて焼けば、蛸やカニの形になるのではないかしら。

「タコさんソーセージとカニさんソーセージができます……可愛い……シエル様、可愛いです、可愛いご飯、美味しくて可愛いご飯……」

「ええ、可愛いですね、リディアさん」

「はい！」

シエル様のおかげで、子供たちのための新しいメニューを思いついた私は、シエル様にぺこりとお辞儀をした。

「猫ちゃんハンバーグ、沢山作りますね、シエル様。シエル様がお家で一人でも、猫ちゃんハンバーグが沢山あると思うと、寂しくないですね、きっと」

今まで魔導師府で暮らしていたのに、一人暮らしになるのだから、少し寂しいわよね。そんなときにも猫ちゃんハンバーグが暮らしを支えてくれるはずだ。

シエル様はご飯をおろそかにするけれど、猫ちゃんハンバーグは可愛いから、しっかり食べてあげないとかわいそう、という気持ちになるかもしれない。

「そうですね。いつもあなたが傍《そば》にいるようで、寂しくないです」

「シエル様、その言い方は少し、恥ずかしいです……」

私は照れた。私たちはお友達だけれど、ちょっと恥ずかしい。

そのとき――食堂の扉がすごい勢いで開いた。

そんなにすごい勢いで開かなくても良いぐらいの勢いだったので、敵の襲撃かと思って私はびくりと体を震わせた。

「シエル……！　お前がどうしてここにいるんだ……！」

ものすごく焦った感じで、食堂の中に駆け込んできたのはルシアンさんだった。

私はびっくりして目を見開く。

遠征から帰ってきたばかりなのかしら。いつもの騎士服を着ていて、腰には剣。なんとなく埃《ほこり》っぽい。

大抵の場合、感情に乱れがなくて落ち着いているルシアンさんが焦っている姿、はじめて見たかもしれない。

「あら、ルシアン、おかえり」

OPEN

「ルシアン、そんなに青くなってどうしたんだ？」

静かにお茶を飲みながら私とシエル様を眺めていたマーガレットさんとツクヨミさんが、にやにやしながら言った。

「どうしたも何も、遠征から帰ってきて、リディアに食事を作ってもらおうと思ったら、大衆食堂悪役令嬢からシエルとリディアの声がするものだから……」

「大衆食堂ロベリアです！」

私は形を作り終えた猫ちゃんハンバーグを、フライパンで焼きながら抗議した。火を通しておくことで、冷凍保存の可能期間が長くなるのである。

シエル様はルシアンさんを特に気にした様子もなく、脂でベトベトになった道具や自分の手などを、魔法で綺麗にしている。

「ルシアン……今、良いところだったのに」

「そうだぞルシアン。汚れた心が浄化されるような、微笑ましい会話だったのに……」

マーガレットさんがアロマ煙草に、炎魔法で火をつけながら言う。

ツクヨミさんも片方の目を細めながら不満そうに言って、煙管から吸った紫煙を吐き出した。

「い、いや、しかし、何故シエルが、リディアと共に料理をしているんだ……！」

「ルシアンさん、何しに来たんですか……」

私としてみれば、休業日にお店に来て大騒ぎするルシアンさんの方が、何故って感じなんだけど。

「僕とリディアさんは友人ですので、友人として、料理を作ってもらっているんですよ」

「私が少し、遠征に行っている間に、一体何が……」

シエル様が諭すように言うと、ルシアンさんは愕然《がくぜん》としたように呟いて、ツクヨミさんの隣に座った。

今日はお休みなので、帰ってくれないかしら……。

でも、そうよね。私、少しだけ反省したのよね。

ルシアンさんもお仕事で疲れているだろうし、ご飯ぐらい作ってあげても、良いかもしれないわね。有料で。

「できました……！　シエル様の猫ちゃんハンバーグです！」

「うん。可愛い。可愛いわ、リディアちゃん……」

「普通に可愛いぞ、嬢ちゃん。嬢ちゃんが普通に可愛い料理を作っているところ、はじめて見たな」

マーガレットさんがしみじみと言う。ツクヨミさんもその隣で、うんうん頷いている。

こんがり焼き上がった猫ちゃんハンバーグは、耳がちょこんとついていて、まんまるで可愛い。

「まるいですね、リディアさん」

「はい、まるいです」

「まるいものは……どことなく、安心感がありますね」

いつも穏やかな表情を崩さないシエル様だけれど、猫ちゃんハンバーグを見つめる瞳は、いつもよりも輝いている気がした。

「ちょっと待て、リディア、異議ありだ！」

ルシアンさんがなんだか知らないけれど騒いでいる。もしかして、お腹が空《す》いていてご機嫌が悪いのかしら。

「ルシアンさん、ルシアンさんのための怨念がこもったソーセージが残っていますよ、食べますか……？」

「食べる。もちろん食べるが、そのシエルの猫ちゃんハンバーグというのは一体……私は怨念で、シエルは猫ちゃん……！」

「こ、これは、シエル様のために作ったので、駄目、です……！　またの機会で……！」

ルシアンさんが怖い。いつも穏やかなのに、今日は鬼気迫っているのよ。やっぱり、死神と呼ばれるだけあるのね。

可愛いお料理が食べたいからといって、そんなに怒らなくても……！

「ルシアン……リディアさんを泣かせないでください。追い出しますよ」

「シエル……お前、彼氏面をするな……リディアとの付き合いは私の方が長い」

「信頼は、付き合いの長さでうまれるものというわけではありません」

「ルシアンさん、ソーセージ、タコさんとカニさんにしてあげますから、落ち着いて……可愛くしますから、食べますか？」

「……食べる」

なんだか落ち込んでいるようなルシアンさんを見ながら、マーガレットさんはチョコミントの香りのする煙を吐き出して「若いわね……」と、呟いた。

幕間1 ✦【深慮／試練／魅力】

◆The Hermit（隠者）

月の呪い。

セイントワイスの魔導師たちの間で、今ではそう呼ばれている病の恐らくは最初の罹患者《りかんしや》に相対したとき、私はいつも感情に乱れのないシエル様の表情がやや曇ったことに気づいた。

もしかしたらその時すでにシエル様は、その病の持つ異常性に気づいていたのかもしれない。

最初は、私たちはそれを——ただの心の病なのかと思っていた。

けれど同じ症状の者が、二人、三人と増えていって「恐らくこれは何かの病気だろう。本人の気質とは関係のない、外因性の」と、シエル様が結論付けた。

その病は何が原因なのか調べても調べても、さっぱりわからなかった。

人間が突然凶暴になる。まるで、何かに取り憑《つ》かれたように。隣人を疑い、家族を疑い、疑心暗鬼になり、果ては暴走して、暴力を振るうようになる。

そうなると、もう駄目だ。どのような方法を試しても、その人間は元に戻ることはない。

私たちにできることは、月の呪いに侵された者を捕縛して、牢《ろう》に入れることぐらいだ。

牢に入れたとして、病に侵された者の心が元に戻るわけでもなく、ある者は食事を拒否し、衰弱し、ある者は道具もない牢の中でよくやるとは思うが、自死を選ぶというような始末だった。

投獄されて一週間以上生き延びる者はいない。

病に対する対処法も治療法もなく、増えるのは墓ばかり、という有様だ。

幸いにして彼らの家族や知人たちは、月の呪いに侵された者については堅く口を閉ざしてくれた。

それは、身内の恥であるからか、それとも、豹変《ひょうへん》した家族や隣人について、受け入れられないからなのか。

その双方かもしれないが、今のところ王国民は、その異状に気づくようなことはなかった。

月の呪いについては、魔導師府だけの機密事項である。

王国民にそれが知られてしまえば、恐怖や不安が国に満ちる。自分が、家族が、他人が——突然凶暴になり誰かを襲うのだから、穏やかな夜も、平和な朝も、失われてしまうかもしれない。

数年前より徐々に体が衰弱なさっているらしく、今は城の奥の部屋で休まれてばかりいるゼーレ王にも、ゼーレ王の世継ぎであるステファン殿下にも、まだ伝えないことをシエル様は選んだ。

シエル様は「確証がないことを話して、ゼーレ様の心を乱れさせたくはない。ステファン殿下は……殿下のことは、よくわからない。昔は、ゼーレ王に似た、公平で正しい人物だと思っていた」

と、言っていた。

シエル様の気持ちもわかる。

国王ゼーレ・ベルナール様は、神祖テオバルト様の血を引いている。代々ベルナール王家に受け継がれている、女神様から授かったと言われる聖剣の継承者である。

正義の体現者であり、公平無私の、聖人君子——褒め言葉をあげたら枚挙に暇《いとま》がないほどの、賢王であると、言われている。

私はミスティレニア伯爵家の長男、リーヴィス・ミスティレニアとして生まれた。

ミスティレニア家は代々魔力量での政略結婚を繰り返している、優秀な魔導師を輩出する家系だ。

それは全て、ベルナール王家のため。ミスティレニア家は、王家に対する忠誠心があつい。ベルナール王家を、ひいてはこの国を守るために優秀な魔導師になれと、私は幼い頃から教育を受けてきた。

両親の熱心な教育もあり、私は優秀な魔導師として育ち、セイントワイスに入った。その時の私は、自分よりも優れた魔導師がいるなんて思ってもいなかった。

シエル様に会うまでは。

シエル様は、あるとき唐突にゼーレ王が連れてきた、傭兵《ようへい》あがりの庶民である。

いや、今はそうではなく、シエル様にはウィスティリア辺境伯家の血が流れていると知っているし、少々特殊な生まれであることも知っているのだが、過去の私はそう思っていた。

シエル様は純粋な実力のみで、セイントワイスの筆頭魔導師に選ばれた。

最初の頃は反発心も嫉妬心もあった私だが、自分よりも圧倒的に優秀であり、力を持つ者を前にすると、そんな感情を抱くことさえも烏滸《おこ》がましいように思えて、それもすぐに消えた。

これで——シエル様が人格的に問題のある、驕《おご》り高ぶった嫌な人物、などであったら、いくらでも悪し様《あざま》に言うことができるのだが、シエル様には私心がない。ただ王国民のために黙々と働き、本来なら騎士団の仕事である魔物討伐なども、あまりに危険なものが出現したりすると、シエル様一人で討伐に出かけて、倒して帰ってくることも多々あった。

セイントワイスの者たちは、シエル様を尊敬している。

だから、月の呪いについて、王家の方々にさえ伝えない秘密をセイントワイスで共有することを、皆あっさり受け入れたし、私もそうだった。

それから、月の呪いを調査し始めて十数ヶ月が経《た》った。月から落ちてきたとされる魔物に原因があるのかと、捕らえた魔物を研究したり、捕らえた罹患者について調べたりしても、何の進展もない中で、シエル様が四つ首メドゥーサの首を持って帰ってきた時には、正直驚いた。

死の呪いを撒《ま》き散らす、四つ首のメドゥーサ。

今年に入って数度目の、ロザラクリマが起こった後に、王国の北にある山に唐突に現れたのだという。

巨大な四つ首メドゥーサのせいで北の山は死の山となり、草木は枯れ果て、山の麓の村が一つ、一夜にして滅んだ。

そんな報告を受けて、シエル様はいつものように一人で討伐に向かった。

シエル様は、強い。私たちが同行しても、邪魔になるだけだとわかっていた。

そうして、無事に戻ったシエル様が持って帰ってきたメドゥーサの首の研究を、私たちは開始した。

死の呪いという定義はとても曖昧だ。例えば、一つ首のメドゥーサの撒き散らす死の呪いは、対象を石に変えるものである。

けれど、石に変えられても人は生きている。生きているので、解呪が可能だ。

しかし純粋な『死』のみを与える呪いであれば、それは解呪などできない。

治癒魔法は万能ではない。死の運命がすでに定まっている者の治療は不可能である。

例えば怪我《けが》をして、大量に血液を失い、死を待つばかりの者を治癒できないのと同じように。

「四つ首メドゥーサという特殊な魔物の持つ死の呪いの機序は、月の呪いと似ている。どちらも治療が不可能であり、強制的に与えられる呪いであるという意味で。外因性の病の原因が呪いであるとするのならば、四つ首メドゥーサの呪いを調べることで、解呪の方法が探れるかもしれない」

そう、シエル様は言った。

四つ首メドゥーサの首は厳重に魔導師府内にある研究室で保管された。

私が一人で抱えることが困難なほどの大きな首である。

その顔はどことなく爬虫《はちゅうるい》類に似ていて、目や口は黒い布が厳重に幾重にも巻かれている。

魔力封印のための力が施された布により、メドゥーサの呪いの力はおさえられているようであった。

髪は何本もの蛇でできていて、その蛇の頭はすっぱりと切られて、断面を晒《さら》している。

シエル様が無力化してくれているとはいえ、恐ろしい姿だ。

首だけでも恐ろしいのだから、その全体像はもっと恐ろしいものだったのだろう。

セイントワイスの魔導師たちの叡智《えいち》の結晶である、封印の力が施された特殊な素材で作った透明な容器に入れた四つ首メドゥーサの首は、切られても尚《なお》、生きているような気さえした。

「四つ首メドゥーサ……本来の名前は知らないが、新種の魔物なので、勝手にそう名付けた。好きなように呼んで欲しい。ともかく、四つ首メドゥーサの持つ呪いは凶悪なものだ。それは死そのものとしか言えない。滅びた村の人々は外傷もなく、息絶えていた。恐らく、呪いを浴びた後すぐに」

保管液で満たされた透明な容器に入れられた四つ首メドゥーサの首を眺めながら、シエル様が言う。

「四つ首メドゥーサで良いと思いますよ、わかりやすくて。それで、シエル様。村はどうしました?」

「大量の遺体が腐れば新たな病気がうまれる。……生き残りを探したが、誰もいなかった。申し訳ないこととは思ったが、茶毘《だび》にふしてきた。北の領主、ウォルフ侯爵様には報告をしてある。それで構わないと言っていた」

「そうですか。……後始末ぐらいなら私たちも手伝えます。全て一人で行う必要はないのですよ」

「あぁ。……つい、一人で行動する癖ができてしまっているようだ。気をつける」

「いえ、良いのですけれどね。シエル様を責めているわけではありません。心配はしていますが」

死者で溢《あふ》れた村で生き残りを探すというのは——当たり前だが、あまり気分の良い仕事ではない。

シエル様の感情はいつも凪《な》いでいる。辛《つら》いとも苦しいとも言ったためしがないし、ただ穏やかで、落ち着いている。怒っているところも見たことがない。心から笑っているところも。

いつか誰かがその心を溶かすことができるのだろうか。

時折、そんな風に思う。シエル様との付き合いは長いが、浮いた話も一つもない。

セイントワイスの者たちとは気兼ねなく話をするが、それ以外とは、個人的に交流をすることもない。距離を取っているのか、シエル様が近寄りがたいせいで、距離を取られているのかはわからないが。

仕事をして眠って、また仕事をして。そんな日々を、シエル様はひたすら淡々と繰り返している。

「リーヴィス、四つ首メドゥーサの首はここで保管をするが、慎重に扱って欲しい。できれば、僕がいないときには触れないように。……いや、そこまでしなくても良いだろうか。ともかく、この首はまだまるで生きているように、呪いの力を宿している。それを、忘れないようにして欲しい」

「わかりました、シエル様」

私は深々と頷《うなず》いた。

とはいえ――シエル様はご不在なことが多い。

セイントワイスの魔導師が数人で構築しないと使用できない転移魔法を軽々と使用できることもあり、国の至る所に現れる魔物の調査に向かわれたり、大きな街には大抵張られている魔物の侵入を防ぐための結界の力の源である、結界魔石の確認や魔力の補充をされたりもしている。

だから私たちは、シエル様がご不在の時にも四つ首メドゥーサの研究を続けていた。

保管液の中に含まれる、薄められた呪いを培養して調べたり、その力を空の魔石に閉じ込めて、植物などに使用して効果を確認して、解呪の方法を探ったりと。

そんなある日――誰かが、四つ首メドゥーサの瞳に巻かれている魔力封じの布を外してみようと言い出した。

今のままでは、らちがあかない。

培養液に含まれる死の呪いは、植物を枯れさせたりはしたものの、微々たるものであると。

研究者とは、研究に没頭すると、つい箍《たが》が外れてしまうものである。

私は重々それに気をつけていたのだが、隠されている四つ首メドゥーサの本来の力についての興味の方が勝ってしまった。

そうして、その暴走は起こった。

保管している透明な容器の中から四つ首メドゥーサの首を取りだして、その布を外そうとした。

たったそれだけのことなのに、布の隙間から濃い紫色の濃霧のような瘴気《しょうき》が溢れて――何かの危険を察知したのか、そのとき転移魔法で研究室に戻ってきたシエル様は、私たちを庇《かば》い、その瘴気を一身に浴びた。――それから。

「――檻《おり》の黒箱」

シエル様の詠唱と共に、四つ首メドゥーサの首は、魔力で構築された黒い箱の中へと閉じ込められた。

溢れ出る瘴気と一緒に。

「シエル様、申し訳ありません……！　私の注意不足で……」

「いや、良い。危険なものを持ち帰ってきた僕に全ての責任はある。……皆、呪いを浴びた。すぐに全員医務室に。治療を始める」

シエル様は両手を胸の前で押し潰すようにして動かした。

黒い箱に封じ込めた四つ首メドゥーサの首が、黒い箱と共に潰れるようにして消滅する。

シエル様の指示で、皆を医務室に移動させた。何人かの者がすでに床に倒れて動けなくなっていた。

動けなくなっている者たちの顔色が悪い。一分、一秒と、時が刻まれるごとに――肌の色から血色が失われていくようだった。

白色から――土気色に。呼吸も細い。何かに生命力を、急速に吸いとられていっているように見える。

シエル様は何も言わずに、魔力を使用して動けない者を浮かばせて運び、医務室のベッドに寝かせた。私は、まだ動ける者たちと共に医務室に向かい、白い部屋のベッドに寝かされている死に向かう同僚たちの姿を目にした。

これが——死の呪い。なんと凶悪なものなのだろうか。

外傷もなく、血が流れているわけでもない。けれど体から暴虐に生命力が奪われていく。

——死ぬのか、皆。

「……ぐ……っ」

私も体の異状に気づいていた。肺が潰されてしまったように呼吸が苦しく、世界が揺れ動くような眩暈《めまい》を感じた。

己の体が確実に、死へと向かっていっていることがわかった。

滅んだ村の人々と、同じ。

シエル様に庇っていただいても尚、部屋に満ちた呪いの残り香が、すでに体を侵食している。残り香でさえこれほど残虐に、命を奪うものなのだ。死の呪いを、甘く見ていた。

そして、その呪いを真正面から受けたシエル様は——。

「苦しいだろうが呼吸を止めるな。諦めず、意識を保て」

シエル様が両手を広げると、部屋に神聖な空気が満ちた。高度な浄化と治癒魔法の組み合わせ

――解呪の魔法だ。けれど、息苦しさも眩暈もひどくなるばかりで、私は胸をおさえる。

私たちよりもよほどシエル様の体の方が、呪いに蝕《むしば》まれているのだろうに。表情にすら出さず、泣き言一つ言わないシエル様は――気丈、という一言では表現できない。痛みや苦しさなど感じていないような、感覚の鈍麻。それはシエル様の半身が宝石人だから――というだけではないだろう。

「……やはり、解呪は効かないか」

部屋中に効果のあるほどの広範囲の解呪の魔法を使用しながら、シエル様は言った。それから眉根を寄せると、目を伏せる。

「これほどまで、強力な呪いだとは……申し訳ありません、シエル様。こんなことになるとは……」

「全ては僕のせいだ。……四つ首メドゥーサの持つ魔力は、他の魔物とは違う。異様なものだともっと厳しく伝えるべきだった。滅びた村の者たちは、恐らく四つ首メドゥーサの呪いを浴びた直後に命を失っている。ただ死を与える――即効性のある死の呪い。そんなものを、僕は知らない」

「シエル様は私たちに注意をしてくれていました。あなたのせいではありません」

「いや。……だが、このままでは。恐らく、あと数刻ももたない」

シエル様の表情が、はじめて陰った。それは事実なのだろう。あと数刻で、皆の命は失われる。砂時計の砂が落ち切ってしまうように。呆気《あっけ》なく。

刻一刻と、命が蝕まれていくのを感じる。どうにも体の感覚が乏しい。舌が自分の物ではないようだ。口の中にゴムを突っ込まれたのではないかというほどの違和感がある。味がしないからなのか。視界はぼやけ、声も遠い。

体が、ブリキの人形になってしまったようだ。

体の中にある自分という存在、あるいは魂のようなものが、体から離れてしまって、どこか別の場所にあるように感じられる。

呪いの侵食が、考えているよりもずっと速い。まだ軽症ですんでいる私でさえこうなのだから――ベッドに横たわる者たちは。そして、シエル様は。

まだ動く頭を必死に働かせる。焦りは思考回路を鈍らせる。冷静でいなければ。

どうすれば良い。何ができる。どうしたら――皆を、助けることができる？

「シエル様、レスト神官家には聖女と呼ばれている、フランソワ・レスト様がいらっしゃいます。フランソワ様の持つ女神アレクサンドリアの力は、全ての病気や怪我を治すのだと。フランソワ様に頼めば、あるいは……！」

はっとして、私はそう口にした。そうだ。聖女ならば、呪いも打ち消すことができるかもしれない。

このままでは皆、数時間後には命を落とすだろう。

死にたくない。もちろん死にたくなどはない。

それ以上に――私たちが命を落とせば、誰が聖都の結界を管理するのか。聖都の結界がなくなれば、魔物は聖都に入ってくる。多くの人々が、命を落とすことになるだろう。

死ぬわけにはいかない。

フランソワ・レスト様はステファン殿下の婚約者である。国の一大事とあれば、力を貸してくれるはずだ。

一筋の光が見えた気がした。

けれど、シエル様は難しい表情で首を振った。

「僕は、フランソワにはそのような力はないと考えている。あの少女が力を使って病が治ったという者を個人的にずっと調べていたが、噂《うわさ》は途中で消えるばかりで実際に病が癒えた者を見たことがない」

「ですが、少しの希望でもあるのなら……！」

私の言葉に、縋《すが》るような視線が他の同僚たちからもシエル様に注がれる。

動くことのできる者は、魔力を振り絞って解呪の魔法を倒れた者たちにかけているが、呼吸が細くなっていくばかりだ。同僚を失いたくないのはもちろんそうだ。そして――先に倒れた者の姿は、数時間後の自分の姿だと、皆、理解している。

フランソワに頼って――それが無駄足だったら。絶望的だ。時間が、ない。

けれど他に手立てがないとしたら。何もせずにここで死を待つよりは良いのではないか。

「申し訳ありません、シエル様。……あなたに従わない私を、許して欲しい。私がフランソワ様に嘆願に行きましょう」

私はまだ、動くことができる。這《は》ってでもフランソワ様のもとに行って、皆を助けて欲しいと頼んでこよう。シエル様が駄目だと言っても、今できることをしなければ。

部屋から出ようとした私の腕を、シエル様が摑《つか》んだ。

「リーヴィス、待て」

「しかし……！」

「――希望は、別にある。レオンズロアの騎士たちが、噂をしているだろう。街に不思議な力を持つ料理を提供してくれる食堂がある。その食堂ではリディア・レスト、レスト神官家の長女が料理をしているのだと」

リディア・レスト。

ステファン殿下に婚約破棄をされたあと出奔したと言われている、レスト神官家の長女だ。

確かにレオンズロアの騎士たちは、不思議な料理を食べられる店がある、その店の料理を食べると、体の調子が良くなる――癒やされるのだと、言っている。

だが、それはただの噂だ。まだフランソワ様に縋る方が良いのではと思う。

しかし私は言葉を喉の奥に押し込めた。私はシエル様を信じている。シエル様はいつも正しい方向へと私たちを導いてくれる。なんの確証もなく、動いたりはしない。私たちを見捨てるようなことはしない方だと、長い付き合いの中で知っている。

「……皆、待っていてくれ。希望を捨てないように」

そう言って転移魔法で姿を消したシエル様が、リディアさんを連れて帰ってきたのは、それからしばらくしてのことだった。

「……ふふふ」

――そうして、私たちはリディアさんに救われた。

嫋《たお》やかな黒い髪と、大きな紫色の瞳。透き通るように白い肌に、華奢《きやしや》な体。

リディアさんはとても愛らしい少女である。年齢は十八歳。シエル様は二十五歳なので、まぁ、許容範囲だろう。

それぐらいの年頃の少女というのは、年上の男性に憧れるものだと聞いたことがある。

とても良い。

「リーヴィス様、そうやって暗い感じで笑っていると、暗黒魔導師みたいで怖いんですけど」

シエル様やリディアさんと一触即発になっていたステファン殿下を穏便に、セイントワイスの召喚術で召喚したまんまる羊で胴上げしたあと、混乱するステファン殿下に丁重にお詫《わ》びを言った。

もっと大きな揉《も》め事《ごと》になるのかと思っていたが、ステファン殿下はまんまる羊に胴上げされた経験がないせいか、とても混乱していらっしゃるようで、セイントワイスを責めたり怒ったりはあまりしなかった。

そんなわけで、案外あっさり、私はセイントワイスの部下たちと、魔導師府に帰ってくることができた。

一応私の立場はセイントワイスの副官なので、セイントワイスの者たちはシエル様の部下であり、私の部下でもある。

私は今、その部下たちと、助かった喜びを噛《か》みしめながら食堂でお茶を飲んでいる。

「あぁ、笑っていましたね、今。つい。喜ばしいことがあったものですから」

私は別に暗黒魔導師ではないのだが、見た目が怖いらしい。

多分、額に十字の刻印が入っているからだろう。これは、ミスティレニア家に代々伝わっている幸運のお守りのようなものなので、仕方ないのだ。ミスティレニア家の当主は皆、額に十字の刻印がある。

妹たちには「お兄様、不気味です」などと、時々言われる。私はお洒落《しゃれ》だと思っているが、女性にとってはそうでもないようだ。

「リーヴィス様も嬉《うれ》しくて笑うことがあるんですね。意外です。でも、助かって良かったです。死ぬかと思いました。……いや、反省はしているのですけれどね。シエル様とリディアさんのおかげです。……生きていて良かった」

「それにしても、リディアさんは可愛《かわい》らしかったな。しかも、俺たちの命を救ってくれた。まるで、妖精のようだ。明日《あした》から、食堂に通おうかな……リディアさん、殿下に婚約破棄されているから、通っても殿下に処罰されたりはしないだろうしな」

「それは良いな。俺も通いたい」

「リディアさん、恋人はいるんだろうか。もしいなければ、……可能性があるかもしれない」

静かに部下たちの話を聞いていた私は、目を見開いた。

確かにリディアさんは魅力的な女性ではあるが、私たちのような有象無象が恋愛感情を抱いて良い相手ではないのだ。

リディアさんは、シエル様がはじめて個人的に交流を持った女性なのだから。

美しいシエル様と可愛らしいリディアさんは、とてもお似合いだ。是非、今後とも交流をしていただいて、恋人になり、そして、夫婦になるなどしてくれると、私はとても嬉しい。

それにリディアさんはセイントワイスの恩人である。

恩人に胡乱《うろん》な感情を抱くなど、あってはならないことだ。

「良いですか、皆さん」

「はい、リーヴィス様」

「どうしましたか、リーヴィス様」

「私たちは、リディアさんに命を救われました。リディアさんは女神のように尊く、妖精のように愛らしい……つまり、皆の妖精です」

私は食堂に集まっている者全員に聞こえるように、食堂の椅子から立ち上がって手を広げた。

このような仕草をすると、とても『魔王の手下』っぽいと、妹たちからよく言われる。

「私は今ここに、私たちの妖精リディアさんを崇《あが》める会を、結成することを宣言します」

「おお……！」

「良いですね、それは！」

セイントワイスの部下たちから、拍手があがる。

セイントワイスの魔導師たちは、魔導師というのは基本的にそうなのだが、気難しく偏屈な者が多い。だが、結構素直な部分もある。これは、あまり世俗と関わらず、魔法の研究ばかりしてきた者が圧倒的に多いからだろう。

「良いですか、リディアさんは皆の妖精です。皆の妖精であるのだから、不可侵なのです。神聖な女神に触れることは禁忌。それを許可されているのは、リディアさんと同様に我らの命を救ってくださった、シエル様だけだとは思いませんか？」

「そうだ、確かにそうだ……」

「シエル様こそ、妖精を守る存在としてふさわしい……」

「リーヴィス様、目が覚めました。ありがとうございます……！」

「大変よろしい」

私は満足して、頷いた。

そうだ。愛らしいリディアさんによく似ている、小リスの人形などを、会員証として作ろう。

私はセイントワイスの副官と、王宮手芸部部長を兼任しているので、縫い物が得意だ。

シエル様とリディアさんにも、感謝の気持ちを込めて、プレゼントしてさしあげよう。

きっと喜んでくださるだろう。

◆The Hanged Man（刑死者）

小さな顔に、菫色《すみれいろ》の瞳。嫋やかな黒髪はまっすぐで、白い肌との対比がはっとするほど美しい少女が、白いスカートを摘《つ》まんで礼をした。

「はじめまして、リディア・レストと申します」

俺に向かって遠慮がちに微笑《ほほえ》んだリディアは、その年頃の少女にしては小さく痩せているように見えた。レスト神官家の娘にしては、ずいぶん貧相だなと、思った。

リディアとの婚約は、国王であるゼーレ父上からの命令だった。結婚について特に理想があったというわけではない。

神祖テオバルトとその妻である女神アレクサンドリア。双方を神として祀《まつ》るベルナール王国は、神官の力が強い。

その神官たちを束ねるフェルドゥール・レスト神官長の影響力は、ベルナール王家と肩を並べるほどだ。レスト神官家との繋《つな》がりを深めるための政略結婚であることは、理解していた。

フェルドゥールに連れられて王宮にやってきたリディアと俺は、王宮の庭園ではじめて挨拶を交わした。

「ステファン・ベルナールだ。これから、よろしく」

リディアと会ったのは、その日がはじめてだった。

フェルドゥール神官長は、リディアはレスト神官家の力を何一つ受け継がない役立たずで、結婚するのなら次女のフランソワにするべきだとしきりに言っていた。レスト神官家の恥曝《はじさら》しだから、外に出すことはなかったのだと。

実の娘に随分なことを言うものだと、俺は呆《あき》れながらそれを聞いていた。

「フェルドゥール。王家は、レスト神官家の神秘の力を欲しているわけではない。必要なのは、ベルナール王家とレスト神官家が信頼関係で結ばれているという事実。どちらが力を持ちすぎても、貴族や国民たちは不安になるものだ。実の娘に対する言葉としては、少々いきすぎているのではないか」

父上がフェルドゥール神官長の言動を咎《とが》めるように言った。

「リディアは、魔力さえ持たない落ちこぼれです。我が娘と思ったことは一度もない」

「それなら尚更《なおさら》、王家が貰《もら》い受けても構わないだろう。お前がどう思っていようが、リディアはレスト神官家の正当な血筋の娘だ。……魔力の有無や、その出自、種族の違いで、人の価値が決まるものではない」

父は厳しい表情でそう言って、それ以上の会話をリディアに聞かせないように配慮したのだろう、フェルドゥール神官長を庭園から王宮の中へと連れていった。

俺はリディアと二人で庭園に残された。

リディアは実の父からひどい言葉を投げつけられても、あまり気にした風もなく微笑んでいる。

好奇心に輝く瞳が、花の咲き乱れる庭園にちらちらと向けられている。

「……リディア、花が、好きなのか？」

「お花は、好きです。でも、お花も好きですけれど、神官家から外に出たの、はじめてで……だから、色々、珍しくて」

「どういうことだ？」

「ええと……その、私、魔法、使えない落ちこぼれですから、……神官家では、私は、いらなくて。きちんとドレスを着たり、こうして外に連れ出してもらえたりするのは、はじめてなんです」

「リディア……それは、笑いながら言うことではないだろう……！」

俺よりも幼い少女が、微笑みながら口にしたことに、俺は少なからず衝撃を受けた。

リディアの触れただけで折れそうな細くて小さい両肩を掴むと、リディアは驚いたように菫色の瞳を見開いた。

「何故《なぜ》、怒らない？　不遇な扱いを受けていることを、父に、ひどい言葉を投げつけられていることを、何故怒らないんだ、リディア」

「何故……お屋敷に、置いていただいているだけで、ありがたいことですから。私、役立たずですし。でも、そんなに困ったことはないのですよ。最近は、料理を覚えましたし……料理人たちは私が料理を眺めていても、怒ったりはしないのです。目玉焼きを焼いて食べても、怒られませんし……」

「それは、おかしいだろう。リディア、父上が言ったように、魔力の有無で人の価値が決まるものではない」

「こんなに誰かとお話ししたのは、はじめてです。……言葉を話すのって、疲れるのですね」

「……すまない。……痛かったか、リディア」

リディアが困ったように微笑むので、俺はリディアの両肩を摑んでいた手を離した。

「痛くないです。ステファン様、体温とは、あたたかいものなのですね。知らなかったです」

「……これからは、俺がリディアのことを守る。今すぐにレスト神官家から連れ出せるように、父上に頼んでみる」

「あ、ありがとうございます、ステファン様……私、何もできません、けど、……ステファン様のお嫁さんに、選んでいただけて、嬉しいです」

リディアは、恥ずかしそうに言って、はじめて俺の目をまっすぐに見た。

菫色の澄んだ瞳はどこまでも美しくて。痛みを痛みとも認識していないように見えるリディアを、俺が守らなければいけないと思った。

リディアを生涯守る。そう、心に誓った。

「……リディア」

壁に両手をついて、俺は体を支えた。

まんまる羊に弾《はじ》き飛ばされたと思ったのだが、怪我はないし、衝撃もない。

しきりに俺を心配してくるセイントワイスの魔導師たちを追い払った。

頭が痛む。

あれから、どうなった。リディアは、俺は。

俺は——父上に、レスト神官家からリディアを王宮に移すように頼んだ。

父上はそれを了承してフェルドゥール神官長にかけあったが、まだ幼く、礼儀作法も未熟だからと拒絶されてしまったらしい。

数年したら、全寮制の学園に入学する。そうしたらリディアは自由だ。フェルドゥール神官長の支配下から逃れられる。それまでしばらく、耐えてくれとリディアには伝えた。

王家といえども、レスト神官家の内情には口出しできない。情けないことだが。

それから、俺は。

「……大嫌い」

怒ることを知らなかったリディアが、俺を睨《にら》みつけて放った言葉を思い出す。

記憶が、ごっそりと抜け落ちているようだ。

涙に濡《ぬ》れた瞳で俺を睨むリディアと、まるで恋人のように寄り添う、シエルの姿が想起される。

どうして、何故、リディアは、俺の婚約者だった。守ると、誓った。

俺が幸せにすると、強く思った。それなのに。

「ステファン様……！　大丈夫ですか、王宮で騒ぎが起こったと聞いて、心配で来てしまいました……お姉様が、王宮に入り込んだと」

可憐《かれん》な声が聞こえて、俺は顔を上げる。可憐な声、だろうか。まるで、肌を蛇の舌になめられているように、不快な声ではないのか。

「未練がましいお姉様……！　ステファン様の前に姿を見せるなんて、まるで、人の食べかすを欲しがる鼠《ねずみ》みたい」

「フランソワ……本当、だな。……まるで、鼠のように、みすぼらしい姿だった」

違う。

それは、違う。リディアは、泣いていた。泣きながら、怒っていた。

黒い艶《あで》やかな髪も、菫色の瞳も、白い肌も、小さな唇も。あの頃と、変わらない。俺の、可愛らしい婚約者――。

リディアよりもずっと派手な顔立ちの女が、俺の腕に自分の手を絡める。視界が赤く濁った。

◆The Lovers（恋人たち）

天蓋付きの豪奢《ごうしゃ》なベッドのシーツは血のように赤い。

天蓋の木枠は黒く塗られていて、燭台《しょくだい》や水差し、香炉や香水瓶や鏡など、調度品のほとんどが金色。金魚鉢の中に、金魚が三匹優雅に泳いでいる。

私はベッドの前に、両手を腹の前で握りしめて立っている。

ベッドの上には、黒と赤と金色のどこか異国を思わせる派手な色合いの部屋に負けないぐらいに、美しい女性が横たわっている。

金の巻き毛がしどけなく肩に落ちていて、長い睫毛《まつげ》に縁取られた瞳はよく研磨されたルビーのよう。肉感のある唇は弧を描いて、慈愛に満ちた笑みを浮かべている。

この世のものとは思えないぐらいに美しい何かに相対すると、人は畏怖を感じるものなのかもしれない。私はその女性を母のように慕っているはずなのに、足の裏からじわりと恐ろしさが這いあがってくるような、奇妙な感覚がある。

「ステファン王子は、私のもの。私との婚約を発表し、あとは婚姻を結ぶのを待つばかりです」

私は、美貌の女性の前に膝をつく。

「魔力のない役立たずなお姉様は、王子に捨てられて、負け犬のようにレスト神官家から逃げ出しました」

ステファン様に婚約破棄を言い渡されたリディアお姉様は、レスト神官家に戻らずに、王都の薄汚れた街の片隅で、庶民のように暮らしているらしい。殺しても良かったのだけれど――でも、余計なことをして目立つのはいけない。静かに、ごく自然に、元からそうであったように、私はリディアお姉様の居場所を奪わなくてはいけない。

それが——私の愛するファミーヌお母様の、望みだから。

「リディアお姉様に女神アレクサンドリアの力を与えるはずだった聖獣アルジュナも、お母様に頂いた力で、手に入れました」

「そう。良い子ね、フランソワ。あなたはとても、うまくやっている。私の可愛い子供たちの中で、一番うまくやっている」

ファミーヌお母様は、聖母のような微笑みを浮かべた。

「はい、お母様。全てお母様の望み通りに。神祖テオバルトの子孫であるステファン様の愛を得て、王家を、この国を、お母様に捧《ささ》げます」

「ええ、ええ。良い子ね。それが——私の望み。月の牢に幽閉されて、苦しみ続けている私の大切な、シルフィーナお母様の望み」

「はい。ファミーヌ、お母様……」

私は頭を下げる。

——なんだか、頭がくらくらする。

この美しい方が、私のお母様。ファミーヌお母様。赤い月から落ちてきて、私の前に現れた、月の魔女の二番目の娘。

私はお母様のために、生きている。お母様が、娼館《しょうかん》で生まれて、家族のいない私に力をくれた。ステファン王子の愛を得る力を。役立たずのリディアお姉様から、聖獣を奪う力を。

(おかあさま……?)

頭の奥の方に、思い出さなければいけない何かがある気がする。

それはとても、とても、大切な記憶だったはずなのに。真っ暗闇の中で助けを求めてひたすら手を伸ばしても、誰も私の手を握ってくれないのと同じように、何も思い出せない。

——私は、誰だったかしら。自分という形が曖昧になって、ぐにゃぐにゃに、崩れていってしまうみたいな、眩暈を感じる。

「けれど、フランソワ。あなたにはまだ、アレクサンドリアの力はないのね。私を、失望させないで頂戴」

ファミーヌお母様に言われて、私はくらくらしていた頭を押さえると、眉を寄せた。確かにファミーヌお母様の言う通り、私には聖女の力がない。

ファミーヌお母様に頂いた力を使って、皆に幻想を見せているだけだ。神官長の庇護《ひご》を得て、ステファン王子の心を得て、私こそが聖女だと思い込ませて、死にかけた小鳥を生き返らせて——あの小鳥は死んだ。かわいそうに。

「申し訳ありません……魔力のないはずのリディアお姉様の料理には不思議な力があるのだと、最近妙な噂が流れています。もしかしたら——リディアお姉様の力を、聖獣が封じているのでは」

私が手を翳《かざ》した先に、鎖の巻かれた鏡が現れる。鏡の中には、白かった毛を灰色に汚した薄汚い小さな獣が丸まっている。

「強情なこと。どれほどいたぶっても、何も言わない」

ファミーヌお母様は、しなやかな指を鏡に向かって伸ばした。

鏡の中に、炎の海が現れる。炎は小さな獣の体を焼いたけれど、獣は呻《うめ》き声《ごえ》一つあげなかった。

「頑丈だけが取り柄なのね、アルジュナ。でも、無駄だわ。その中からお前は出られない。やがて私が聖なる力を手に入れて、この国の女神となる。かつてこの国にアレクサンドリアが君臨していたように」

「――哀れな。お前は力を、手に入れることなどできない」

鏡の中から、小さな獣の声とは思えない、低い声が小さく響いた。

「哀れなのはどちらかしら。お前にできるのは沈黙と、ただ、見ていることだけ」

ファミーヌお母様が私に向かって手を伸ばした。私は立ち上がると、お母様の傍《そば》へと近づいていく。

「可愛いフランソワ。私の子供。あなたが得たものは、私が得ることができるもの。記憶も、力も、容姿も――全て。子供は母体に還《かえ》ることが、至上の幸福なのでしょう。だから、ちゃんと役目を果たしたら、私が綺麗《きれい》にあなたを食べてあげる」

「はい……お母様、ありがとうございます……」

「私は、魔女の四人の娘の中でも、一番美しく一番優れていて一番賢い、飢餓による死を司《つかさど》る二女ファミーヌ。この私に選ばれて、この私の傍にいられて、幸せでしょう、フランソワ」

「はい、幸せです」

「一番下の妹の、死を司るメドゥシアナは、醜悪な見た目の化け物だった。頭が悪くて、何も考えずに、ただ、暴れた。だから、人間に討伐されてしまった」

ファミーヌお母様は呆れたように嘆息をしながら、傍に近づいてお母様の足元に跪《ひざまず》いた私の頭を撫《な》でる。

「けれど、メドゥシアナは化け物だけあって、生命力が強いのね。まだ生きている気配を感じる。体は消えてしまったけれど、その首を持ち去った誰かがいる。……人間の中にも、私たちと同じぐらいに、強いものがいる」

「はい……慎重に、誰にも気づかれないように、慎重に、私はお母様の願いを叶《かな》えます」

「ええ。気をつけなければいけない」

ファミーヌお母様に髪を撫でられて、私は目を細めた。

私は——私の髪を優しく撫でてくれた、あたたかい手を覚えている。お母様の手だ。

『フランソワに、触れないで……！　お願い、私が、あなたの願いを叶えるから……！』

私を庇うように立っている、私の、お母様。

本当の、お母様。

悲しくもないのに涙がこぼれる。何かを思い出したような気がするけれど、よくわからない。

私には、ファミーヌお母様がいるのに、何を悲しむことがあるのかしら。

わからない。

第三章 ✦ 癒やしの薄味じゃがいもポタージュ

時刻は朝の四時半。まだ外は少し薄暗い。

夏の終わりのこの季節は、薄く開いた窓から少しだけ秋の気配がする涼しい風が入り込んでくる。

「……浮気男の夢を見た気がするのよ……」

私は窓際のベッドから起き上がって、ふぁ、と欠伸《あくび》をした後、両手を上にぐぐっと伸ばした。

夢に、出会ったばかりの頃のステファン様が出てきたような気がする。

あの頃の夢を見た朝は、「あの頃は、幸せだったわよね……嘘《うそ》つきな浮気男め、滅びろ……」とかなんとか言いながら、ぐずぐず泣いていた私。

でも、今日はそこまで落ち込まなかった。

「私が、……少し、変わった、みたいに。殿下も……心変わりぐらいは、するわよね」

ベッドから下りると、浴室に向かう。洗面台で顔を洗って、髪を梳《と》かして三つ編みにする。

寝室に戻ってブラウスとスカートを着用して、黒いエプロンを身につける。

エプロンのポケットに、枕元に置いてあったシエル様から貰《もら》ったお守りの宝石を入れた。

「殿下とは、もう二度と会うこともないだろうし……」

良い思い出が少しだけあるというのが、そもそもよくないのよ。

最初から冷たくされていたら、怒ったり恨んだり悲しんだりすることもなかったかもしれないのに。

「でもやっぱり、ちょっと腹が立つから、朝目覚めたら間違えて石鹸《せっけん》じゃなくて歯磨き粉で顔を洗ったりすれば良いのだわ……」

私は夜明けの空にお祈りを捧《ささ》げた。

ステファン様と私はもう無関係だし、未練もないけど。でも純真だった私の心を傷つけた罪は重いのよ。

「偉いのよ、昨日の私。今日は朝からパンが焼けちゃうわ」

ぼんやりとした頭の中に、ステファン様の顔が思い浮かぶ。

最近会った気がするけど、顔がよく思い出せないので、目元に黒い線が入ってピースサインをしている。ステファン様、朝から元気そうね。

ステファン様の顔に、白い満月みたいなふかふかの何かが被《かぶ》る。

パン生地だ。

私は昨日の夜のうちに捏《こ》ねておいたパン生地のことを思い出した。

窓の外からは、鈴虫の声がする。私は薄く開いていた窓を閉めて、ベッドを綺麗《きれい》に整えた。それから一階の調理場に向かった。

保管庫の中に入っているのは、レーズンを発酵させた酵母を混ぜて作ったパン種をもとに、昨日捏ねておいたパン生地である。ふっくらと膨らんでいて、ウサギのお尻みたいで可愛《かわい》い。

王国では、パンを好む人と、ご飯を好む人が半々ぐらい。私は両方好きだし、朝ご飯を食べにくるルシアンさんと騎士団の方々も、どっちでも良いと言っている。だから気分によって変えているのだけれど、パン生地を作るのが楽しいので、パンの日は結構多い。

発酵まで時間がかかるから、夜のうちに捏ねなくてはいけないのだけれど。

でも、この、捏ねるという作業。全ての怒りや憎しみをパン生地に叩《たた》きつけられるので、お肉のミンチを作る次の次ぐらいに、好き。

「でも、私、反省したから……もうパン生地には憎しみをぶつけたりしないのよ」

保管庫からパン生地を取り出して、綺麗に拭いた調理台の上に小麦粉で打ち粉をして置いた。

私の顔ぐらいに大きく膨れ上がっているパン生地はふかふかで、柔らかい。とっても良い感じに膨らんでいて、嬉《うれ》しい。

「後は、丸めて焼きましょう。今日は、くるみとドライクランベリーを入れて焼いてみようかしら」

うん。美味《おい》しそう。

くるみやドライクランベリーは、ツクヨミさんがマーガレットさんと遊びに来た時にお土産でくれたものだ。

パン生地に入れて捏ねて、私の握り拳大に丸めていく。

天板に並べて、温めたオーブンに入れる。炎魔石のおかげで、オーブンの温度も調節ができるし、安定してパンを焼けるのよね。

「すごいわ、私……！　まだ、今日は、怒ってないし、泣いてない……！」

ステファン様の夢を見てしまったせいで、一瞬メンタルが暗黒面に落ちそうになったけれど、今は鼻歌も歌えちゃうぐらいに爽やかな朝という感じ。

「……あれ？　じゃあ、ルシアンさんが言っていた、恨みをぶつけることで込められる不思議な力も、ないのではないかしら……ただの料理。普通の、料理……？」

それって、ルシアンさんにとって私は、なんの価値もなくなるということではないのかしら。それに、シエル様の役にも立たなくなってしまうのではないかしら。

「ううん……でも、楽しくお料理した方が良いと思うし……」

私の持つ不思議な力については、シエル様が調べてくれると言っていたし。あんまり深く考えても仕方がないのかもしれない。

少し不安になったけれど、考えてもわからないものね。魔力のことは、魔法についてこの国で多分一番詳しいシエル様に任せるのが一番よね。

私は気を取り直してパンを焼きながら、玉ねぎとにんじん、ソーセージで具がたっぷりのクリームスープを作る。

後はスクランブルエッグを作れば、朝食セットの完成である。

そうこうしているうちにパンが焼きあがった。食堂に、香ばしくて少し甘い香りが立ち込めている。

こんがりきつね色に焼けたパンは、まんまるで、クランベリーとくるみが沢山入っていて、美味しそう。

まるいものは可愛い。私の食堂には可愛いが足りていない。

「パンも、猫ちゃんの形とかにすれば良かったかな……」

シエル様の好きな猫ちゃん。犬さん。丸い小鳥。パンダとウサギ。ツクヨミさんの好きな、蛸《たこ》。

パンは成形しやすいから、頑張ればどんな形にでもなりそうね。今度やってみましょう。

「シエル様が、まるいものは安心感があると言っていたし……」

子供たちに安心感を与えるためには、やはり『鬼』ではなくて『猫ちゃん』よね。今までの私、一体何を考えていたのかしら。血の池地獄ハンバーグとか、不安しかない。

時刻は午前八時過ぎ。食堂の壁掛け時計が、カチカチと鳴った。

窓からは優しい日差しが降り注いで、――外からは、爽やかな朝とは思えない、喧騒《けんそう》が聞こえた。

「……な、何事ですか……」

私のお店の前で、何やら口喧嘩《くちげんか》が起こっている。

びくびくしながら顔を出すと、騎士団の方にしては細身で長身、燃えるような赤い髪をした男性、レオンズロアの副団長ノクトさん率いるレオンズロアの皆さんと、リーヴィスさんを中心としたセイントワイスの皆さんが睨《にら》み合っていた。

「リディアさん、おはようございます」

「リディアさん、おはよう」

私が顔を出すと、睨み合っていたリーヴィスさんとノクトさんが私の方を振り向いて、爽やかな笑みを浮かべる。

何やら言い合っていた気がするのだけれど、気のせいなのかしら。

「お、おはようございます、リーヴィスさん、ノクトさん、皆さん……ええと、今日は、ご飯を食べに来てくれたんですか？」

ここは、食堂だし。私のお店の前で睨み合っているのだから、ご飯を食べに来た以外には、目的はないとは思うけれど。

ご近所の方々に迷惑だから、ご飯を食べに来たのなら早く中に入って欲しいのよ。

「そうなんです、リディアさん！　シエル様が南地区に自宅を購入して研究室を移されたものですから、私たちもご挨拶に来たのです。せっかくだから、リディアさんの朝ご飯を食べようと思って、ここに。そうしたら、ノクトが邪魔をするものですから」

「当たり前だ……！　どういうつもりだ、セイントワイス！　リディアさんの食事は、我らレオンズロアのものだぞ」

「い、いえ、食堂なので、誰のものとかはないのですが……」

私が困り果てながら言うと、セイントワイスの皆さんが何か扇のようなものを取り出す。扇には、私の名前と、何故《なぜ》かハートマークが描かれている。

「私たちは、セイントワイスではありますが、リディアさんに命を救われた時から、私たちの妖精リディアさんを崇《あが》める会を発足しました。リディアさんへの想《おも》いは、レオンズロアよりも五百倍、いえ、百億倍、といったところでしょうか。つまり、今日の食堂での食事の優先権は、我らがセイントワイスにあります」

リーヴィスさんの言葉と共に、セイントワイスの皆さんは「リディアさん！」「私たちの救世主！」と口々に言う。

「何を言っているんだ、リーヴィス。リディアさんは我らレオンズロアの至宝！　ルシアン団長が幾度リディアさんを口説いて、幾度フラれたと思っているんだ……！　リディアさんという光り輝く宝石の原石を見つけたのは、我らレオンズロア！　我らも、リディアさんを応援する会を発足するぞ、皆！」

ノクトさんの言葉と共に、レオンズロアの筋肉の皆さんが「おお〜！」と野太い声をあげた。

「やめてください、やめてください……！　ご飯、沢山ありますから、仲良く食べてくださいっ……！　席が足りなかったら、調理台をテーブルにしますから、ご近所迷惑です……っ」

前言撤回だわ。

爽やかな朝、男性に恨みのない私、小鳥たちも囀《さえず》っているわねって思ったけれど。

暑苦しいのよ。むさ苦しいのよ。

気持ちは……気持ちは一応ありがたいし、ご飯を食べたいって思ってくれるの、嬉しいのだけれど。

今日の分で焼いたパンが、一瞬にしてなくなりそうな人数だわ。

私はぐすぐす泣きながら、近所迷惑な男性たちを食堂の中に押し込んだ。

そもそも、私を崇める会ってなんなのかしら。そして、応援する会ってなんなのかしら。

困る。とても困るのよ。

「リディア、おはよう！　良い朝だな。寝すぎて、出遅れたんだが、今日はセイントワイスの連中も来ているのか」

私が騎士団の皆さんと魔導師団の皆さんに少しお手伝いしてもらいながら、慌ただしく動き回ってお食事を提供していると、にこやかにルシアンさんが入ってきた。

「ルシアンさんに食べさせるご飯はありません……」

「な、何故……」

私は諸悪の根源であるルシアンさんを、涙目で恨みがましく睨んだ。

大衆食堂ロベリアには、四人掛けのテーブル席が三つと、カウンターに椅子が四脚。十六人座れるけれど、そこまでぎちぎちにお客さんが入ることとかは少ない。

そもそもお店だってそこまで広くないので、レオンズロアの方々とセイントワイスの方々、合わせて十六人で満席。筋肉でぎゅうぎゅうだ。

あ。筋肉なのはレオンズロアの皆さんで、セイントワイスの方々は筋肉って感じでもない。でも、細身でも身長の高い方も多いので、ぎちぎちに席が埋まると、圧迫感がすごい。

クランベリーとくるみが入っている少し甘いパンと、具沢山のスープは盛り付けて提供するだけなので大変じゃないけれど、スクランブルエッグは一つひとつ作らなければいけないから、ちょっと大変。

ノクトさんとリーヴィスさんが中心となって、盛り付けの終わったお皿を持っていったり、新しいお皿や器を持ってきたりしてくれた。

「い、忙しい……」

泣き言も言う暇がないぐらいには忙《せわ》しなく動き回っていた私。今は最後のスクランブルエッグを作っている。

フライパンの上でバターを温めて、バターが溶けて馴染《なじ》んだところで、溶いた卵を流し入れる。じゅわじゅわ音を立てて、どろどろの卵の端っこがすぐに固まってくるので、菜箸でぐるりとかき回す。

卵が固まり切ってしまう前に卵を混ぜて、どろどろとふわふわが半分ぐらいになったところで、お皿に移す。

輝く黄金色のスクランブルエッグに、トマトソースをかける。

これで最後の料理なので、ノクトさんとリーヴィスさんには席に戻ってもらって、お食事をしてもらっている。

私はお皿に載せたスクランブルエッグを、もう座る場所がないせいで、調理台の椅子に座ってもらっているルシアンさんのもとに運んだ。

「できました、ルシアンさん。クランベリーとくるみパン、具沢山スープと、忙しなさの極み特製ふわふわふわスクランブルエッグです」

「恨み鬼パンくるみ入り、具沢山スープと、血の池地獄スクランブルエッグ、じゃないのか」

調理台の椅子で大人しく料理を待っていたルシアンさんが、首を傾《かし》げて言った。

私はルシアンさんの前の調理台の上に、ことりとお皿を置いた。

「つい先日までの私ならそんな感じでしたけど、お友達のおかげで、少し元気になったのです。だから、今日のご飯には恨みも悲しみも入っていません」

私は得意げに言った。これで全員分の料理ができたので、手を洗って布巾で拭いて、お茶の準備に取り掛かる。

リーヴィスさんやノクトさんたちにはもうお茶を出してあるので、あとはルシアンさんだけだ。

遠征帰りの時はちょっと草臥《くたび》れた感じだったルシアンさんだけれど、今日はいつもの輝きを取り戻している。黒い団服も綺麗に洗われているし、さらさらの金の髪もハーフアップに整えられている」

「だからルシアンさん。もう、ご飯を食べても何も起こらないんじゃないかなって、思いますよ。ルシアンさんの言っている私の力は、怨念からうまれたんじゃないかなって……」

「どうだろうな」

「どうだろうな……って、ルシアンさん、いつももっと、恨め、憎め、みたいなこと言うじゃないですか……」

「それは、もちろんリディアの料理の特殊効果に期待しているということもあるが、怒った方がスッキリするだろう、色々」

花柄のカップに紅茶を淹《い》れて、レモンの輪切りを浮かべる。

ルシアンさんの前に持っていくと、ルシアンさんが優しい声で言った。

その、急に君のことは全部わかっている感を出す感じ。ルシアンさん相変わらず女誑《おんなたら》しだわ。

「ひぇ……っ、なんなんです急に、私は騙《だま》されませんよ……！」

シエル様のおかげで少し反省した私。苛々《いらいら》も悲しみも今はそんなにはないし、男は全員嫌い、って言い張るのもどうかなって思うから、やめようと思うけれど。

でもルシアンさんは別だ。この、さらっと踏み込んでくる感じ。これが天然女誑しというやつなのね。怖い。

「……リディア。くるみとクランベリーのパン、絶品だな。少し甘いのが、良い。体に活力が湧いてくるようだ。今なら、聖都外壁を十周は走れるな。スクランブルエッグも旨《うま》い。力が漲《みなぎ》ってくるのがわかる」

「……恨み辛《つら》み、込めてないのに、どうして……」

食事前のお祈りの後、朝ご飯をもぐもぐ食べ始めたルシアンさんが、良い笑顔で言った。

どうしてなの。今日は怒ってないし、泣いてもいないのに。

やっぱりよくわからない。お料理自体はごく普通のものに見えるのは、いつも通りだ。

「でもそれって、ルシアンさんがそう思っているだけかもしれないですし……」

シエル様の研究の役に立ちたいとは思うけれど。お友達だし。シエル様の研究は、とても大切なものだから。

でも、今日はただ普通にご機嫌良くお料理をしたのよ。怨念、込めてないのに。

「いや。そんなことはない。実際、リディアの料理を食べた直後の、ギルフェルニア甲蟲《こうちゅう》の討伐は、非常に効率が良かった。どれほど戦っても疲労感も少なければ、甲蟲の硬い甲羅を叩き割るのも容易だった」

「うう……ルシアンさんが朝からにこやかに怖いことを言ってくる……」

魔物退治の話が嫌ってわけじゃないのだけれど、嬉しそうに叩き割るとか言われると、怖いのよ。

「だが、昼過ぎから、料理の効果が抜けてしまった。といっても、もともと私たちは強いから問題はないのだが。しかしやはり討伐効率は良い方が良い。怪我《けが》をしないに越したことはない」

「それは、怪我はない方が良いとは思いますけれど……」

「君が私の傍《そば》にいてくれたらな……」

「打算でそんなことを言われても……」

ルシアンさんは朝食セットを綺麗に食べ終えた。心なしか、食べる前よりも元気そうに見えるのだけれど、気のせいだと思う。多分。

「…………レオンズロアの騎士団長は、発情期なのですか？　我らが妖精リディアさんは妖精であるが故に、不可侵。そこは聖域なのです。聖域に踏み込んで良いのはリディアさんの友人のシエル様だけですよ。女好きに、出る幕はありません」

「団長は真剣だぞ。真剣にリディアさんを口説いているんだ、あれで。犯罪臭がすごいことは認める。だが、踏み込んで良いのはシエル殿だけというのは、納得がいかない。リーヴィス、ルシアン団長は女好きではない。黙っていても女が寄ってくるだけだ」

「同じでは？」

「シエル殿は近寄り難いからな。遠巻きに、女性から熱い視線を向けられているのではないのか？」

「シエル様は、孤高ですので。リディアさん以外の女性など、目にも入っていませんよ」

リーヴィスさんとノクトさんが、カウンター席で私たちの様子を見ながら、仲良く話をしている。

「シエル様こそ、リディアさんにふさわしい。何せ幽玄《ゆうげん》の魔王とまで呼ばれている方です。シエル様ほど美しく強い方は、他にいません」

リーヴィスさんの言葉に、私はお皿を洗いながら頷《うなず》いた。

「幽玄《ゆうげん》の魔王、知っています。お名前はこの間、聞きました」

「理由も知っていますか？」

「シエル様、顔立ちが綺麗だからではないのですか？」

「それだけではなく、シエル様は数年前のロザラクリマの日、王国に姿を現した妖精竜をたった一人で討伐したのです。世界を破壊してしまうのではないかというほどに、恐ろしく巨大な竜でした」

「妖精竜ですか……」

私は色々なことに疎いので、妖精竜がどんなものかさえよく知らない。学園生活を送っていた時なら、それなりに人の噂《うわさ》は耳に入ってきたかもしれないけれど、レスト神官家でひっそりと暮らしていた頃となると、外の世界のことなんて知ることができなかった。

「ええ。シエル様の戦う姿があまりにも美しく、人々はシエル様を幽玄《ゆうげん》の魔王と、畏怖と尊敬の念を込めて呼ぶのです。シエル様は我らがセイントワイスの誇りなのですよ」

リーヴィスさんが熱意のこもった口調で言う。他のセイントワイスの皆さんも、うんうんと頷いている。シエル様、セイントワイスの皆さんに慕われているのね。

気持ちは、なんとなくわかる気がする。最初は怖いって思ったけれど、シエル様は優しい人だ。

「それにシエル様は転移魔法も使用することができるのです。我らセイントワイスの魔導師たちが集まって、集団詠唱を行ってやっと使うことのできる転移魔法を、たった一人で。まさしく、幽玄《ゆうげん》の魔王という名にふさわしい方です」

「それを言うのなら、団長だって星墜《せいつい》の死神と呼ばれているぞ」

「それも聞きましたけれど、理由、あるのですか？」

ノクトさんの言葉に、私はお皿を拭きながら尋ねる。

「あぁ、そうなんだリディアさん。ルシアン団長は、数年前に起こった月魄教《げっぱくきょう》団《だん》による暴動を一人でおさめた。ルシアン団長がいなければ、大規模な内戦が王国で起こっていたはずだ。きっと多くの死者や怪我人が出ただろう」

「げっぱくきょうだん……」

「赤い月ルブルムリュンヌを崇める集団のことだな。その実態も規模も、摑《つか》めていない集団だ。ルシアン団長が幹部を捕縛して、王家に引き渡している。だからもう教団は瓦解したとは思うがな」

「戦争……」

「民を守るために、我らがレオンズロアはいる。その事件がきっかけで、ルシアン団長の強さはまるで星を墜《お》とすことができるほどだと言われていてな、死神というのも不名誉な二つ名ではなく、褒め言葉なんだ」

「そうなんですね……」

「それに団長は、浮遊魔石移動装置ファフニールを操って空を飛ぶことができる唯一無二の存在。

ファフニールは操作が難しくて、団長以外には扱うことができない」

「すごいんですね、ルシアンさん」

浮遊魔石移動装置とは、風魔石をはめ込んだ乗り物のこと。大きなものは飛空挺《ひくうてい》と呼ばれているけれど、庶民が軽々しく乗ることのできる乗り物ではないし、そこまで馴染み深くはない。

私はお皿を拭きながら、ルシアンさんをじっと見た。

ルシアンさんは私から視線をそらした。褒められたから、照れているみたいだ。

「だから、リディアさん。ルシアン団長の傍にいれば守ってもらえるぞ。団長は強い。肉弾戦では、ルシアン団長の方がシエル殿よりも強い」

「肉弾戦で物を考えないでいただきたい。魔法と剣なら、魔法の方が圧倒的に強いのですから」

「リーヴィス。詠唱が終わる前に、お前のすました顔を殴ることができるぞ、俺なら」

「最近では単純な攻撃魔法については無詠唱が流行《はや》っているのですよ、ノクト」

「喧嘩、喧嘩しないでください……」

リーヴィスさんもノクトさんも、大人なのだから、喧嘩しないで欲しい。

私はぐずぐず泣きながら、最後のお皿を拭き終えて、調理台に置いてあるお皿の上に重ねた。

私の様子を見かねてか、ルシアンさんが「セイントワイスもレオンズロアも、国を守るためにあるのだから、どちらが強いかなどという議論は不毛でしかない」と、リーヴィスさんとノクトさんを窘《たしな》めてくれる。二人とも叱られて我に返ったのか、口々に私に「すまなかった」「申し訳ありません、リディアさん」と、謝ってくれた。

十七人分の朝食を提供した慌ただしい朝が終わって、リーヴィスさんとノクトさんが競い合うようにしてセイントワイスの皆さんの朝食の代金と、レオンズロアの皆さんの朝食の代金を多めに支払ってくれた。

「リディアさん、また来ますね。我らの妖精。命の恩人。そして、シエル様の大切なご友人。セイントワイスはリディアさんの味方です。百万の兵でも、リディアさんのためなら相手をしましょう」

リーヴィスさんは、恭しく私に礼をして言った。

セイントワイスの皆さんも「リディアさんの顔を見ると力が漲る」「リディアさんの可憐《かれん》さで今までになく体調が良い」と言っている。

それは私の顔を見たからではなくて、料理を食べたからだと思うの。

単純に、お腹《なか》がいっぱいになったからではないかしら。

「リディアさん。我らレオンズロアも、リディアさんのためなら一千万の兵でも相手をしよう。なんたって、我らはリディアさんを応援する会なのだからな！」

リーヴィスさんに対抗するようにノクトさんが言う。

レオンズロアの皆さんから「おお〜！」と再び野太い声があがった。

私の可愛い食堂を、戦に赴く前の駐屯地みたいにしないで欲しいのよ。

「わ、私、国に叛逆《はんぎゃく》とか、しないので……戦っていただかなくても、多分、大丈夫です……」

「いや、わからないぞ、リディア。突然王国中の人間全員が、リディアの敵になるかもしれない。そういう危機感を常に抱きながら生活するのは大切だ」

ルシアンさんが、私の両肩にぽん、と手を置いて、不吉なことを言った。

「どうしてそんな危機感を抱かなきゃいけないんですか……私、ただの、大衆食堂の料理人なのに……」

「常に最悪の事態を考えるのは大事なことだぞ、リディア。そうなった時には、私が君を守ろう。世界中が敵になったとしても、私は君の味方だ」

「か、顔が近い、顔が近いです……っ、どういう状況なんですか、それ……！」

いくらなんでも、規模が大きすぎる。

私は国の転覆を考えている叛逆者とかじゃないので。

ルシアンさんがすごく至近距離で、真剣な表情で私を見てくるので、私はびくびく震えながらルシアンさんから逃げた。

ルシアンさん、自分の顔立ちの良さを自覚しているのかいないのかわからないけれど、こんなことをされたら普通、女性はキュンとしてしまうわよね。私はしないけど。

「しかしやはり、守るとなると、常に共にいてもらわないといけない。リディア、だから騎士団の宿舎に来てくれ。それで、遠征の時には同行を……」

「嫌ですってば……」

「そのためにはやはり、リディア。私と……」

「わ、私、ルシアンさんとはお友達になれませんから……！」

「な、何故だ、リディア……！　シエルは友人で、どうして私は駄目なんだ」

「恋人が沢山いるような男の人とお友達になれないので……」

「誤解だ、それは」

「ともかく、私は騎士団には入りませんからね……！」

私はシエル様のおかげで少し立ち直ったけれど、だからといってレオンズロアに入団したりはしないのよ。

かれこれ何回目だろうというぐらいのいつも通りの押し問答をしていると、食堂の中に駆け込んでくる小柄な姿がある。

「リディア！」

愛らしい声で、声と同じぐらいに愛らしい少女が私の名前を呼んだ。

シャノンが切羽詰まった様子で、私のもとへと駆けてくる。その両手には——ぐったりとして動かない、耳が長いうさぎと狐《きつね》の中間のような動物を抱えている。

すらりとした体つきは、猫を思わせる。青みがかった銀色の毛に包まれていて、瞳は閉じられている。

猫ではなさそう。何かしら。可愛いことは確かだ。

「リディア、助けて……！」

「どうしたの、シャノン、その子は一体……」

「森で、リディアにあげようと思って野苺《のいちご》を集めていたら、森の中にある洞窟が光っていて……何かと思って行ってみたら、この子が倒れていて……怪我はしていないみたいだけれど、動かなくて……！」

「生きているのか？」

ルシアンさんが尋ねる。どことなく警戒をしているみたいに、ルシアンさんの顔からいつもの笑みが消えている。

「見たことのない動物だな。どこの森で拾ったんだ？」

「そういえば、シャノン。森で野苺を集めていたって……危ないです。森に一人で行ったら、危ない。シャノンはまだ子供ですし、女の子なんですよ」

「大丈夫。聖都の中の森だから。聖都には魔物は出ない。セイントワイスの魔導師が、結界を張ってくれているから……って、あれ？　セイントワイスの魔導師……リディアのお店に、どうしてこんなに沢山……」

シャノンははじめて気づいたように、リーヴィスさんたちを見る。

朝ご飯を食べ終わったリーヴィスさんたちセイントワイスの方々は、帰るタイミングを見失ったように、立ち上がったまま私たちの方を興味深そうに眺めている。

「レオンズロアだけじゃなく、セイントワイスまで……リディア、どうして？」

「どうしてでしょう……」

シャノンに問われて、私は首を傾げる。それについては私にもよくわからないのよ。

「今はそんなこと気にしている場合じゃなかった。リディア、お願い。この子を助けて！」

「助けて……って言われても……私、動物のお医者さんとかではないですし……」

私は困り果てて、シャノンの必死に見開かれた大きな瞳を見つめた。

動物に触れたこともなかったように思う。レスト神官家で動物を飼うようなこともなかったし、ロベリアを開いてからも街を歩いていると野良猫を見かけることはあったけれど、野良猫が私に近づいてくるようなこともなかったし。

飼う気もないのに、野良猫にご飯をあげてはいけないのだと、マーガレットさんには言われていたし。

動物を飼ったことがない私は、動物の飼い方なんてもちろん知らない。

だから——可愛いなって遠くから見るだけで、触ったりはしなかった。

（動物に……触ったことが、ない？）

不意に、違和感を覚える。

記憶の片隅に思い出せそうで思い出せない何かがある。私の傍に座っている、白い犬の姿が——。

「リディアには不思議な力があるんでしょう！　ルシアンさんがいつも言ってる！」

シャノンは腕の中で動かない動物を抱きしめながら、切実な瞳で私を見上げている。

ここに来ているときはいつも楽しそうに笑っているシャノンがこんなに必死になっている姿は、はじめて見た気がする。

記憶の片隅に思い浮かんだ何かは、シャノンの声と共に、ぱっと消えてしまった。

今は――思い出せない記憶について考えているときではないわね。でも、どうしたら。

「そうだな、リディアには力が」

ルシアンさんが真剣な表情で頷いた。

私の力についての話をする時、ルシアンさんはいつもどことなく軽薄な印象があった。けれど、今は――失われそうになっている命を前に、とても真摯に向き合っているみたいだ。

「それは……それはルシアンさんがそう言っているだけで」

「セイントワイスの呪いを、君は解いたのだろう？」

優しく諭すように、ルシアンさんが言った。私は力なく首を振る。

あれは――ただの奇跡だったのかもしれない。私の力なんて関係がなくて、シエル様たちの治癒魔法が遅れて効いたというだけで、私のお料理を食べたことなんて関係ないのかもしれない。

時間が経《た》ってしまえば、まるで夢の中で起こった出来事のようにまるで実感がない。自信だって、何もない。

「……それは偶然かもしれないです。私、お料理をしただけですし……」

「リディア、お願い。この子……このままじゃ、死んじゃう……」

シャノンの腕の中で、小さな動物が浅い呼吸を繰り返している。

大きな怪我をしているようには見えないけれど、どんどん弱っていっているように見えた。

「助けてあげたいとは思いますけれど、私、そんな力なんて……」

セイントワイスの皆さんの呪いを治せたのは、偶然かもしれないし。偶然じゃなかったとしても、呪いを治す力と、命を失いそうになっている動物を助ける力は、別物なのではないかしら。

――力になりたい。助けてあげたいとは、思う。

でも私にはそんなこと――できるわけがないって、どうしても思ってしまう。

動物に食べさせる料理なんて作ったことがない。それにもし動物には私の料理が、かえって毒になってしまったら？　そう思うと簡単に頷くことなんてできない。

「リディア……私、……どうしても、メルルを助けたい……！」

「メルル？」

「うん。なんて呼んでいいのかわからなくて。犬でもないし、猫でもないし。色々名前を呼んだら、メルルって呼んだ時に、目を開いたから……」

「そう……シャノン。私のところじゃなくて、メルルをちゃんとお医者様に連れていった方が良いです」

「それじゃ、駄目。メルルは何の動物かわからないし、もしかしたらルシアンさんみたいに魔物だって、皆、疑うかもしれない。そうしたら……殺される。大人は、信用できないから」

シャノンの声音が、普段よりも僅かに低くなった。

愛らしい女の子の声から、まるで――少年、みたいな。

大人は信用できない。

そんな言葉をシャノンが口にするとは思っていなかった。何故、なのかしら。どうして、大人は信用できないのだろう。

林檎《りんご》を盗んだことを、果物屋のご主人に咎《とが》められたから？

（そんなことは、ないわよね。物を盗むのは悪いこと。シャノンが咎められるのは仕方ない。……それだけで大人を嫌いになんて、ならないわよね）

だって、シャノンには働き者のお母様がいるのだし。

シャノンのことを私は、少し寂《さみ》しがり屋《や》の可愛らしい女の子だと思っていた。

明るくて、お手伝いをしてくれて、可愛くて。それ以外のことを――私は知らない。

「……シャノン……どうして？……私も、大人です」

大人を信用していない理由はわからないけれど、私も大人だ。

シャノンの嫌いな、大人。

「……リディアは信用できる。リディアだけは、……優しかったから」

シャノンは俯《うつむ》くと、ぎゅっとメルルを抱きしめながら小さな声で言った。

その声はやっぱりいつもよりも少し低くて、なんとはなしの違和感を覚えた。

見知っていた子供が、突然知らない誰かに変わってしまったような不安が、胸にじわりと忍び寄ってくる。

「シャノン……」

戸惑いながら名前を呼ぶことしかできない私の代わりに、ルシアンさんが口を開いた。

「君はリディアを信用している。そして、リディアにその動物の命を預けようとしている。……動物であったとしても、それは命だ。命を背負わされることの責任を、君は理解しているのか？」

ルシアンさんは咎めるような視線を、シャノンに送った。

その口調も言葉も、とても厳しいものだ。

ルシアンさんもいつもと違う。まるで、別人みたいに。私は両手でエプロンを握りしめた。

多分だけれど、ルシアンさんは怒っている。シャノンはルシアンさんを強く睨み返した。

「そんなことわかってるよ……！　わかってる……死んだらもう生き返らないことぐらい！　だから助けて欲しいんだ。リディアならきっと、助けてくれる……！」

「良いか、シャノン。リディアはセイントワイスの者たちの命を救った。だが、シエルは命を救って欲しいとリディアに頼むことの重さを、十分に理解していたのだろう。だからリディアに嘘をついた。体を蝕《むしば》む死の呪いを、感覚が失われる軽度の呪いだと言って」

諭すようにルシアンさんが言う。ルシアンさんは、私がシエル様とお友達になった経緯をお話ししている。そんな風に感じていたことは知らなかったけれど。

確かにシエル様は、セイントワイスの皆さんが死の淵《ふち》にあることを、最初は言わなかった。ご自身の呪いについては言っていたけれど、本当はシエル様が一番強い呪いを受けていて命を落としかけていたというのに、それは内緒にしていた。大丈夫なふりを、してくれていた。

ただ——料理を作って欲しい。それだけで良いからと。

だから私はシエル様に料理を作ることができたのだ。命を助けて欲しいと言われたらきっと、私にはとても受け止められなくて、動くことができなかっただろう。

「それが何？　メルルは死にかけてるんだよ!?　そんなこと、どうでも良いだろ……！」

荒い口調で、シャノンが怒鳴る。

——この空気は、とても苦手だ。

「……君は優しいからと、リディアに甘え続けている。ただそれだけなら見過ごしたが、更に重荷を背負わせようとしている。君はその優しいリディアを騙しているだろう。騙しておいて助けて欲しいなんて……言うべきではない」

シャノンを咎めるルシアンさんは、どこか苦しそうだった。

小さな子供を咎めることに罪悪感があるのかもしれない。ルシアンさんは、とても優しいから。

シャノンはルシアンさんからも私からも視線をそらすと、俯いた。ルシアンさんに何も言い返せないように。

「……団長、少し子供に厳しく言いすぎでは？」

今まで静かに私たちを見守っていてくれたけれど、流石《さすが》に見かねたようにノクトさんが調理場に入ってきて言った。

リーヴィスさんも、ノクトさんの後に続いて調理場の中に入ってくる。

ノクトさんは困った顔をしているけれど、リーヴィスさんは表情を変えないまま、ぽん、と、シャノンの両肩に背後から手を置いた。

突然のことで驚いたのだろう。シャノンは大きくびくりと震えて、俯いていた顔をあげた。

「このシャノンという名前の少年が、子供かどうかはともかくとして。リディアさんは何故この少年を、少女だと思っているのですか？」

「えっ」

リーヴィスさんに不思議そうに尋ねられて、私は目を見開いた。

「女の子です、シャノンは女の子……可愛いですし」

「世の中の愛らしい見た目の子供が皆少女だと思ったら大間違いですよ、リディアさん。シエル様も男性です」

「シエル様は男性ですけれど……」

のんびりとした口調でリーヴィスさんが言う。今までの緊迫した雰囲気とかけ離れたリーヴィスさんの様子に、ギスギスした雰囲気に強《こわ》ばっていた肩の力が少し抜ける気がした。

「シエル様は美しいですが、男性ですね。それと同じです」

わかるような、わからないような。それはともかくとして、私はシャノンをずっと女の子だと思っていたのだけれど——違うの？

「シャノンは、女の子……じゃ、ないんですか……？」

ルシアンさんの言っていた『騙している』というのは、そういうことなのかしら。

でも、どうして嘘をつく必要があるのだろう。

シャノンは肩に手を置いているリーヴィスさんから離れると、泣き出しそうな顔で私を見た。

「ごめんなさい、リディア。……私……俺は、女じゃない。果物を盗んで追いかけられて、ここに逃げ込んだときに、リディアが……」

「……女の子にひどいことをしないで……って、言いましたね、私」

確かに私は、お店に駆け込んできたシャノンのことを、女の子だと思い込んだ。女の子を果物屋のご主人が叩こうとするから、守らなきゃいけないって思ったのだ。

だから「女の子にひどいことをしないでください……！」と言って、シャノンを庇《かば》った。

けれど、たとえシャノンが少年だろうと少女だろうと、子供は子供。私は同じように、守ろうとしていただろう。

「……それで、そのあと……リディアが料理を作っているときに、男は嫌いだって、ずっと言っているから、それなら女だと思われていた方が良いのかなって思って、言い出せなくて……」

「ごめんなさい、シャノン。気を使わせてしまって」

それって、私のせいよね。

確かに私、つい最近までは「男なんて滅びろ……」とか言いながら、お料理していたもの。そんな姿を見ていたら、実は男だったなんて言い出せないわよね。

「嘘をついていたのは、俺だから。リディアは悪くない」

シャノンははっきりと「俺」と言った。声もやっぱりいつもよりも少し低い。

けれどやっぱり、女の子に見える。それだけシャノンの顔立ちが可愛らしいからだろうし、声変わりもまだなのかもしれない。声は少し低いけれど、少年とか青年というよりは少女という印象が強い。

「ごめんなさい。……嘘をついて、リディアを騙してた」

「性別を隠していたことぐらい、気にしませんよ。そんなに、泣きそうな顔をしなくても大丈夫ですよ、シャノン」

私が悪いのだし、可愛らしい嘘なのではないかしら。

ルシアンさんがそんなに怒る必要は——。

「違うんだ、リディア。……俺に母さんはいない。リディアにした俺の話は、全部……全部、嘘なんだよ……！」

「……全部、嘘？」

シャノンは震える声で、何かを吐き出すように続けた。

「……ルシアンさんは知っているんでしょう？　俺のこと……！」

「あぁ。知っていた」

「だから大人は信用できないんだ……知っていたくせに、俺を試していたの？　あんたなんて大嫌いだ……！」

「嫌いで構わない。私にとって重要なのは、君がリディアにとって害になるか否か、それだけだ。何もなければ気づかないふりを続けるつもりだった」

「そうやって……リディアを守っているつもり？　大人だから？」

「そうだよ」

ルシアンさんは短く答えた。

それ以上何も言わないルシアンさんと、黙り込んでしまったシャノンと。

気まずい沈黙の中で、私はシャノンの腕の中のメルルに視線を落とした。

私が――メルルを助けるって、言うことができたら。こんな風に、言い合いをしなくてすんだかもしれないのに。

「シャノン、ごめんなさい。……私、私が……大丈夫です、その子を助けますって、胸を張って言えたら、よかったのに……」

私には奇跡を起こせる力があるって——自信を持つことができたらよかったのに。

でも、やっぱり怖い。

誰かの命を救うというのは——私の両手に、まるでお皿の上のお料理みたいに『命』が載っているみたいで、怖い。

「……リディア、ごめんなさい」

シャノンがぽつりと言った。

「俺……孤児なんだ。貧民街で生まれて、母さんと父さんは色々あって、死んだ。今は、孤児院に引き取られていて……」

「孤児院に……？」

「母さんがいるなんて、嘘。二人暮らしをしてるなんて、全部嘘。……本当は俺、リディアが思っているような良い子なんかじゃない。絡んできた屑《くず》どもと喧嘩だってするし、腹が減ったら物を盗んで食べる。貧民街ってのは、そういう所だったから」

私は、今までシャノンの何を見てきたんだろう。何一つ知らなかった。

ルシアンさんは気づいていたのに、私はずっと、シャノンを可愛い女の子だと思い込んでいた。お店に頻繁に来てくれていたのに、何度もお話をしたのに。シャノンの抱えているものに、一つも気づくことができなかった。

「両親が死んで、孤児院に拾われてからは飢えるようなこともなくなったけど。でも……俺は孤児院が嫌いで、時々抜け出しては街をうろついてた。いつもは盗みで失敗なんてしないんだけど……林檎を盗んだ時は、運がなかったんだ。店の爺《じじい》に追われて、リディアの所に逃げ込んだ」

「そうなんですね……」

物を盗むのは、いけないこと。

でも――そうしないと生きていけない子たちが、この国にはいる。

レスト神官家でご飯を作ってもらえなかった私は、お腹が空《す》く悲しさをよく知っている。だから、私は子供たちのために美味しいご飯を作りたいと思っていた。

シャノンは、私が助けたいと思っていた子供の、一人だった。

「隠さなくても、良かったんですよ、シャノン。……私、子供たちのためにお料理を作りたいって思っていたんですから。ちゃんと話をしてくれたら、……大丈夫だから、いつでもご飯を食べにおいでって、言いました」

「……孤児院から抜け出していることを知られたら、帰らないといけないって言われるんじゃないかって思って。だから母さんと二人暮らしって、嘘をついた。ごめんなさい」

「……それはもちろん、孤児院から抜け出すのも物を盗むのもいけないことです。でも……シャノン、孤児院で嫌なことがあるんですか？」

「別に、そういうわけじゃない。シスターたちは、一生懸命だよ。……ただ、居心地が悪いんだ。それだけ」

もしかしたら孤児院でひどい目にあっているのかと思って心配になったけれど、シャノンはそれを否定した。

私はほっと胸を撫《な》で下ろした。子供を守るためにある孤児院が、残酷な場所じゃなくて良かった。

「……俺は、リディアが好きだよ。俺に、優しくしてくれた」

シャノンはそう言うと、俯いた。

その小さな体は、少しだけ震えている気がした。

「嘘をついていて、ごめんなさい。リディアが好きだから、好かれたかった。……俺は嘘つきだけど、メルルを助けたいのは本当。信じて欲しい」

「でも、私は……」

わかっている。私が、やらなければいけないことは理解している。

セイントワイスの皆さんにそうしたように、料理を作れば良いのだろう。

でも――私にはやっぱり、自信がない。

シャノンの望みを叶《かな》えられるなんて、とても思えない。どうしても、怖いと思ってしまう。

シャノンはメルルの体を慈しむように撫でながら、しばらく迷うように黙り込んだ後、口を開いた。

「リディア、俺は……アルスバニアの貧民街で生まれて……食うものもないぐらいに、貧乏でさ。だから、金のために、父親に売られそうになったんだ」

「…………そんな」

「残酷だが、よくある話だな。金がなければ、子供を売る」

ルシアンさんが素っ気なく言った。いつも礼儀正しくて誰にでも分け隔てなく親切な人なのに。

戦うことが好きなんだろうなとは思うけれど、それは魔物が相手の時だけ。

私が何を言ったって怒ったりしない、落ち着いた大人の男性――けれど今日は、なんだかずっと冷たい気がする。

「ルシアンさん……騎士団の方々で、どうにかならないのですか？」

「騎士団が貧しい者に金を配れるわけじゃない。食事ができない者のために、炊き出しなどをすることはあるが、毎日というわけにもいかない。それに、貧しい者がそこから抜け出すためには……自力でどうにかするしかない」

「シャノン君も、騎士団に入ると良い。レオンズロアはやる気のある者なら、出自を問わず受け入れている。まぁ、入ったところで規律も、日々の鍛錬も厳しいからな。八割程度は、すぐに辞めてしまうが」

シャノンに冷たいルシアンさんの代わりに、ノクトさんが取りなすように言う。

騎士団の皆さんも、カウンターの向こう側で頷いている。「ルシアン団長よりも、ノクト副団長の方が厳しい」「たまに殺されるかと思うことがあるな」と、口々に語り合っている。

「魔法の才能があれば、セイントワイスにも入ることができますよ。シエル様も、出自や立場などを気にする方ではないので、孤児であることは特に問題にはなりません」

リーヴィスさんも、シャノンに諭すように言った。

「自分の道は、自分で切り開く必要がある。孤児院で受け入れてもらえた君は恵まれている。……それなのに、孤児院から抜け出して己の立場を偽り、リディアに甘えるというのはどうなんだろうな」

ルシアンさんはやっぱり厳しい。それに、ノクトさんやリーヴィスさんも。シャノンはまだ大人に守られなければいけない年齢に見えるのに。騎士団に入るのも、セイントワイスに入るのだって早すぎる。

「皆、シャノンに厳しいです……まだ子供なんですよ……？」

「リディア。……ルシアンさんは孤児院に俺のこと、聞きに行ったんだと思う。俺が嘘つきだってルシアンさんは気づいたんだよね。……多分、俺がリディアのもとに来るようになってから、すぐに」

「あぁ。君は少年で、恐らくその見た目よりも幼くはない。何故己を偽り、リディアのもとに現れるのか……レスト神官家からリディアを見張るように言われている、間者なのではないかと考えた」

「ただの孤児だよ。色々あって、……あんまり見た目が変わらないんだ、孤児院に拾われた頃から」

「ど、どうして……？　何かの病気ですか、シャノン。それなら、お医者様に……」

「病気じゃないと思う。……多分。孤児院に拾われる前、俺を売る売らないで、母さんと父さんが喧嘩をして。ナイフ、持ってたんだ、母さん。母さんが父さんを刺して殺して、母さんはそのあと自分を刺して死んだ。……それからかな。何を食べても、大きくなれなくて」

「……っ」

じわりと、瞳に涙が滲《にじ》んだ。けれど、泣くわけにはいかない。

辛いのは私ではなく、シャノンなのだから。

まだ幼いのに、なんて残酷な光景を見てしまったのだろう。――心の傷のせいで、体が成長を止めてしまったのだろうか。

私は嗚咽《おえつ》を堪《こら》えるために、唇を噛《か》んだ。

「……あんまりよく覚えていないんだけどね。……だから俺、大人は嫌い。自分勝手で乱暴で、嘘つきだから」

「君が貧民街でそのような目にあっていたとき、誰も君に手を差し伸べなかったのですね。……確かにそれは、私たち大人が悪い。嫌われて当然です」

リーヴィスさんの声は落ち着いている。けれど、優しい気遣いに満ちている。

ルシアンさんとノクトさんもリーヴィスさんの言葉に頷いた。でも――どうにもならないこともあるのだろう。騎士団の方々が、全ての人々の生活を助けることができるわけではないのだから。

「……家にいると、父さんに殴られるから。だから小さな頃からずっと、俺は一人で街をうろついていて。森にも、よく行ったよ。……森にいると動物が近づいてきて。こんな俺のどこが良いのか、動物たちは俺に懐いてくれて。……動物は、人間と違って嘘をつかないから好き」

シャノンは「でも、俺も嘘をついていたから、俺の嫌いな大人と一緒だね」と、困ったように笑った。

「これで全部、ちゃんと話したよ。俺はリディアにもう、嘘をついてない」

「……辛いことが沢山あったんですね……」

「頼って、ごめんなさい。リディアの傍にいると……すごく安心できた。何の理由もないのに、俺を助けてくれたのはリディアがはじめてだったから」

「私も、ごめんなさい。シャノンのことを知ろうとしなくて。私の思い込みのせいで、シャノンをきっと、苦しめていました。正直に話をしてくれて、ありがとう」

私は目尻に溜《た》まっていた涙を、ごしごし拭った。

「リディア、俺はメルルを助けたい。メルルは……ひとりぼっちで死にかけていて。何の動物かもわからないし、だからきっと助けてくれる人なんていない。誰にも助けてって言えなくて、助けてもらえなくて……俺と、同じ。リディアだけが俺を助けてくれた。……リディアしか、頼れないんだ……」

「……シャノン」

シャノンが私のもとにご飯を食べに来るようになってから、シャノンはいつもにこにこしていて、素直で良い子で可愛くて、私の癒やしだった。

私はシャノンが抱えている苦しさに気づかないで、自分のことばかりで。恨み辛みをお料理にぶつけてばかりいて。

情けないいし、恥ずかしい。――私、大人なのに。

今だって、シャノンが私に隠したかった自分のことを、話してくれて。知られたくないことを知られても良いと思えるほど、メルルを助けたいと思っているのに。

シャノンに手を伸ばして、その頭を撫でた。安心して欲しかった。

私はシャノンを嫌ったりしない。大丈夫だって。

私が撫でると、シャノンは大きな瞳に涙をいっぱい溜めて、堪えきれなくなったようにぽろぽろとこぼした。

「ごめ、ん……っ、泣くなんて、……ごめん、こんなの、情けないのに……っ」

「情けないのは、私です。シャノンの前で、……泣いてばかりいました。私は大人だから、あなたを守らなきゃいけないのに。大丈夫だって笑って、安心させてあげなきゃいけなかったのに」

(自信がない、とか。私にはできない、とか。私、本当に情けない……)

――メルルのことをシャノンが助けたいと言っているのだから。

私を頼ってくれたのだから。助けてあげなきゃ。

それが私にできるのなら。シャノンのために――料理を、しなくちゃ。

「私、料理、作ってみます。シャノンと、メルルのために！」

うん、やってみよう……！

もしかしたら私の料理には本当に、不思議な力があるのかもしれない。

きっと、大丈夫。大丈夫なはずだ。

「……悪いが、見守らせてもらう。万が一その動物が何かの魔物だった場合、リディアの料理で力を取り戻して、暴れ出す可能性がある」

ルシアンさんの言葉に、リーヴィスさんも頷いた。

「そうですね。それに、一体その動物は何なのか、とても興味深いです。最後まで見届けて、シエル様に報告しないと」

「団長もリーヴィスも、心配しすぎじゃないのか？　俺には、野ウサギに見えるが……」

ノクトさんが言うと、「猫じゃないか」「鹿の子供じゃないか」と、色々な意見がそこここであがった。

メルルの正体がなんであれ、私は助けないといけない。シャノンのために。

もし危険な動物だったら――今ならルシアンさんたちレオンズロアの皆さんも、リーヴィスさんたちセイントワイスの皆さんも一緒にいるから、大丈夫。

私はそこで、そういえばと思い出して、リーヴィスさんの顔を見上げた。

「リーヴィスさん、治癒魔法でメルルを治せるんじゃ……」

「見たところ、その動物はかなり弱っています。治癒魔法は、自己回復力を単純に高めるだけのもの。たとえ傷が治ったとしても、命は助からない、ぬか喜びに終わる可能性があります。だとしたら、リディアさんの料理の力を使うべきと考えます」

「そうなんですね……」

学園の魔法学の授業でも習った。治癒魔法には制限があり、それは人間の本来持っている自己治癒力に依存するものだと。

「……私も、リーヴィスさんと同じかもしれないとしたら……」

私の料理にも治癒魔法と同じような効果しかないかもしれないと、ふと不安が心を過《よぎ》った。

「リディアさん、あなたならきっと大丈夫です。シエル様も私たちも、あなたがいなければ今頃はきっと死んでいた。特にシエル様は、一瞬で命を失ってしまうほどの呪いを受けていたのです。……助かったのは奇跡でした。あなたの力は、奇跡を起こす」

「……そう言ってもらえると、心強いです。頑張ってみますね……！」

一度だけの奇跡だったのかもしれないとか、ただの勘違いかもしれないとか。色々な言い訳が、頭を巡った。

けれど、私はその言い訳を、全部頭の中から振り払った。

やってみよう。自分の力を——今は、信じてみよう。

私は調理場の食材置き場を確認する。

弱っている動物に、ソーセージを食べさせるわけにはいかないし、クランベリーとクルミパンはもうなくなってしまったし。

動物に人間と同じ料理を食べさせるのは、良くないわよね。調味料も最小限に。でも、美味しく食べられるもの。何か、ないかしら。

私は視線を巡らせて――食材置き場の布袋の中にごろごろ入っているじゃがいもに、目をとめた。

「じゃがいも……！」

両手をぽんと叩いて、いそいそとじゃがいもを取り出す。

皆に見守られながら、じゃがいもの皮を剝《む》いて薄切りにする。薄切りにしてバターを少し入れたフライパンで焦げないように気をつけながら、火を通していく。

薄切りのじゃがいもは火の通りが早い。本当は玉ねぎも入れるんだけれど、メルルが何の動物かわからないので、じゃがいもだけにしておこうと思う。念のため。

じゃがいもが少し透き通ってきたところで、お水を少し入れて、軽くお塩も入れて煮込んでいく。

「ブイヨンも入れた方が美味しいけれど、できるだけ素材そのままの味の方が良いかもしれないし
……何の動物か、わかれば良いのだけれど……」

「魔物ではないですか？」

「魔物の子供に見えるが」

「魔物の子供だったら何でも食べることができるよ、リディア」

リーヴィスさんとルシアンさん、それから少し落ち着いたらしいシャノンが、メルルを眺めながら言う。

やっぱり、魔物の子供なのかしら。

「魔物に、子供とか大人とかあるんですか、ルシアンさん」

「ないな。赤い月から落ちてくる魔物は、皆おおよそ同じ形をしている。種類ごとに分けられて名前がつけられて、その特徴などをまとめられてはいるが、その中には幼体や、大人といった区別はない。魔物の子供など見たことがない」

ルシアンさんが丁寧に教えてくれる。聖都の中には魔物は入り込まないから、この街から出たことのない私は本物の魔物を見たことがない。

学園の授業で習った時には、教科書に絵が載っていただけだった。そしてそれは、大抵気味の悪い姿をしていた。

メルルは、可愛い。気味の悪い魔物とは、違う気がする。

「もし、魔物に子供がいるのだとしたら、繁殖が可能ということになりますからね。これは、魔物生態学にとっては、大きな発見になります」

リーヴィスさんをシャノンが睨んだ。

「メルルは、渡さない」

「奪おうとは思っていませんよ。興味深いとは思いますが」

「……魔物ではない新種の動物だと良いのだがな。できれば私も動物に危害を加えたくない」

諍《いさか》いが始まるのを宥《なだ》めるように、ルシアンさんは冷静にそう言った。

「……ルシアンさん。さっきは、大嫌いって言って悪かったよ。……子供っぽかったよね、俺」

「いや。……騎士団には、君のような事情を抱えている者が多い。厳しく言って悪かった。君はまだ若い。これから、……まともに生きられる、可能性がある」

ルシアンさんとシャノンは仲直りしてくれたみたいだ。ルシアンさんが冷たかったのは、それだけシャノンを心配してくれていたからなのよね。なんだか少し怖いような気がしていたけれど、気のせいだったみたいだ。良かった。

私は柔らかく煮えたじゃがいもが入っているフライパンを魔石コンロから持ち上げて、調理台に持ってくる。

調理台のボウルにじゃがいもを入れて、マッシャーで潰していく。なめらかに潰れたじゃがいもを、今度は目の細かいこし器で、すり潰し、更になめらかにしていく。

じゃがいもがなめらかになったところで、瓶詰めまんまる羊ミルクを氷魔石の冷蔵保管庫から取り出して、お鍋で温める。

沸騰しない程度に温めたまんまる羊ミルクに、裏ごししたじゃがいもと、じゃがいもの煮汁を入れて、しっかりかきまぜる。

シャノンが、勇気を出して正直に、自分のことを話してくれた。私も、それにこたえたい。……女神様、どうか、力を貸してください）

嘘をつくのは、苦しいわよね。

嘘をついていたことを、話すのはもっと苦しい。

それだけシャノンは、メルルを助けたくて、私を頼ってくれている。

頼られるのは嬉しい。その気持ちにこたえたい。ずっと役立たずだった私だけれど——私にも、できることがあるかもしれない。

ルシアンさんも、レオンズロアの方々も、セイントワイスの方々も、それから、シャノンも。ここにいる人たちは、私を信じてくれているから。

お料理を作ることしかできないけれど、それが何かの役に立つのなら、メルルを救うことができるのなら。

——頑張りたい。

まんまる羊ミルクとじゃがいもがまざって、全体的にとろとろになってくる。かるく塩をふって味を調えて——。

「できました、動物のための薄味じゃがいもポタージュです！」

うん。美味しそう！

とろとろのポタージュスープが、きらきら輝いているように見える。

じゃがいものポタージュをお皿にすくって、シャノンの腕の中にいるメルルのもとへと持っていく。

じゃがいもとミルクのまろやかな香りに誘われるように、メルルはずっと閉じていた瞼《まぶた》を薄く開いた。

美しいよく晴れた日の海を思わせる青い瞳が、私と白いお皿に入ったじゃがいものポタージュ、両方を不思議そうに見つめる。

私はスプーンでじゃがいものポタージュをすくって、よく冷ますと、メルルの口の前に持っていった。

「メルル、食べてください。一口で良いから、少しだけ」

「メルル、食べて。リディアの料理には、メルルの体を癒やす力があるはずだから」

緊張した面持ちで、シャノンがメルルに話しかける。

メルルは一度瞬《まばた》きをすると、小さな口から赤い舌を伸ばして、スプーンの中のじゃがいものポタージュをちろりと舐《な》めた。

それから、もう一口、もう一口というように、口を開けて、器用にじゃがいものポタージュを飲み干した。

「食べてくれた……」

私たちの言葉が通じているように、メルルは首を擡《もた》げると、シャノンの腕の中で伸びをするように体を伸ばした。

「偉いよ、メルル。その調子。もっと食べて、元気になって」

シャノンの瞳が嬉しそうに輝く。メルルはシャノンの腕の中から、ぴょんと、調理台の上に飛び乗った。

今までぐったりしていたのが嘘みたいに、軽快な仕草で。

それから調理台の上に置かれているじゃがいものポタージュに顔を突っ込むようにして、がつがつと食べ始める。

長い尻尾がぱたぱたと揺れる。大きさは、子猫と同じぐらいかしら。

ウサギのように耳が長いけれど、顔立ちはどことなく狐に似ている。

体はすらりとしていて、毛足は長い。美しい青銀色の獣だ。

すっかりじゃがいものポタージュを食べ終えると、メルルの体はエメラルドグリーンの粒子を纏《まと》い、まるで宝石のように輝き始める。

メルルは嬉しそうに軽やかに調理台の上で飛び上がり、くるりと一回転して元の場所に戻った。

「きゅ！」

どこか得意気に、可愛らしい声でメルルは鳴き声をあげる。

それからもう一度くるんと回る。自分の尻尾にはじめて気づいたように、尻尾を追いかけてくるくる回って、そして、ぺたんと座り込んだ。

「メルル、元気になったの……?」

「ぷくぷく」

「ぷくぷく?」

どこから声が出ているのかよくわからないのだけれど、シャノンの問いかけにメルルは確かに「ぷくぷく」と言った。

「ぷくぷく……」

リーヴィスさんやルシアンさんが、良い声でぷくぷく言っている。

「リディアは可愛いけれど、ルシアンさんたちがぷくぷく言っても可愛くない」

ちょっと嫌そうにシャノンが言って、メルルの体を抱き上げる。

メルルはシャノンの顔に三角形の額を擦《こす》り付けたあと、その腕の中から私の方へとぴょんと、軽々と飛んでくる。

私の肩に乗ったメルルは、私の首にマフラーみたいに巻き付いた。

「きゅ」

「元気になって良かった……」

私は、自分でも気づかないうちにとても緊張していたみたいだ。

ものすごく走ったあとみたいに、体が重たい。ぐったりと体の力が抜けて、座り込みそうになった私に、シャノンが慌てたように抱きついてくる。

「リディア、大丈夫？」

多分助けようとしてくれたのだろうけれど、シャノンの方が小さいので、ぎゅっと抱きしめられるような形になってしまったのだろう。

私は調理場の床に膝をついて、シャノンの小柄な体を、ありがとうという気持ちを込めて抱きしめかえした。

「……良かったです、本当に良かった」

メルルが心配そうに、私の顔に小さな顔を擦り付けてくれる。

「リディア、ありがとう。メルルを助けてくれて……！」

「……シャノンも正直に自分のことを話してくれて、ありがとう」

「……俺のこと、嫌いになった？」

「なりません。シャノンは、シャノン。女の子でも男の子でも、どちらでもシャノンです。でも、孤児院から逃げて、ご飯を盗むのは良くないです」

「うん。ごめんなさい……」

シャノンは反省したようにそう言って、私の肩口に甘えるようにして、こつんと額を押しつけた。

「魔物の子供かと思いましたが、この動物には悪意や敵意はないようですね。……それにしても、やはり、リディアさんには奇跡の力が宿っている」

「今のところは、だな。……リディア。君には聖女の力がある。そんな気はしていたが、やはりそうか」

リーヴィスさんの静かな声のあと、ルシアンさんが何かを考えるようにして呟《つぶや》いた。

その光景を見ていたレオンズロアとセイントワイスの方々から、どよめきが起こり始める。

「リディアさん、私たちの妖精……！　あなたこそが聖女だ！」

「リディアさんは女神アレクサンドリア様の力を受け継いだ、聖女」

「セイントワイスはあなたに、変わらない忠誠を誓いましょう……！」

セイントワイスの皆さんはベルナール王家に忠誠を誓う宮廷魔導師の方々なので、私に忠誠を誓わないで欲しい。

「リディアさんの力に先に気づいたのはルシアン団長だ！」

「我らレオンズロアはリディアさんと共にある」

「リディアさんは騎士団のもの！　ルシアン団長が何回リディアさんを口説いていると思っているんだ！」

「百一回を越える頃にはきっとリディアさんの気持ちも変わり、団長の嫁になるはず。リディアさんは我らレオンズロアと共に！」

レオンズロアの皆さんの声の圧がすごい。

何回勧誘されても私はレオンズロアに入団したりしないので、諦めて欲しい。

「ご近所迷惑なので、静かにしてください……皆さん、ご飯食べ終わったら、帰ってくださいい

「……っ」

私——皆の役に立ちたいって、思ったけれど。

メルルが元気になってくれて、シャノンが喜んでくれて嬉しいけれど。

「やっぱり、私、静かに暮らしたいです……」

私はシャノンを抱きしめながら、くすんくすん泣いた。

メルルが私の目尻をぺろぺろ舐めてくれる。可愛い。

可愛いけれど、少しくすぐったかった。

幕間2 ✦【希望／勝利／創造】

◆The Star（星）

——リディアと出会ったのは、偶然だった。

孤児院の生活は息苦しい。大人たちは俺の事情を知っているからなのだろう、腫れ物に触るように俺を扱ったし、俺の見た目が幼く見えるせいか、必要以上に子供扱いしてくる。

それは仕方ないことだって心のどこかで理解はしているけれど、それでも、苛立《いらだ》ちばかりが募っていく。

だから度々孤児院を抜け出しては、街をふらついていた。何かあてがあるわけでもない。やりたいことがあるわけでもない。

盗んだり、喧嘩《けんか》をしたり、それから——森に入って、動物の相手をしたり。路地裏の猫に餌をあげたり、鳥に餌をあげたり。

人間には好かれない俺だけど、動物には何故《なぜ》か好かれた。動物は好きだ。動物には、食べたいとか、眠たいとか、そんな欲求しかない。人間と違って単純だから。

でもまぁ、動物たちの餌を買う金はない。

金があるのは、喧嘩に勝って相手から財布を盗んだ時ぐらいだけれど、俺のような子供に――しかも、女のように見える子供に、絡んでくる連中の懐が、あたたかいわけがない。

その日も、金がなかった。

空腹を感じて、果物屋の店先から、林檎《りんご》を盗んだ。

大抵の場合盗みはうまくいくのだけれど、そのときは店主にたまたま見られてしまって、すごい剣幕で追いかけられた。

捕まればろくなことにならない。孤児院に突き返されるならまだ良いが、牢《ろう》になど入れられたら、最低だ。

逃げた俺は、たまたま店先で箒《ほうき》を持って掃除をしていたリディアを見つけて、開いている店の中に駆け込んだのである。

「女の子にひどいことをしないでください……！　きっとお腹《なか》が空《す》いていたから、仕方なく盗んでしまったんです。暴力は駄目です……お金、私が払いますから、怒らないであげてください」

偶然店に駆け込んできた盗人《ぬすびと》の俺に、リディアは優しかった。

俺のことを小さな女の子だと勘違いしているからなのだろう。この南地区アルスバニアにもまだ、見ず知らずの人間を助けようと思うお人好《ひとよ》しがいるのかと思いながら、俺は出来心で林檎を盗んでしまっただけの、純粋な子供のふりをすることにした。

果物屋の親父《おやじ》の怒りを静めてくれたリディアは、俺を連れて店に戻った。そして俺に、『お昼の定食』を食べさせてくれた。

「お腹いっぱい食べてくださいね。お腹が空くと悲しい気持ちになりますから。私、シャノンのような小さな子が、お腹が空かないように、食堂を開いたんです」

チーズの載ったミートソースパスタと、野菜スープと、紅茶と、パンと、自家製ジャム。

食べきれないぐらいに沢山、リディアはテーブルに、料理を並べてくれた。

リディアの料理を食べると、数年前に亡くなった母親のことを思い出した。母親は、最後まで俺を守ろうとしてくれた。

——アルスバニアの貧民街は、ろくでなしの巣窟である。

今は近寄ることなどないのでどうなのかはわからないが、少なくとも、四年前。俺があの場所で暮らしていた時はそうだった。

ろくでなしの代表のような父親は、昼間から酒を飲んで、何かの理由をつけては俺を殴った。俺は顔立ちだけは良かったから、顔は商品になるといって、背中や腹を。

母親は父親の酒代を稼ぐために働いていた。母親が不在にしている間、俺は父親の苛立ちの格好の標的になるから、家から出て外をうろついていた。いつも腹を空かせていたし、いつも、殴られた傷や打撲の跡がじくじくと痛んでいた。

俺が十歳になったとき、人買いが現れた。

「喜べ、役立たず。女のような顔をしているおかげで、お前は高く売れた」

人買いが、俺の腕を摑《つか》む。

まるで別人のようにとり乱した母親が、ナイフを取り出して、父親を切りつけた。獣のような唸《うな》り声《ごえ》や叫び声が、薄汚れた小さな家の中いっぱいに広がる。

父親が倒れ、人買いが悲鳴をあげながら外へと飛び出していく。

母親は俺の顔を、血に塗《まみ》れた指先で触った。

「ごめんね、ごめんね、シャノン。あなたをうんでしまって、ごめんなさい」

母親は焦点を結ばない瞳で俺を見つめて、それから——自分の命を絶った。

どうして——と、思った。

俺と母を苦しめていた父親は死んだ。それなのに、何故母は死ななければいけなかったのだろう。

悪者が死ねば、世界は平和になる。母が話してくれた寝物語は、いつもそうやって幕を閉じていた。

悪者は死んだのに。母さんも、死んでしまった。

「シャノン、泣くほどお腹が空いていたんですか？　もしかして、シャノンにはご家族がいない、とか……？」

リディアの作ってくれた料理を食べていたら、何だか悲しくなってしまって、涙がこぼれた。泣いたのは、いつぶりだろう。

心配そうにリディアに問われて、俺は涙を拭うと、笑みを浮かべた。

「私のお母さん、昼間は仕事をしているから……一人で家にいると寂しくて。誰かに、構って欲しかった。家にいたくなくて、街をうろついていたらお腹が空いて……だから、林檎を」

「そうなんですね。それなら、シャノン。ここに来てください。お昼ご飯を食べに来てくださいね。そうしたら寂しくないし、お腹もいっぱいになりますよ」

「でも私、お金がなくて……」

「お皿洗いとか、お掃除を手伝ってくれたら良いですよ。でも、きちんとお母さんに言ってからですけれど」

「うん。ありがとう、リディア。約束する」

「約束です」

俺は嘘《うそ》をついた。

女のふりをして、素直な子供のふりをして。

そうしたら――リディアにまた会える。

俺が孤児だとか、どんな家で育ったのかとか、そんなことは言わなくて良い。俺には母がいて、母に愛されていて、けれど寂しいから、リディアのもとに遊びに来る、子供。

その嘘はとても心地好くて。俺は孤児院を抜け出して、喧嘩をしたり盗みをしたり、森の動物と遊んだり、野良猫に餌をやったり、それから、リディアのもとへ行くようになった。

メルルを拾ったのも、偶然だった。森の中で倒れているメルルはひとりぼっちで、まるで俺みたいだと思った。

だからどうしても助けたくて、俺はリディアに頼った。俺が嘘をついていたことを、リディアは責めなかった。怒りもしないし、俺を嫌うことも、なかった。

「シャノン。……本当に、孤児院で嫌な思いをしているわけではないですよね？」

リディアのことを聖女だと言って大騒ぎするセイントワイスの連中と、レオンズロアの連中を店から追い出したあとに、リディアが俺に聞いた。

「そういうわけじゃないよ」

むしろ、大人たちは俺に優しい。問題児の俺に、甘すぎるぐらいに優しい。それが、苛立つ。

「それなら、迷惑をかけたら駄目です。……きっとみんな、心配をしていますよ」

「そうだね。……気をつける」

「ちゃんと、孤児院に帰りますか？」

「帰らないと、リディアは俺を嫌いになる？」

「ええ。嫌いになります。悪い子は、嫌いです」

「それなら、……帰るよ。ルシアンさんたちにも、怒られたし。リディアのところに来るときは、ちゃんと許可を取るよ。これなら、良い？」

「はい！　もちろんです」

リディアは俺の頭を、よしよしと撫《な》でた。

「孤児院では動物が飼えるのか？」

ルシアンさんが俺に尋ねる。

レオンズロアとセイントワイスの連中は外に出たけれど、ルシアンさんとリーヴィスさんだけはメルルのことをまだ警戒していて、リディアの傍《そば》に残っている。

ルシアンさんは俺の嘘を見抜いていた。——今までずっと、軽薄な女好きで、リディアに言い寄っているだけの男だと、思っていた。

でも、それは違うのだろう。騎士団長をしているだけあって、嘘を見抜くのが上手《うま》い。それと同じぐらいに、嘘をつくのが上手い。

リディアは純粋だから——もしルシアンさんがリディアを騙《だま》したとしても、気づかないだろう。

そんなに悪い人だとは思えないけれど、気をつけないと。

「動物は、飼えない。だから、メルルは森にかえそうと思っていて」

「それは問題ですね。何の動物かまだわからないのに、森にかえすなど。魔物の子供である可能性はまだ捨てきれません」

リーヴィスさんが言う。リーヴィスさんの発言を聞く限りでは、セイントワイスの筆頭魔導師であるシエルという男とリディアの間に、何かがあったらしい。

俺は多分、リーヴィスさんのことはそんなに嫌いじゃない。見た目は怖そうだけれど、案外話しやすい。

「セイントワイスで預かりましょう。ひどいことはしません」

「しゅうしゅう！」

リディアの首に巻き付いているメルルが、嫌そうな声をあげながら、ぷいっと顔を背けた。

人の言葉がわかっているみたいだ。賢い。

「リーヴィスさん、私が預かったら駄目ですか？　私が預かれば、シャノンが来たときにいつでもメルルに会えますし、それに、何かあればシエル様に、すぐ言いますから」

リディアがメルルの体を撫でながら言う。それなら確かに、森にかえすよりは良い。いつでもメルルに会えるし、メルルは安全だ。リディアは優しい。それに俺も、メルルに会いたいから——そんな理由で、リディアのもとに、頻繁に来ることができる。

「リディア、シエルではなく私に言うと良い」

「ルシアンさんは遠征でいない日も多いですし……」

「君のためならすぐに戻ってくる」

「そもそも連絡がとれませんし」

「リディアさんはシエル様に頼るべきですね。シエル様ほど、魔物の生態に詳しい方はいませんので。メルルのことも伝えておきます。危険がないか、一度見てもらったら良いでしょう」

リーヴィスさんが、まるで自分のことのように得意気に言った。

「そうですね……シエル様なら、何かわかるかもしれないです……」

シエルという男が危険だと判断したら、メルルは——奪われてしまうのだろうか。それは嫌だ。

けれどリディアがあっさり頷《うなず》いたので、俺は少し驚きながら、リディアの顔を見上げた。

男は嫌いだって、リディアはずっと言っていたのに。シエルという男は、信用できる人間なんだろうか。

「シャノン、メルルは私が預かります。シエル様にも見てもらって、大丈夫かどうか調べてもらいます。シエル様はひどいことをしないので、大丈夫ですよ。猫ちゃんが好きなんです」

リディアもどこか得意気に言った。俺を安心させてくれようとしているのかもしれない。

「リディアが預かってくれると、嬉《うれ》しい。リディア、俺、……頑張るよ。今までは、リディアに甘えてばかりいたけれど、それじゃ駄目だって思った」

今まで俺は、子供のような姿だからリディアに甘えていられると、傍にいられると思っていた。

体が成長してしまえば、俺の嘘がばれてしまう。

けれど、今は違う。

俺も、変わらないと。このままリディアや、俺を哀れんでくれている孤児院の大人たちに甘えてばかりではいけない。

「ルシアンさん、俺も騎士団に入れて欲しい。……もう十四だから、入れるよね」

「まずは、まともに生活ができるようになってからだな。迷惑をかけた孤児院に戻り、しかるべき手順で騎士団の門戸を叩《たた》くと良い」

ルシアンさんに言われて俺は頷いた。レオンズロアに入れば、俺も騎士になることができる。孤児で、何もない俺でも。

リーヴィスさんも誘ってくれたけれど、俺は魔法が得意じゃないから、レオンズロアに行くべきだろう。ナイフなら慣れている。剣もきっと扱うことができるはずだ。

「シャノン、騎士団は危ないんですよ。魔物と戦うんです。危ないことは、大人になってからですよ」

「リディア、俺はもう十四歳だよ。リディアと四つしか違わない」

「そうかもしれませんけれど……」

「それに、きっと大きくなるよ。……もう大丈夫だから」

成長を止めていたこの体も——誰よりも、逞《たくま》しくなれるはず。

リディアの食堂に通うようになってから、少しずつだけれど、身長が伸び始めていることに気づいていた。もしかしたらそれも、リディアの料理の持つ不思議な力なのかもしれない。

今すぐにというわけにはいかないけれど、きっと一年後にはリディアよりもずっと大きくなっているはずだ。

早く大人になりたい。

今までずっと、子供だと甘やかしてもらえる居心地の良さの中で微睡《まどろ》んでいた。

それはきっと、失った母の優しさに縋《すが》るように、俺が求めていたものだったから。

心の底から欲しかったものを、リディアは簡単に俺に差し出してくれた。

でも、それは多分、相手が俺じゃなくてもリディアはそうしていただろう。

優しいのだ。こんな街に住んでいるのが信じられないぐらいに、リディアは優しい。

俺を許してくれた、メルルを救ってくれたその優しさに、応えたい。

――俺は誰よりも強くならなければ。リディアやメルルをこの手で守れるように。

◆The Chariot（戦車）

どことなく、私に似ていると思った。

今の私ではない。昔の私に。

だからだろうか。シャノンの嘘にはすぐに気づいた。孤児というのは、特有の雰囲気を纏《まと》っている。

嘘で取り繕った笑顔に、全身の神経を全て周囲に張り巡らせているような警戒心。

剣呑《けんのん》な光を宿した瞳は、他者に対する猜疑心《さいぎしん》に満ちている。

それを隠せるほどには、シャノンはまだ器用ではない。幼いのだ。

リディアを騙すことができたとしても、私を騙せると思っているのだろうか。大人を侮っているところもまた、子供故の傲慢さなのだろう。

「シャノンは、ええと……その、お母さんがいなくてひとりぼっちで、誰かに構って欲しくて、つい、出来心で林檎を盗んだだけなんです。だから、ルシアンさん、許してくれますよね、捕まえたりしませんよね……？」

リディアの店の客人となったその子供を見たとき、僅かばかりだが、昔の不快な記憶が蘇《よみがえ》ったような気がした。

何故子供が一人で食堂にいるのかと尋ねた私に、リディアがたどたどしく、一生懸命説明をしてくれた。

リディアは、基本的には純粋培養でとても素直だ。

人を疑うことをあまりしない。

私は聖騎士団レオンズロアの団長なので、ステファン殿下の婚約者であるリディアの存在は、以前から知っていた。婚約破棄されたことも、その後、レスト神官家にも戻らずに、学園の寮からどこかにいなくなってしまったことも。

気がかりだったから、後を追った。

神官家と城と貴族の学園だけしか知らないリディアが一人きりで何事もなく生きていけるほど、世間というのは甘くない。

清く正しくいらっしゃる国王陛下ゼーレ様のお膝元である聖都アスカリットでさえ、人が売り買いされ、人が死に、年に何人もの女性や子供たちが行方不明になるのだ。

平和などは脆《もろ》い。薄氷のようなものだ。薄氷の上に乗っていることに気づかないふりをしながら、人々は毎日を暮らしている。

聖騎士団レオンズロアがいるから、宮廷魔導師団セイントワイスがいるから、国王陛下ゼーレ様と、神官長フェルドゥール様がいるから——聖女フランソワ様がいるから、大丈夫だと。

そんなわけが、ないのに。

案の定、一人きりで街を歩くリディアを狙うたちの悪い男は多く、片っ端から片付けながら「レオンズロアの団長、ルシアン・キルクケードを敵に回したくなければ、あの子に近づくな」と名乗って回ると、それも少し落ち着いた。

薄氷の平和でも、それを守る聖騎士団の名は、たちの悪い連中には多少の恐怖を与えられるものらしい。

陰ながら、見ているつもりだった。

リディアが無事に食堂を開き、問題なく生活できるようになるまではと、自分に言い訳をしながら。

だがリディアは、結局私の目の前で人攫《ひとさら》いに攫われそうになり、私は自分の姿を晒《さら》して、リディアを助けることになった。

それから——私はリディアの店に、堂々と顔を出している。

治安の悪いアルスバニアでは、そうしていた方がろくでもない連中への牽制《けんせい》になる。常連客として振る舞っていた方が、都合が良かった。だが、それだけではない。

リディアの料理に不思議な力があるのは確かだ。

だからリディアのもとに、毎日訪れている。

そう伝えると怒るリディアが愛らしくて——まるで夢の中にいるように、楽しい日々が過ぎていく。

泣いたり怒ったり、愚痴を言ったりしながらも料理を作ってくれるリディアを眺めていたら、気づけばあっという間に、数ヶ月が経《た》っていた。

「林檎を盗んだぐらいで、子供を捕まえたりはしない。もちろん、それは良くないことだが。……もうしないな、シャノン」

シャノンがリディアと出会った経緯を聞いたあと、私はシャノンに甘い許しを与えた。

甘い、だろう。

それが林檎一つであったとしても、盗みは盗みだ。

一度盗むことを覚えた者は、再び物を盗む。物を盗まなければ生きていけない者もいれば、そうするのが一番生きるのに手っ取り早いから、他者から金品を奪い、果てには命を奪う者も、数多くいる。

聖都での窃盗の罪の処罰は、一度目の軽度の窃盗ならば、鞭打《むちう》ち五十回。

林檎を盗まれた果物屋の店主がシャノンを街の衛兵に突き出せば、しかるべき罰を受けなければいけなかっただろう。

子供だから。そんなことは、理由にならない。窃盗は罪だ。

街の人々を守る存在のレオンズロアの騎士団長である私は――規律を守らなければいけない立場にある。

それをよく理解していないのか、それとも単純に甘えているのか、不安そうに私を見上げてくるリディアは、私の許しに、ほっとしたように笑みを浮かべた。

「はい。もうしません。ごめんなさい、ルシアンさん」

素直に謝るシャノンは、恐らく盗みに慣れているのだろう。

盗んだことをどうとも感じていないから、謝罪の言葉も、作り物のような反省の表情も、すんなり取り繕うことができる。

母親と二人暮らしをしている、寂しい少女――などではない。

恐らくは、孤児だ。私と同じ。昔の、私と。

だが、嘘をつく理由がわからない。

今のところ、レスト神官家は静かだ。大衆食堂ロベリアで仕事を営み始めたリディアを、家に連れ帰るような様子もない。

だから、調べることにした。

無害ならばそれで良い。だが、害になるようなら。

リディアにとって害になるようなら。私は、リディアを守らなくてはいけない。

いや。そうではない。私が、守りたいと思っている。これは、自分の意志だ。

騎士団長のルシアンだから、そうしなければいけないと思っているわけではない。

リディアは私に——まるで束《つか》の間《ま》の夢のような、楽しい時間を与えてくれる。

リディアと共にいると、何もかもを忘れられるような気がした。

一人きりで街の片隅で蹲《うずくま》っていたことも、寒さに震えながら逃げ込んだ廃墟《はいきょ》の中で、そこを住処《すみか》にしていた破落戸《ごろつき》たちに、死んだ方がましだと思えるほどの暴力を受けたことも。食べ物を盗んで捕まり、数日動けなくなるぐらいに痛めつけられたことも。

常に腹が空いていて、腹と背中が空腹で痛んでいた。

どんよりと薄暗い灰色の空の下を虚《うつ》ろな目で彷徨《さまよ》う子供——いつかの私の姿と、シャノンの姿が重なる。

そのうち暴力を覚え、そうすると、私の周りを常に取り囲んでいたように思われた、敵が一人もいなくなった。

世界の中で自分が一番強く、自分が一番正しいと、思えるようになった。

けれど、痛みを伴う過去の記憶がなくなるわけではない。

街灯に群がる蛾《が》のように、優しいリディアに救いを見いだしていることさえ、私とあの子供は、同じだ。

「シャノンは、悪い子ではないんです」

そうリディアは、何一つ疑っていない様子で言っていた。

リディアの店から出るシャノンの後をつけた。

警戒心の強い野生の獣のような子供だろう。けれど、それは私も同じだ。重ねた年数分だけ、私の方がシャノンよりも、尾行されることにも尾行することにも慣れている。

シャノンは街を彷徨い、それから南地区の片隅にある、神官たちの運営している、街にいくつかある教会の孤児院の一つに戻っていった。

それから数日後、シャノンがいなくなっているのを確認してから、孤児院のシスターに話を聞いた。

「……とても辛《つら》く、苦しいことがあって。だから、大人が信用できないのでしょう」

「孤児とは、大抵そんなものだろう。幸せな孤児などはいない。いや、赤子のうちから孤児院に届けられ、あなたたちのような心優しいシスターに育てられているのなら、そんなことはないのだろうが」

聖都の孤児院は、概《おおむ》ねまともに運営されている。

その母体は神殿にあるが、国王ゼーレの方針で、年に数回聖騎士団レオンズロアが監査に入っている。

それは、孤児という存在が、悪い大人の食い物にされやすいからだ。

無論、レオンズロアの監査の時だけ、表面を取り繕っている可能性はある。

けれど、孤児院で育てられている孤児たちの顔を見れば、大抵のことはわかる。

怯《おび》えていないか、体に傷はないか、極端に痩せていないか、着ているものは清潔か、その体は清潔に保たれているか。あげればきりがないが、過不足なく育てられている子供と暴力を受けている子供の違いぐらいは、わかる。

「ありがとうございます、ルシアン様。私たちは傷ついた子供たちを、預からせていただいています。子供たちに両親はいませんが、女神アレクサンドリア様と神祖テオバルト様を両親と思うように伝えています。子供たちは皆、神祖様と女神様からの贈り物なのです」

「それは、良い考え方だ」

私が褒めると、シスターは嬉しそうに微笑《ほほえ》んで、頬を染めた。

「はい。女神様や神祖様に恥じぬように、優しく、強く育って欲しいと願っています。……シャノンも。いつかは」

「シャノンは孤児院から度々抜け出しているだろう？　理由はあるのか」

「……わかりません。私たちは、シャノンを大切に思っています。辛いことばかりがあったから、ここでは、穏やかに、暮らして欲しい。焦らず、ゆっくり、大人になって欲しい。そう、思っています」

「孤児院から抜け出して、何をしているのか、あなたたちは知っているのか？」

孤児院の子供を守り育てるのが孤児院のシスターの役割だとしたら、孤児院から逃げて盗みを働いているシャノンを見過ごす、というのは、褒められた行為ではない。

できる限り責めている口調にならないように、優しく尋ねる。

きつい物言いや、叱責よりも、甘い口調や優しい促しの方が、情報を得やすい。

「ええ。……喧嘩をしたり、しているのでしょう？　男の子ですから、それは仕方ないと思っていますけれど、……最初は捜して回りました。そうするとシャノンはもっと、逃げて。それから、苛立ってしまうように見えるのです。……だから、今はそっとしています」

「そっとしている、か」

「良くないこととは思っています。本当は、叱らないといけないことも。でも、……あの子の傷を考えると。どう、接して良いのかわからないのです。皆、どこか遠慮してしまって」

「シャノンには何があったんだ？……こんなこと聞くのは良くないかもしれないが、偶然あの子が街で盗みを働こうとしているところを、見かけてしまってな。ただの孤児であるのなら、理解できる。しかし、あなたたち孤児院のシスターに守られているシャノンには、物を盗む必要はないだろう」

リディアのことについては触れず、私は尋ねた。

「盗みを……」

「あぁ。まだ子供だ。今なら立ち直ることができるだろう。だから、知りたい。衛兵に捕まってしまえば、孤児院には戻れなくなる可能性もある」

「……はい」

シスターは、シャノンの過去について涙ぐみながら話をしてくれた。

私はそれを一通り聞き終えてから、「私がここに来たことは、内密に。こそこそ嗅ぎ回られていることを知ったら、余計に頑《かたく》なになってしまうだろうから」と言って、その場を後にした。

シャノンについて調べ終えた私は、僅かな脱力感を覚えた。

――ただの、世を拗《す》ねた、子供。

リディアの傍にいるのは、単純にリディアの優しさに甘えたいからだろう。

甘えたい。だから、嘘をつく。

嘘で塗り固めた世界に溺れている。

それは居心地がいいからだ。

泡沫《ほうまつ》の夢の中で作りあげた己の虚像を演じることほど、心地よいものはない。

「……あぁ、同じだな」

私も、同じ。

リディアが、愛《いと》しい。欲しい。私のものに、してしまいたい。

心の底の、暗い目をした子供が、喉をかきむしりながらそう叫んでいる。

けれどそれは、できない。

私はルシアン・キルクケード。聖騎士団レオンズロアの騎士団長だ。

正しく、皆に平等に優しく、皆を守る者。

――シャノンが、少し羨ましい。

その場しのぎの馬鹿馬鹿しい嘘で作りあげた、リディアの店に通う常連客の少女という己を脱ぎ捨てたとしても――きっと、シャノンはリディアの傍にいられるのだろうから。

私とは。

――俺とは、違う。

◆The Magician（魔術師）

ウィスティリア辺境伯家の暗い屋根裏部屋で、僕は生まれた。

祝福などは、されなかった。何故なら――生まれたばかりの僕の体には、無数の宝石が浮き出ていたからだ。

祖父であるウィスティリア辺境伯は、僕の姿を見て醜悪だと吐き捨てたらしい。忌まわしい、醜悪な宝石人の血を引く子供。この家に存在してはいけない血を受けた子供だと。

僕には生まれた時の記憶も、物心つく前の記憶もあるわけではない。全ては母のビアンカから聞いたことだ。

「父は、エーデルシュタインから私を無理やり、連れ戻したのよ」

母の記憶から紡がれる言葉は、悲しみと怒りに満ちていた。母は祖父を恨んでいたのだろう。それは恐らく、憎しみに近い感情だったように思う。

悲しみや憎しみや怒りは——感情は思考回路を曇らせて、過去の記憶を偏向させてしまうことがあるかもしれない。

けれど恐らく母の記憶は、偽りではないのだろう。

僕は生まれてから今までずっと、ウィスティリア家の屋根裏部屋で、母と共に暮らしているのだから。

「あなたのお父様……サフィーロは、とても優しい人だった。宝石人の街、エーデルシュタインの首長の息子だったのよ。父の視察についていった私に、とても良くしてくれた。街を案内してくれて」

母は、幸せだった頃の懐かしい記憶を辿《たど》るように、僕に同じ話を繰り返した。

「あなたと同じ、ルビーのような美しい赤い瞳に、あなたの髪の宝石の色と同じ美しいサファイアのような体。宝石でできた体は冷たいけれど、手を繋《つな》ぐとあたたかかった」

母は辺境伯家に連れ戻された後、何度か家から逃げようとしたらしい。けれどそれは結局失敗に終わり、最後は逃げられないようにと、屋根裏部屋に追いやられた。

部屋の扉の前にはいつも見張りのための使用人がいて、まるで囚人のような扱いをされていた。

「サフィーロと私は恋に落ちた。父に、伝えたわ。サフィーロと結婚したい。それはきっと宝石人と人間の友好の橋渡しになる。サフィーロはエーデルシュタインでは地位のある方だったから……私は父に、許してもらえると思っていた」

小さな窓が一つだけしかない屋根裏部屋は、冬は寒く、夏は蒸した。

古びたベッドが一つと、革の破れたソファが窓辺に一つ。ソファの裂け目からは羊毛が飛び出ている。

窓から差し込む光の中で、埃《ほこり》の粒子がいつもきらきらと輝いていた。僕は古びたソファに膝を抱えて座りながら、埃の粒子が揺れる様を眺めていた。

「……でも、駄目だった。許さないと言われた。宝石人など、人間ではないと。魔物と同じだと。お前は魔物に恋をしたのか、おぞましいと……まるで、化け物を見るような目で見られた。だから私は、逃げた。エーデルシュタインへ。サフィーロのもとへ」

母は、幼い僕を守ろうと必死だったのだろう。

いつも家の者たちと、闘っていた。ウィスティリア辺境伯と、言い合いをする姿を何度も見た。言い合いをして、殴られて。頬を腫らしたり、突き飛ばされて頭を打ったりする姿を。

母の怪我《けが》は僕の魔法で治していた。誰に教わったわけでもなく、僕は気づいた時にはすでに息をするように簡単に、魔法を使うことができた。

「エーデルシュタインでも、私は歓迎されなかった。争いの火種になる。辺境伯家に帰れと言われた。どうして愛し合っているのに、一緒にいてはいけないの？　そんなのおかしいでしょう！　おかしい。おかしいのよ。こんな世の中は、間違っているわ……！」

母は興奮したように、両手で頭を押さえて髪を振り乱しながら首を振った。

それから僕に手を伸ばす。僕はソファから下りると、ベッドに座る母に駆け寄った。僕を抱きしめると、母は少し落ち着くようだった。

「私とサフィーロは、エーデルシュタインの街の片隅で、密《ひそ》やかに暮らした。幸せだった。お金がなくても、地位がなくても、皆に嫌われても……サフィーロと一緒にいられるだけで、幸せだった」

夢を見るように、母はそう言った。

幸せな記憶を反芻《はんすう》しているときだけ、母の感情は凪《な》いだ。

「けれどそれは、長く続かなかった。父が私たちを捜し出した。私を連れ戻すために……その時、あなたは私のお腹にいた。……サフィーロは抵抗しなかったわ。私とシエル。二人の命をどうか助けて欲しい、自分はどうなっても構わないからと、父に懇願してくれた」

僕の父親である宝石人は、ウィスティリア辺境伯に立ち向かおうとはしなかったらしい。

それは惰弱だ。優しさではなく弱さなのではないか。

僕は父の顔を知らない。どんな声だったかも、どんな気持ちでどれほどの覚悟で母と愛し合ったのかも。何も知らない。

「サフィーロに会いたい……でも、もう会えない。父は私の目を覚まさせると言って、それから私を攫った罰だと言って――サフィーロの体を粉々に砕いた。私の目の前で」

宝石人の体というのは、鉱石でできている。

砕けば文字通り、宝石になる。宝石人を砕いて加工した宝石は純度が高く、高額で取引されている。

父も穿《うが》たれ――その体は売られることもなく、粉々に打ち砕かれたそうだ。

「シエル。サフィーロは、誰も恨んではいけないと言ったわ。誰も、悪くないって。……憎しみは争いの火種になる」

「……誰も、悪くない」

「残酷だわ。……それではこの悲しみは、憎しみは、苦しみは……どうしたら良いの？　ここから逃げることもできず嘲られ、冷遇されて、……誰も悪くないなんて、思えない。全ては父が……いえ、宝石人を卑下しているこの国が、悪いのではないの……？」

「母さん……」

「ごめんなさい、シエル。ごめんなさい……あなたに辛い思いをさせて。全ては私が悪いの。私が悪い。全部、私のせい。あなたを生んだ私が悪い。サフィーロと愛し合った私が、全て悪いの」

母は僕を抱きしめながら、呪詛《じゅそ》のように何度も「自分が悪い」と繰り返した。

胸の奥で、からからと乾いた音がする。

それは僕の心臓のかわりにある鉱石が、震える音だ。

きっと僕は生まれてこない方が良かったのだろう。

僕の存在が母を追い詰めてしまっているのではないか。母を壊してしまったのではないか。

そして父を――砕いてしまったのではないか。

ただ呼吸をしているだけで、罪悪感のようなものが手足の先端からじわじわと体に這《は》い上がってくる。

自然に息が、止まってしまえば良いのに。

時々そう思った。

悲しいわけでもない。苦しいわけでもない。ただ、どこか他人事《ひとごと》のように、ソファに膝を抱えて座ってきらきら輝く埃を眺めながら――そう思っていた。

母が亡くなったのは、僕が八歳の時。病気だった。環境も悪かったのだろうし、心労も祟《たた》ったのだろう。

母の具合が悪いのだとお爺様《じいさま》――ウィスティリア辺境伯に伝えても「親不孝者め。天罰が下ったのだ」と、吐き捨てるように言われただけだった。

どうか助けて欲しいと何度も頭を下げたけれど、邪魔だと言って突き飛ばされた。

その忌まわしい顔を見せるな、と。

「お前はウィスティリア家の恥だ。お前のようなおぞましい化け物が存在することを、誰かに知られるわけにはいかない。部屋から出てくるな！」

ウィスティリア辺境伯に叱責されている僕の姿を見て、少年たちが笑っている。

辺境伯には、子供は僕の母しかいなかった。家を継がせるために、なんとしてでも母を連れ戻さなければいけない。辺境伯はそう考えたようだが、それと同時に辺境伯家を存続させる手を打っていた。

孤児院から養子を貰《もら》ったのだ。クリフォードと、ヴィルシャーク。僕と同年代の子供である。どちらか一方に何かが起こっても大丈夫なように、二人。母は——辺境伯が親類から養子を貰わなかったのは、ウィスティリア辺境伯家を親戚に乗っ取られるのを危惧してのことだろうと言っていた。辺境伯が欲しいのは、ウィスティリアの血ではなく、己の操り人形なのだろうと。

「お前の体にその忌々しい宝石がなければ。ビアンカが儂《わし》に従うのなら、ウィスティリアの血筋を残せたものを。だがもう良い。家名だけが残れば良いのだ。宝石人の子を宿したビアンカの血は汚れ、化け物のお前が生まれた。失《う》せろ、シエル。殺されないだけ、ありがたいと思え！」

廊下に突き飛ばされて倒れた僕を、クリフォードとヴィルシャークがにやにや笑いながら、「化け物め！」「穢《けが》らわしい宝石人め！」と言って、足蹴にした。

何も言わず抵抗もせず動かない僕を痛めつけることに飽きたように、しばらくすると二人も廊下の向こう側に去っていった。

自分の体の傷は、どうしてか治癒をする気にならなかった。痛みも傷も、どうでもいい。自分のことなのに、他人事のように思える。

悲しみも苦しみも怒りも、何一つ、冷たい鉱石の心臓では感じることができない。

程なくして母は命を落とした。

「シエル、ごめんね。どうか誰も、恨まないで。あなたは……正しく、生きて」

そう、最後に言い残して。

そうして僕は一人になった。母と二人で過ごした屋根裏部屋に、僕は置き去りにされた。

冬は寒く、夏は暑い。母の記憶が残っている古びたベッドと、羊毛の飛び出したソファがある部屋。

僕はいつも空腹だったし、いつも薄汚れていた。そのうち、寒さも暑さも空腹も、体の痛みも
――何もかもが、薄らいでいった。

「……何か用か、宝石人」

「部屋から出てくるなと言われていたはずだぞ、宝石人」

それでも体というものは正直だ。何も感じないような気がしていたのに、時折、危機感にも似た激しい飢えを覚えた。

屋根裏から下りて食堂に向かう。僕のための食事などはないので、ゴミ箱の中の廃棄された食料を漁《あさ》った。カサカサに乾いてカビの生えたパンがいくつか捨てられていたから、一つを手にして裏庭に向かう。

屋根裏で食事をすると落ちたパン屑《くず》などを目当てに鼠《ねずみ》が湧く。それは避けたかった。母さんは、鼠を嫌っていた。それは病気を運ぶのだと、よく言っていた。

薄暗い裏庭の、石段に座って空を見上げる。空は青く、どこまでも続いている。赤い月と、白い月。空にはいつも二つの月が浮かんでいた。

クリフォードとヴィルシャークが目敏《めざと》く僕を見つけて、近づいてくる。

「辺境伯様が、お前など早く死ねば良いと言っている」

「いつまで生きているんだ、化け物？　お前の母親は病気でのたれ死んだというのに、お前はまだ生きているんだな！」

うるさく付き纏う二人に、僕は返事をしなかった。

会話は無駄だ。何を話しても、彼らと僕はわかりあうことなどできない。

怒り、憎しみ、恨み。母親を侮辱されたのだから、そんな感情が湧きあがっても良いはずなのに。

――やはり、どうとも思わない。

僕は、冷酷なのかもしれない。彼らの言うように、化け物だから。

「何を持っているんだ、お前？」

「ああおかしい！　カビたパンだ！　ゴミ漁りでもしてきたのか！　パンを食べるのか、お前が？」

僕よりも背の高いクリフォードが、僕の腕を掴む。

僕よりも小さいヴィルシャークが、僕が手にしていた小さなパンを奪い取って裏庭の土の上に投げた。

「宝石人も食事をするのか。体が石でできているんだから、土も食えるだろう！」

「土も石も食えるだろう。お前は石ころだからな。優しいお兄様が、口もきけないかわいそうなお前に食べさせてやろう」

泥のついたパンを、クリフォードが拾い上げる。

にやにや笑っているその顔を僕はただ静かに見上げていた。こんなことははじめてではない。繰り返し、繰り返し飽きもせず——彼らは何かの鬱憤を晴らすように、僕に近づいてくる。

嫌悪しているのならば、関わらなければ良いだけだろうに。

彼らの気持ちを推し量ることは僕にはできない。僕はきっと誰のことも理解することができないまま、ただ静かに呼吸を続けていくのだろう。

これからも、ずっと。

「ふはは……っ、土を食った！　やっぱり体が石でできているから、土が食えるんだな！」

「さっさと部屋に戻れ、顔を見せるな、化け物め！」

口の中が、じゃりじゃりする。

味は——よくわからない。舌に浮き出た宝石のせいで、味覚が愚鈍なのだろう。

食事をするのは死なないためだ。それだけしか理由などない。けれど、生きる理由など——。

いや、あるか。

正しく、生きて。そう、母さんが言い残したのだから。

誰も恨まず、憎まず。正しく生きる――それが僕が呼吸を続ける意味なのかもしれない。

ヴィルシャークがけたたましく笑いながら、クリフォードが忌々しそうに怒鳴りながら、屋敷の中へと消えていく。

口の中の泥とカビたパンを咀嚼《そしゃく》して飲み込むと、僕はもう一度空を見上げた。

「……にゃあ」

ふと小さな声に呼ばれて、僕は視線を落とした。

いつの間にか僕の隣に、よく肥えたまるまるとした何かが座っていた。

「……猫？」

猫にしては大きくまるい。真っ白い毛並みと、尖《とが》った耳。僕の手の甲に額をすりつけている。

「丸い、猫」

どこからか忍び込んできたのだろうか。野良猫のようだった。

それにしては大きくて太っているので、食べるものには困っていないみたいだ。

それから――その猫は、僕が裏庭に行くたびに顔を見せるようになった。そんなことが数ヶ月続いた。僕は猫に会うために、屋根裏から裏庭に行くことが多くなった。

猫は巧妙に、ウィスティリア家の者たちに見つからないように、裏庭に忍び込んできてくれているようだった。忍び込んで、僕に近づいてきてはしばらくして去っていく。

まるで、外に出ろと言われているように思えた。

「……そうだね、出ようか」

ウィスティリア家の屋根裏が僕の世界の全てだった。

けれど、ここにいる必要はもうないのだろう。母は亡くなった。猫も、やがて屋敷に訪れることはなくなった。

そうして僕はウィスティリア家から出て、ウィスティリアの名を捨てた。

何か変わるのだろうかと、思った。僕を嘲る者たちから離れたら何か、変わるだろうか。例えば——僕も、化け物ではなく、人のように。悲しんだり憤ったり、誰かを慈しむことができるのだろうか。

けれど結局、僕は。

何一つ、変わらない。

この体に半分、宝石人の血が流れている限り。体には鉱石が浮き出ていて髪にも鉱石が連なっている。異形でしかない。人間のふりをした、感情のない——化け物。

「………………猫」

ふと、フライパンに視線を落とした。

綺麗《きれい》に形作られたまんまるい猫のハンバーグが、フライパンの上でこんがり焼かれている。

「シエル様、猫、好きですか?」

嬉しそうに大きな紫色の瞳をきらきらさせながら、リディアさんが僕を見上げる。

猫が好きかどうかなんて、考えたことがなかった。

「……そうですね。好きなんだと、思います。そんな気がします」

リディアさんの小さな手が料理を形作っていく。

それはどこまでも優しい、白い月の光のようだ。

どうか——少しだけ。あなたの傍にいることを、許して欲しい。

こんな僕でも、あなたの傍にいると——自分が人であることを、思い出せる気がするから。

こととことと、お鍋の中で私はじゃがいもを煮込んでいる。

ポテトサラダを作ろうと思う。ベーコンが入っているやつ。

メルルはじゃがいもが好きらしい。一緒に暮らすようになってわかったことだけれど、じゃがいもも好きだし、お魚も好きだし、お肉も好きみたいだ。

何でも食べる。何でも食べるし、すごく元気。

一日の大半は調理場に置かれた丸椅子の上で眠っているから、窓際にメルル用の椅子とクッションを用意した。

窓際のクッションの上で微睡《まどろ》んでいて、ご飯ができあがったときだけ「ぷくぷく」と言いながら近づいてくる。可愛《かわい》い。

夜はいつも私のベッドの足下で眠っている。抱っこして寝ようとしたら、それは嫌がっていた。

自由。

「リディア。いるか」

私がじゃがいもを煮込んでいると、食堂の扉の外から私を呼ぶ声がする。

「ルシアンさん？」

今日は定休日なのだけれど、何か用事なのかしら。

ルシアンさんは定休日には来ない。ルシアンさんが用事があるのは、私のご飯だけだからだ。

じゃがいもを茹《ゆ》でている魔石コンロの火を止めて、私は入り口へと向かった。

「ルシアンさん、こんにちは。お休みの日ですが、どうしましたか？　ご飯、食べに来たんですか？」

扉を開くと、そこにはルシアンさんがいた。

ルシアンさんも今日はお休みみたいで、いつものレオンズロアの団服ではなくて、白いシャツに黒いベスト、黒いズボンを着用している。

ルシアンさんは筋肉質だしスタイルが良いので、どんな服でも似合う。

これで街を歩いたら女性たちがそれはもう寄ってくるのねと、私は感心しながらルシアンさんを眺めた。

「いや。君の休みを邪魔したりはしたくないのだが、定休日でないと、他の客がいて、ゆっくり話せないかと思って」

「ゆっくり……ルシアンさん、メルルのこと、まだ危険だって疑っているんですか？」

「完全に安全だと思っているわけではないが、今のところは無害に見える。今日はメルルについて話しに来たわけじゃないんだ」

「じゃあ、なんでしょう……お休みの日にまで、騎士団に勧誘を……」

「そうじゃない」

「さては、痴情のもつれで女性に追いかけられていますか……？　匿《かくま》いますか？」

「痴情はもつれていないし、もつれる痴情もないよ。リディア、そうではなくて、私は先日ギルフェルニア甲蟲《こうちゅう》の討伐に行ってきたんだが」

「はい、そう言っていましたね。お疲れ様でした」

私はルシアンさんにぺこりとお辞儀をした。

「ありがとう。君にそうやって労《ねぎら》ってもらえると、疲れなどはどこかに消えてしまうようだな」

「疲れてますか、ルシアンさん」

「いや、元気だ」

私は首を傾《かし》げた。

「ポテトサラダ、作っていますけれど、食べますか？」

「休日の君の時間を邪魔しに来たわけではないから、それは明日《あした》の楽しみにとっておく。……リディア」

どこか真剣に名前を呼ばれたので、私は「はい」と、少し緊張して返事をした。何かしら、すごく重大な告白をされそうな雰囲気よね。

「……前回の遠征では、マライア神殿に数日泊まった。マライア神殿の周辺は巡礼者のために栄えていて、所謂《いわゆる》観光地になっていてな」

「巡礼のための神殿なのに、観光地なんですね」

「あぁ。巡礼者が増えれば、人が増える。人が増えれば、街が栄える。……だから、いつも世話になっている君に、土産を買ってきたんだが」

「お土産！」

私は思わず大きな声を上げた。お土産。

お土産なんて、誰かに貰《もら》ったことないわよね。嬉《うれ》しい。

ルシアンさんは腰のベルトと一体型になっている革鞄《かわかばん》から、綺麗《きれい》なリボンが巻かれている小さな紙袋を取り出した。

「たいしたものではないが、受け取ってもらえるか？」

「ありがとうございます！」

お土産、嬉しい。

私はにこにこしながら、ルシアンさんから紙袋を受け取った。

「それではな、リディア。邪魔して悪かった」

お土産を貰って喜んでいる私の頭を、ルシアンさんはそっと撫《な》でた。

いつもは距離が近いとか、女誑《おんなたら》しとか、怒っている私だけれど、お土産を貰って嬉しいせいか、今日はあまり気にならなかった。

「ルシアンさん、お茶、飲みませんか？」

「それは、また今度にするよ。リディア、休日なのだからゆっくり休むと良い」

「……ありがとうございます。明日はお店、開いていますからね」

「あぁ。また明日」

ルシアンさんはひらひらと手を振って、帰っていった。

そういえば、ルシアンさんはどこに住んでいるのだろう。

ルシアンさんとは——半年前、私が大衆食堂ロベリアを開いてからの付き合いだけれど、私はルシアンさんのことをよく知らない。

（ルシアンさんのこともよく知らないし、シャノンのことも、よく知らなかったのよね……）

それは私が——自分のことで精一杯で、毎日恨み辛《つら》みを食材にぶつけながら、お料理をしていたせいかもしれない。

誰かのことを知りたいとか、誰かとちゃんと向き合いたいとか。

そんなことを考えている余裕なんて、なかった。

今は少し、心が晴れやかなような気がする。以前よりも——少し。

私はお土産を、エプロンのポケットに入れた。

何が入っているのか気になったけれど、あとで開けてみようと思う。今は、ポテトサラダを作っている途中なので、ポテトサラダを作り終わってからにしよう。

ポケットの中に入っているシエル様から貰った宝石が、指に触れる。

シエル様――ちゃんとご飯、食べているかしら。水と固形食料ばかり摂取しているのではないかしら。心配。

「リディアさん」

店先でそんなことを考えながら、しばらくぼんやりしていると、名前を呼ばれた。

「シエル様！」

穏やかで涼しげな声音に、私は顔をあげる。

今日はお休みなのに、ずいぶんと沢山、人が来る。今までは、そんなことはあんまりなかったから、なんとなくくすぐったい気持ちになる。

「シエル様、こんにちは」

「こんにちは、リディアさん。お店の中にいるのかと思っていたのですが、これから出かけるところでしたか？」

シエル様もルシアンさんと一緒で今日はお休みの日なのかもしれない。

いつものセイントワイスの魔導師服ではなくて、飾り気のない黒いシャツに、黒いズボンをはいている。

シエル様は背が高くてすらりとしているので、どんなお洋服でも似合う。ルシアンさんと一緒。

それに、シエル様自身が煌《きら》びやかだから、飾り気のないお洋服の方が、シエル様の美しさを際立たせているようにも見える。

「今日はお出かけの予定、なくて。ポテトサラダを作っていたら、ルシアンさんが来たので、少しお話ししていたんです。今、お別れしたところで……シエル様、ルシアンさんに会わなかったですか？」

「いえ。見かけなかったですね」

「そうなんですね。ルシアンさん、お土産を渡しに来てくれただけだって言って、すぐ帰っちゃったんですけど……シエル様は、どうしました？　もしかして、リーヴィスさんから聞いて、メルルを見に来てくれたんですか？」

「ええ、それもあります。でも、どちらかといえば、あなたにお詫《わ》びをしに来たというのが正しいですね」

「お詫び？」

シエル様に謝ってもらうことなんて、何かあったかしら。

シエル様とは色々あったけれど、今はお友達だ。私はシエル様と喧嘩《けんか》とかは、特にしていないと思う。

「先日――転移魔法のせいで、あなたの服を一枚、駄目にしてしまったでしょう？」

「え、ええ、はい……」

確かに私のお洋服とエプロンの一式は、縫い直せないぐらいに破れてしまったけれど。

「でも、シエル様。お詫びに、好きな服を買えるようにって、多すぎるぐらいにお金を頂いているので、そのことはもう大丈夫ですし、私もうあんまり気にしていませんし……」

「そういうわけにはいきません。あのときは焦っていたとはいえ、あなたに、非道なことを。……申し訳ありませんでした」

シエル様はそう言うと、手に持っている大きめの紙袋を差し出した。

「女性になにかを贈ることなんて今までなかったものですから、悩みました。気に入ってくれると良いのですが」

「……見ても良いですか？」

「ええ、どうぞ」

「あ！　お店の前で……っていうのは、良くないですよね。中に入ってください、ポテトサラダ、作ってますから、食べていってくださいね。パンに挟んで、ポテトサラダパンにしますね。お昼ご飯にぴったりです」

「ありがとうございます」

シエル様は微笑《ほほえ》んだ。

ルシアンさんには断られてしまったので、どうかなと思ったのだけれど、シエル様が食べていってくれるというので良かった。

じゃがいも、結構多めに茹でているのよね。

「あなたが助けたというメルルも、見せていただいても良いですか？」

「はい、もちろんです。ルシアンさんやリーヴィスさんは、魔物の子供かもしれないって言うんですけれど、良い子ですよ」

少し不安に思いながらも、私はシエル様をメルルのもとに案内した。

メルルは窓辺のクッションの上で眠っていたけれど、シエル様が近づいていくと、警戒したように目を開いて、私の首に軽々と飛んでくる。

それから、くるりと首に巻き付いた。

「メルル、シエル様ですよ。怖くないです。私のお友達です」

「……ふわふわしていますね」

「はい、ふわふわしています」

シエル様はゆっくりと、メルルに手を伸ばした。

メルルはしばらく警戒していたみたいだけれど、シエル様の指に鼻先で軽く触れる。シエル様は長い指でメルルの耳や頬を撫でて、それから手を離した。

「何か、まではわかりませんが……魔力を、僅かに感じますね。魔力を持った動物、でしょうか。僕の知る魔物の中に、このような形のものはいません」

「大丈夫ってことでしょうか」

「そうですね。リディアさんに救われたこと、わかっているのでしょう。それに、あなたの料理を食べてもなお、怒りや憎しみを抱え続けていることは難しい。……メルルがなんであれ、あなたの傍《そば》にいれば、大丈夫です、きっと」

「シエル様、褒めてくれていますか？」

「褒めている……いえ、思ったことを伝えています。僕は、言葉を飾ることが得意ではありませんから」

「それも、多分、褒め言葉です。……ありがとうございます」

褒められるのには慣れていないから、恥ずかしい。

でも、メルルが危険な動物ではなさそうで、良かった。シエル様が危険な魔物だと判断するようなら、セイントワイスの方々に預けないといけないって思っていた。危険な存在をどうしても傍に置きたいと我《わ》が儘《まま》を言うつもりはない。それは、私に優しくしてくれる街の人たちも、危険に晒《さら》すということだし。

「リディアさん、何かあったらすぐに僕に伝えてください。僕も、気をつけて見ているようにします」

「はい！　よろしくお願いします」

「もちろんです」

「シエル様、プレゼント、開けてもいいですか？」

「どうぞ。本当に、たいしたものではないのですが……」

私は羞恥心を誤魔化すようにして、シエル様に貰った袋を開いた。

シエル様は少し困ったように、それから少し戸惑ったように、眉を寄せている。もしかして、照れているのかもしれない。

袋の中に入っていたのは、レモングリーンのエプロンだった。

裾のところがフリルになっていて、とっても可愛い。

「シエル様、ありがとうございます！　可愛いです、とても」

「……気に入るかどうか、心配していました。服屋の主人に色々相談をして……優しい春の日差しを受けた、小さな花のようなあなたによく似合うと思って、その色を」

「ありがとうございます……嬉しいです」

「喜んでいただけて、良かったです」

「着てみても良いですか？」

シエル様が頷《うなず》くので、私は首に巻き付いているメルルを、窓辺のクッションの上に戻した。メルルは「きゅ」と、少し不満げな声をあげた。

私は今つけている黒いエプロンを外して、レモングリーンのエプロンを身につける。

窓辺から差し込む昼の明るい日差しに照らされたレモングリーンのエプロンは、シエル様の言う通り、確かに爽やかな風が吹き抜ける、小さな花が咲き乱れる草原を連想させた。

「よく似合っていますよ、リディアさん」

「ありがとうございます。ふふ、なんだか嬉しいです。私いつも、あまり華やかじゃない色のお洋服ばかり着ていたから……気持ちが、明るくなるような気がします」

「僕は、あまり社交的ではないので、殿下の婚約者だったときのあなたのことは、よく知りません。ですが、きっとドレスも、とてもお似合いだったのでしょうね」

「殿下に嫌われてしまってからは、ドレス姿を褒めてくれる人、いませんでしたけれど、……そうだと嬉しいです」

「きっと素敵です。……いつか、見たいな」

「はい、是非」

私はエプロンを摘《つ》まんで、今はもう懐かしい、淑女の礼をしてみせた。

シエル様は優しく微笑んで「とても美しいです」と。褒めてくれた。

たったそれだけのことなのに——晩餐会《ばんさんかい》でも、学園のパーティでも、ひとりぼっちだった私が、あのときの寂しさが、どこかに消えていくような気がした。

お昼ご飯にポテトサラダパンを食べて、メルルはまたぐっすり眠ってしまった。

シエル様とはお別れをして、私は眠っているメルルを抱っこして、二階にある自分の部屋へ向かう。

ソファに座って、脱いだ方の黒いエプロンのポケットに入っていたルシアンさんからのお土産の袋を取り出した。

袋を開くとそこには、金色の髪飾りが入っていた。

小さな花が組み合わさったような形で、花の中央には小さな青い宝石が嵌《は》まっている。

「綺麗……すごい、綺麗」

私は髪飾りを目の前に掲げて、しばらく眺めていた。それから、いそいそと立ち上がる。

寝室にあるドレッサーの上に、綺麗な箱が置いてある。

それは私の、宝物入れ。

レスト神官家から唯一持ち出した、私の宝物が入っている。

箱を開いて、髪飾りをその中に入れる。

髪飾りの隣には、お母様の形見の赤い宝石のついた指輪が、光を受けてきらきらと輝いていた。

私は指輪に軽く触れると、箱を閉じる。

「お母様、お友達ができました」

自然と、口元に笑みがこぼれる。

顔も覚えていないけれど、白い月の彼方《かなた》で、お母様が微笑んでいる気がした。

書き下ろし番外編

すっきりさっぱりヨーグルトバーグとマーガレットさんのタロット講座

聖都アスカリットでは、最近ヘルシーだといってヨーグルトが流行《はや》っている。

アイスクリームもソルベもジェラートももちろん美味《おい》しいし、夏の近づく今は氷魔石を入れ込んだ保管庫に氷菓を詰め込んだ屋台もちらほら出始めている。

けれど氷菓は食べすぎると太ってしまうと言って、貴族たちには敬遠されがちらしい。

その点、牛乳から作られるヨーグルトは、氷菓のように冷たくて、美味しくて健康的であると言って貴族たちを中心に流行り始めて、それが庶民まで広がってきたのだという。

そんなことを、市場にお店を出している聖都外れにある『笑顔の牧場さわやか』の奥様、テレーズさんが教えてくれた。

お料理に牛乳はよく使う。ホワイトソースを作るのには欠かせないもの。

テレーズさんのお店では牛乳も売っているし、ふさふさ山羊《やぎ》のミルクもまんまる羊のミルクも売っている。

牛乳は長期間保存ができないので、使用するときに買ってはその日のうちに使ってしまうことがほとんどだ。

最近ソーセージやハンバーグなどのお肉料理ばかり作っていたから、たまには魚介——ということとで、シーフードグラタンを作ろうと思い、小海老《えび》や貝柱やイカをツクヨミさんのお店で買った。

そのあと牛乳を買おうとテレーズさんのお店に寄ったら、「最近ヨーグルトがやたらと売れるのよね」と、テレーズさんが話し始めた。

そんなわけで私は、牛乳と一緒にヨーグルトも買ってきた。女の子たちの間で流行っていると言われたら、可愛《かわい》い女の子やお母様と子供たちのための食堂ロベリアとしては、やっぱりメニューに取り入れたいのよね。

「アイスクリームやソルベやジェラートが太って、ヨーグルトは太らないとか、迷信じゃないの？」

小海老や貝柱やイカを玉ねぎと一緒に炒《いた》め終わって、ホワイトソースを作り始めたところで、マーガレットさんが遊びに来てくれた。

たっぷりのバターをフライパンに入れて、弱火で溶かしていく。

火加減に気をつけないと焦げ付いてしまって、ホワイトソースじゃなくて小麦色ソースになってしまうので注意が必要なのよね。

マーガレットさんがカウンター席でオレンジミントティーを飲みながら、私に話しかけてくる。

「皆、体形を気にしすぎなのよ。若い女の子はちょっとふっくらしている方が可愛いじゃない」

「そういうものでしょうか……」

よくわからないけれど、そういうものなのかしら。

マーガレットさんの好みの女の子のタイプが、ふくよかな子、というだけかもしれない。

そもそもマーガレットさんに好みの女の子とかいるのかしら。私はマーガレットさんが女性なのか男性なのか、まだよくわかっていないので、すごく謎だわ。

バターが溶けてふつふつ泡が出てきたところで、小麦粉を入れてバターと手早く混ぜる。

フライパンの底に焦げ付かないようにヘラで混ぜて、混ぜて、混ぜる。

火加減は弱火。バターと小麦粉が混じり合って白っぽくなり、さらっとしてくるまでひたすらかき混ぜる。

「あたしはジェラートを我慢するなんてごめんよ。暑いのは苦手なの。夏の楽しみなんてジェラートぐらいしかないでしょ」

「マーガレットさん、夏、苦手なんですね」

「苦手よぅ。夏の日差しはお肌の天敵。それに暑い日には溶けるのよ」

「溶ける……まんまる羊の氷の像が？」

マーガレットさんのお肉屋さんの真ん中に鎮座している、まんまる羊の氷像を思い出す。

確かに、氷だから溶けそうだけれど。

「あれはあたしの魔力で作ってるから、溶けないわよ。溶けるのはあたしよ、あたし」

「マーガレットさん、溶けちゃ駄目です……！　沢山ジェラート、食べてくださいね……！」

ジェラートを我慢したせいでマーガレットさんが溶けたら大変だわ。

私はとろりと溶けて小麦粉と良い感じに混じり合ったバターの入ったフライパンに、少しずつ牛乳を加えて手早くかき混ぜながら言った。

「ええ。時代の流れに逆らって、それはもう食べるわね。まかせて。ところでリディアちゃん。あんた、おっとりしている感じなのに料理中は素早いわよね」

「ホワイトソースが焦げたら嫌なので、必死です……！」

「必死だったのね……話しかけてごめんね」

「話しかけてくれるの、嬉《うれ》しいです。マーガレットさん、ホワイトソース作り終わったら、デザートを作りますね。ジェラートが好きなマーガレットさんはきっと美味しいって思ってくれると思います」

「デザート……リディアちゃん、すっかり女らしくなって……」

マーガレットさんがどこからともなくハンカチを取り出して、目尻を押さえた。

デザートを作るというだけでマーガレットさんに泣かれるとか、私は今までどれだけひどい有様だったのかしら。確かにいつもぶつぶつ文句を言ったり、怒りをぶつけながらお肉をミンチにばかりしていたけれど。

牛乳を入れ終えた白いソースをとろっとするまで焦げ付かないように熱したら、塩とこしょうで味を調えて——できあがり！

「できました！　とろっとまろやかホワイトソースです。マーガレットさん、シーフードグラタン食べていきますか？　それともシーフードドリアが良いですか？」

「ドリアが良いわね」

「良いですよ。マーガレットさん、お米好きですか?」

「米は好きよ。米に何かをかけて食べるのが、結局一番美味しいのよ」

「わかります……!」

お米は美味しい。おにぎりも美味しいし、カレーも美味しいし、オムライスも美味しい。

お米というのは万能なのよね。でも、パンも美味しい。麺も美味しい。どれが一番なんて選べない。

「リディアちゃんも我慢しないで食べなさいよ? ジェラートも米も肉も、なんでも食べて大きくなるのよ」

「私はもう十分大きいので、これ以上成長することはないと思いますけれど、我慢しないで食べます」

そんなに沢山ご飯が食べられるというわけじゃないけど、我慢はしたくない。

だってずっと、あたたかいご飯を食べられなかったもの。我慢したら、もしかしたら明日《あした》ご飯が食べられない生活に戻るかもしれないし。

「食べたいと思ったときが、食べどきなのよ。偉いわ、リディアちゃん。よくわかってるわね」

「はい!」

よくわからないけれど、ご飯を我慢しないことについてマーガレットさんが褒めてくれるので、私はにこにこした。褒められるのは嬉しい。

深皿にご飯を入れて、その上からシーフードを入れたホワイトソースをかける。ナーズを散らしてオーブンに入れて焼いている間に、私は水切りしておいたヨーグルトの入ったボウルを手にした。

シーフードドリアを焼いている間に、デザートを作ろう。

ヨーグルトを購入するとき、レシピをテレーズさんに教えてもらった。簡単ですぐできて美味しそうだから、材料は買ってきてある。

「良い子のリディアちゃんに今日の運勢を占ってあげましょう。お休みの日にあたしの相手をしてくれて偉いものね」

「ありがとうございます、マーガレットさん。あの、もし良かったら、お願いを聞いてくれますか？」

「お願い？」

「はい。ええと……メルルのことを占って欲しいんですけど」

「動物を？」

「駄目ですか？」

「駄目じゃないわよ。その動物、シャノンが拾ってきたんだっけ」

窓辺に置いてあるメルル用の椅子の上にクッションを置いて、その上にメルルは丸くなって眠っている。

大人しい子だ。何もなければずっと寝ている。

ご飯の時だけ目を覚まして近づいてくる。何を食べさせたら良いのか悩んでいたのだけれど、メルルは何でも食べる。

ぷくぷく言いながらご飯を食べて、食べ終わるとまた寝てしまう。

「動物を占ったことはないけれど、やってみるわね」

マーガレットさんはそう言うと、両手を開いた。光り輝くカードが両手に現れる。

私は水切りヨーグルトに蜂蜜を混ぜる。水切りヨーグルトはフレッシュチーズみたいに硬くて、蜂蜜を混ぜると少しとろっとして、このままでも十分美味しそう。

バットに蜂蜜を混ぜた水切りヨーグルトを薄くのばして広げて、クランベリーやブルーベリー、小さなドライ苺《いちご》を散らしていく。

あとは冷やして待つだけなので、私はいそいそとバットを冷凍保管庫の中に入れた。

それからカードをシャッフルしているマーガレットさんのもとに戻ってくる。

「うーん……どういう意味かしらね。カードは、審判。意味は、誕生、復活、再生……」

「メルルは生まれたばかりの赤ちゃんということでしょうか……」

「そうかもしれないわね。小さいものね。もっと大きくなるのかも。この家よりも大きく育つかもしれないわよ」

「えぇ……っ、それは困ります」

マーガレットさんの両手の上には、ラッパを吹いている少女の絵が描かれたカードが浮かび上がっている。

それは審判と呼ばれるカードらしい。今まであんまり占いに興味がなかったから、ちゃんと絵を確認することもなかったのよね。

ちゃんと見たのはシエル様と出会う前からかしら。マーガレットさんはシエル様の来訪を『魔術師』というカードを引いて言い当てた。

「まぁ、なんにせよ審判は悪いカードじゃないわよ。明るい意味が含まれてるわ。大丈夫じゃないかしらね」

「あんまり大きくならないと良いんですけれど……」

さすがにロベリアよりも大きく育ってしまったら、私では面倒見きれないもの。

マーガレットさんは「この家より大きくなるってのは、冗談よ」と言って、笑った。

「シエル様はメルルのこと、危険じゃなさそうって言ってくれました。だから多分、大丈夫だとは思っているんです。でも、マーガレットさんの占いで大丈夫って出ると、安心しますね」

「ふふ、ありがと。リディアちゃん、シエルとは仲良くなったのね。良いと思うわよ、ちょっとわけありっぽいけど、セイントワイスの筆頭魔導師様だもの。将来安泰よ」

「シエル様とお友達になると、将来安泰なのですか？」

「そうねぇ。ただのお友達でも、安全は守られそうだし……良いと思うわよ」

カードを再びシャッフルしながら、マーガレットさんが言う。

それはロベリアの用心棒になってくれる、という意味かしら。

シエル様に用心棒を頼むことはできないけれど、ルシアンさんやシエル様はとっても強くて有名みたいだから、二人がご飯を食べに来てくれると、悪い人は来づらくなるかもしれない。

私は戦ったことがないし、メルルは子供で、シャノンも――色々あったみたいだけれど、やっぱりまだ子供だもの。

確かにシエル様がお友達だと、心強い気はする。

「マーガレットさんのカードって、何枚あるんですか？」

「あら。あたしの占いに関心があるの？　リディアちゃんがそうやって、あたしのことに関心を持ってくれたのははじめてね。嬉しい」

「ご、ごめんなさい……！　マーガレットさんにはいつも優しくしてもらっているのに、私ずっと、泣いたり怒ったりばかりしていたから」

「泣いたり怒ったりしてるリディアちゃんも可愛いから良いんだけどね」

そう言いながら、マーガレットさんは二枚のカードを浮かべた。

「大アルカナは全部で二十二枚。愚者から始まり、世界で終わる。何も持たない旅人が、やがて世界に辿《たど》り着く――カードは順番に、旅人が旅の途中で出会う様々な試練を表しているのよ」

「旅、ですか」

「人生と言ってもいいわね。人生は長い旅だって言うでしょ？　生まれたばかりの……例えば、メルルが、シャノンに拾われてリディアちゃんに救われて、ここにいる。リディアちゃんとあたしが出会ったのだって、旅の途中の偶然みたいなものだわ」

「なんだか素敵ですね。私は……何も持たないで逃げてきて、マーガレットさんに出会えて、良かったです」

マーガレットさんに出会えていなければ、今頃私はどうなっていたかわからないものね。

「今日のリディアちゃん、嬉しいことを沢山言ってくれるわね。泣いちゃいそうよ」

「本当に、ありがとうって思ってるんですよ」

「うん。知っているわ。……あたしもリディアちゃんに会えて、嬉しい」

マーガレットさんはまた瞳を潤ませている。

これではいつもと逆よね。いつも泣いているのは私で、マーガレットさんは呆《あき》れたように笑ったり、慰めたりしてくれたもの。

「このカードは知っているわね。魔術師。シエルを表しているわね」

気を取り直したように深く息を吐き出すと、マーガレットさんは魔術師のカードを示した。

「シエル様は魔導師だから、魔術師のカードなんですね」

「それだとすごく安易って感じがするけどね。カードの意味と性質が合っていたのだと思うけれど。

始まり、創造、才能……そして、消極的、未熟、混迷。そんな意味のカードよ」

「悪い意味が沢山あります」

「どのカードもそう。正しい位置では良い意味、逆さまになると悪い意味。光があれば闇がある。それと一緒ね。リディアちゃんだって今は笑っているけど、少し前までは泣いてばかりいたでしょ？」

「カードも、私と同じ？」

「そうね。リディアちゃんと同じ。人は、みんなそうよ。良いところもあれば、悪いところもある。その時と状況によってどちらの性質が強く出るかの違いしかないわね」

「……女誑《おんなたら》しのルシアンさんは、女誑しじゃないかもってことでしょうか」

私は首を捻《ひね》った。確かに、シエル様のことをよく知らないときは顔の良い変態かもしれないって思ったけれど、今はとても優しい人だと知っているものね。

シャノンもそう。そもそも私は、シャノンを女の子だと思っていたし。

ルシアンさんにも私が知らない一面があるのかもしれない。

マーガレットさんは「そうね」と頷《うなず》いた。それから続ける。

「それでこれは、隠者。シエルの部下のリーヴィスのカードね」

「リーヴィスさん、おじいさん……」

示されたカードの絵柄は、ずるっとしたローブを纏《まと》ってランプを持ったおじいさんの姿が描かれている。

「魔導師だから魔術師ってわけでもないのよ。リーヴィスも魔導師だけど、示されたカードは隠者だわ。これは、思いやりや思慮深さ、崇高な助言者。そして、閉鎖的で、保守的。そんな意味ね」

「やっぱり、悪い意味もあるんですね」

「そんなに気にしなくても良いわよ。落ち込むときもあれば元気なときもある。その程度のことよ」

「良い意味だけ考えてた方がいいってことですね」

「そうそう」

「マーガレットさん、私のカードはどれなんでしょう?」

私が尋ねると、マーガレットさんは悪戯《いたずら》っぽい笑みを浮かべた。

「そんなの、占わなくてもわかるわよ。零《ゼロ》のカード。何も持たない旅人。リディアちゃんの旅は、一番目のカードの魔術師と出会って、始まったばかりでしょ」

私の旅は——シエル様と出会って、始まった。

魔術師の意味は、始まり。

私はにっこり微笑《ほほえ》んで、「はい!」と、明るい声で返事をした。

オーブンからはチーズの焼ける良い香りが漂ってくる。

「できました! とろとろこんがりシーフードドリアと、果物いっぱいすっきりさっぱりヨーグルトバーグです！」

オーブンの中から、綺麗《きれい》に焼けたシーフードドリアと、冷凍保管庫からカチカチに固まったヨーグルトバーグを取り出す。

そして私は、チーズがこんがり焼けたシーフードドリアと、ヨーグルトを冷やして果物を入れて固めたアイスのような氷菓、ヨーグルトバーグを、マーガレットさんと一緒にゆっくり食べた。

残りのカードのお話も聞きたかったけれど、また今度にしよう。

私の旅はまだ、始まったばかりなのだから。

あとがき

はじめまして、東原ミヤコと申します。

この度は『大衆食堂悪役令嬢1～婚約破棄されたので食堂を開いたら癒やしの力が開花しました～』をお手にとってくださり、大変感謝いたします。

このお話のヒロイン、リディアは家族からも婚約者からも見捨てられました。

もともと純粋無垢《むく》だったリディアは、物語の始まりではすでに、今までの経験から男は裏切るものだと思い込んでいます。

料理という唯一の特技をいかして、可愛《かわい》い女の子や子供やお母さんたちのために『大衆食堂ロベリア』を開いたのですが、訪れるのはリディアの嫌いな、男ばかり。

自分に自信がなくて怖がりで泣き虫で男嫌いなリディアは、大衆食堂ロベリアに訪れる様々な癖の強めの男性たちと出会って、泣いたり嫌がったりしながらも、誰かを救うということ、誰かの役に立てることに気づき、立ち直っていきます。

厳しく苦しい世界の中で、優しく一生懸命で、何よりもご飯を大切にするリディアの周りにはいつのまにか、沢山の人々が集まっていきます。

大衆食堂というタイトル通りに、沢山の美味《おい》しい料理と、顔立ちはよいけれど癖の強いやや強引な訳ありの男性たちと、リディアの友達以上恋人未満な関係を楽しんでいただけたらなと思います。

元々ウェブでの連載で書いていたこのお話ですが、最初の始まりは『できるだけ長くお話を続けて欲しい。長く読みたい』という読者様の声からでした。

のんびりまったり朝の飯テロドラマのつもりで書いていたお話なのですが、気づけばそれぞれの登場人物が重たい事情を抱えて、悩んだり苦しんだりしながら日常を送っていました。

それは私もそうであり、このお話を手に取ってくださった方々もきっと、様々な悩みを抱えながらそれを隠して笑ったり、なんでもないふりをして仕事をしたり学校に行ったり子育てをしたり、それぞれの日常を生きているのではないかと思います。

登場人物たちがリディアの食堂で、優しいリディアとリディアの料理に癒やされるように、大変な日常を生きる皆様も、大衆食堂ロベリアの扉をくぐって癒やされてくださると良いなと思っております！

『魔術師』シエルと出会い始まったリディアの旅の行く末を、見守っていただけたら幸いです！

ウェブ版の連載とは、かなり違う内容になっているので、連載を追いかけてくださっている読者の方々にも楽しんでいただけたのではないかなと思います。

支えてくださった編集様、そしてリディアやリディアの周囲を固めるイケメンたちや、リディアの妹のフランソワ、謎の動物メルルを大変可愛く描いてくださったイラストレーターの、ののまろ先生には、大変感謝しております。

ありがとうございます！

このあとがきを書いている今は、二月の終わり。そろそろタケノコの季節だなぁと、春が近づく窓の外の景色を眺めています。

タケノコを掘るリディアは可愛い。タケノコご飯をつくるリディアは可愛い。

春は良いですね。苺《いちご》は美味しいし、タケノコも美味しい。菜の花も美味しいですし、つくしも結構美味しいです。苦いけど。

苺狩りをするリディアも絶対に可愛いので、一緒にデートに行きたいです。

私はイケメンになりたい。

それではお読みいただいてありがとうございました！

婚約破棄のその後から始まる癒やしの料理のお話、少しでも楽しんでいただけたら幸いです！

大衆食堂悪役令嬢 1
～婚約破棄されたので食堂を開いたら癒やしの力が開花しました～

発行　2023年4月25日　初版第一刷発行

著者　東原ミヤコ

イラスト　ののまろ

発行者　永田勝治

発行所　株式会社オーバーラップ
〒141-0031
東京都品川区西五反田8-1-5

校正・DTP　株式会社鷗来堂

印刷・製本　大日本印刷株式会社

ISBN　978-4-8240-0471-0 C0093

【オーバーラップ　カスタマーサポート】
電話　03-6219-0850
受付時間　10時～18時（土日祝日をのぞく）

作品のご感想、ファンレターをお待ちしています

あて先：〒141-0031　東京都品川区西五反田8-1-5 五反田光和ビル4階　オーバーラップ編集部
「東原ミヤコ」先生係／「ののまろ」先生係

スマホ、PCからWEBアンケートにご協力ください

アンケートにご協力いただいた方には、下記スペシャルコンテンツをプレゼントします。
★本書イラストの「無料壁紙」　★毎月10名様に抽選で「図書カード（1000円分）」

公式HPもしくは左記の二次元バーコードまたはURLよりアクセスしてください。
▶ **https://over-lap.co.jp/824004710**
※スマートフォンとPCからのアクセスにのみ対応しております。
※サイトへのアクセスや登録時に発生する通信費等はご負担ください。

オーバーラップノベルスｆ公式HP ▶ **https://over-lap.co.jp/lnv/**